劉祖農詩文集

劉祖農 著

Śūnyatā

書名：劉祖農詩文集
系列：香港文學　中華非物質文化叢書　文學類
作者：劉祖農
封面設計：陳劍聰

出版：心一堂有限公司
通訊地址：香港九龍旺角彌敦道610號荷李活商業中心十八樓05-06室
深港讀者服務中心：中國深圳市羅湖區立新路六號羅湖商業大厦負一層008室
電話號碼：(852)9027-7110
網址：publish.sunyata.cc
電郵：sunyatabook@gmail.com
網店：http：//book.sunyata.cc
淘宝店地址：https：//shop210782774.taobao.com
微店地址：https：//weidian.com/s/1212826297
臉書：https：//www.facebook.com/sunyatabook
讀者論壇：http：//bbs.sunyata.cc

版次：二零一九年十一月初版

平裝

定價：港幣　二百四十八元正
　　　新台幣　九百九十八元正

國際書號　978-988-8582-97-6

香港發行：香港聯合書刊物流有限公司
香港新界大埔汀麗路36號中華商務印刷大廈3樓
電話號碼：(852)2150-2100　傳真號碼：(852)2407-3062
電郵：info@suplogistics.com.hk

台灣發行：秀威資訊科技股份有限公司
地址：台灣台北市內湖區瑞光路七十六巷六十五號一樓
電話號碼：+886-2-2796-3638　傳真號碼：+886-2-2796-1377
網絡書店：www.bodbooks.com.tw
台灣秀威書店讀者服務中心：
地址：台灣台北市中山區松江路二0九號1樓
電話號碼：+886-2-2518-0207
傳真號碼：+886-2-2518-0778
網址：www.govbooks.com.tw

中國大陸發行 零售：深圳心一堂文化傳播有限公司
地址：深圳市羅湖區立新路六號羅湖商業大厦負一層008室
電話號碼：(86)0755-82224934

心一堂微店二維碼

心一堂淘寶店二維碼

目錄

卷二：律詩集 179

卷三：詞集 299

卷四：戲曲評論集 359

卷五：格律集 431

芳草滿園花滿目（廖序）

早年香港中學課程文理兼修，是通才教育，在這個基礎下，劉祖農校長的少年時代，涉獵了許多唐詩宋詞和古文，如他的自序所說，白居易的《長恨歌》、《琵琶行》，杜甫的《兵車行》、王安石的《讀孟嘗君傳》、劉禹錫的《陋室銘》、陶淵明的《五柳先生傳》，小學時就已經背熟了。中學看了《今古奇觀》、《三國演義》、《西遊記》、《水滸傳》、《薛剛反唐》等等大量演義小說，並開始追金庸和梁羽生的武俠名著。對今日的學生來說，課餘活動好玩的很多，偏要把時間花在不切實用的古老書篇，恐怕是不可思議的吧。

正因為有古文學根底，大學讀理科的劉校長能寫得好文章、好詩詞，完成大量作品，真知灼見形諸文字，著書立說傳諸後世，乃安身立命之道。事實理科出身而詞章華美者大不乏人，我認為語文能力是與生俱來的，生而為中國人，血脈相承，文化扎根數千年，自忝拙於文墨者，是不為也，非不能也。

喜愛詩詞的入自然喜愛戲曲，它的唱、唸、做，一句曲詞，一個亮相，呈現的都是詩情畫意。雖說退休後才對戲曲感興趣，劉校長的古文學涉獵甚廣，戲曲文化早有認識，因此執筆便「從粵曲的上下句說起」，談「粵曲的工尺譜」、「粵曲的調式」和「中國民族音樂的宮調」，以至「怎樣唱好一首粵曲」和「怎樣唱好粵曲的字」。

劉校長寫戲曲評論，秉持求知求真的治學態度和歷史研究的批判精神，以史籍記載對比創作內容，或以戲曲人物印證歷史。他的特點是：敢言、直言。例如對《沈三白與芸娘》、《秦淮冷月葬花魁》等經典粵曲的演繹提出意見；大膽評論《浪捲飛花》、《血濺未央宮》等名家作品。在主觀和自我的藝文圈，敢於批評是令人讚賞的。

《戲曲品味》作為專業媒體，除了負有推動戲曲文化的任務，還要發揮傳媒應有的社會教育功能，藉著這個公眾平台，讓讀者接觸不同來源的資訊，聽取不同意見，容納各式各樣的藝術創作，從而增進知識，提昇文化水平。劉校長是教育專業人士，他的評論與業界各種聲音相呼應，他的文章充實了本刊的內容，給讀者帶來新啟示，誠然是一位不可多得的作者。

戲曲評論與詩詞作品一同結集成書，尚屬首見，本書印證了戲曲與詩詞的夙世因緣，也肯定了戲曲的文學地位，愚以為其可觀性在此，其出版價值在此。

廖妙薇
戲曲品味總編輯
二〇一九年六月

蔡序

聽說校長有意把多年來的詩詞作品結集成書，出版個人作品集，我立即舉腳贊成。後來，聽到校長叫我為他的作品集寫一篇序文，真使我感到迷迷乎不知所以。想校長「既有鴻文能付梓，豈無慧眼識賢才」，何竟詩文集的序文，會找我這一個只是粗通文墨的小人物來充數。正在百思不得其解之際，忽有靈光一閃，回憶起校長的古詩詞寫作之路，與我不無少少關係。

與校長（朋友中對劉祖農副校長的尊稱）真正相交只是大約五年前的事，之前在不同場合中遇見過十多次，都是點點頭，打個招呼，從未有交談過，所以一直不知道校長的才華橫溢。經朋友正式介紹認識校長後，又在面書上再互加為好友，因此，才知道原來校長對古詩詞有著濃厚的興趣，於是便引為同好。

記得初初在面書上只見校長與其好友黃教授每天都各貼出一首臨江仙，少有個人作品。後來，過了大約兩個星期，始見校長貼出一首自己填的臨江仙，以記述我們幾個朋友剛認識一同到酒樓飲茶的事，這可能是校長詩詞寫作的一個較大的起點。因為，自此之後，便見到校長從隔幾天出一首作品，以至每天均有至少一首作品貼出。校長對古詩詞懷著隆厚的興趣，每天孜孜不倦的填寫，所以作品甚豐，幾年下來，已積有千多首作品，足以結集成書，以供諸同好，遺澤後世。

校長的詩詞作品，題材廣泛，言情詠史，說物抒懷，評論時事，不一而足。偶而義正辭嚴，偶而深情款款，更有打油灰諧。讀校長詩詞，每能使人沉醉其中，值得細細品味。

數年來，校長與我時有詩詞唱和，更多次指出我的作品的格律出錯，可見校長對古詩詞的格律知之甚深，而且處之態度嚴謹。這次校長的作品集除了附有多篇早年刊登在戲曲雜誌的評論文章外，更兼附有一些詩詞寫作格律的資料，這些資料由對詩詞格律研究甚深的劉校長來編寫整理，當有其獨到及令人容易理解之處，對有興趣學習填寫古詩詞的人，自有莫大裨益。

秀才人情紙半張，最後，僅撰一聯祝賀劉校長作品集的成功。聯曰：

一紙風行傳萬里，

三江浪湧播千秋。

蔡德興

奇峰軒曲藝社社長

二〇一九年六月

潘序

二〇〇〇年，筆者出席一次學術會議，與會者泰半是大學文學院的教授老師，筆者廁身其間，實是異數。類似的活動無非是白天聚眾開會講評論文，晚上則出遊吃喝玩樂。有一位教授號稱詩人，聽知情人士說，詩人經常以其大作餽贈年輕美女云云。寶劍贈俠士、雅詩送娉婷，騷人詞客之韻事也。吃茶看戲間稍有空檔，便與詩人閒聊幾句，好奇地問：「寫格律詩多、還是新詩多？」詩人不假思索道：「現在沒人造舊詩！都是造新詩！」詩人如此斬釘截鐵，倒把筆者這個文學院的檻外人嚇得不敢做聲，此下無話，繼續娛樂節目。

過了十多年，筆者因受前輩文友鞭策，用了不足二十天時間，由從未做過對聯，到交出第一份絕句習作。卻原來全中國各地、以至廣義的大中華圈仍然不少文人雅士在造格律詩詞。任教大學的詩人自己不造格律詩詞、也不認識有人在造格律詩詞，便推論世上已無造格律詩的詩人，這樣做學問的態度與作風，未免太也大膽了些！

跟劉詩人祖農校長結緣，實與粵語文學有關。具體是與香港粵劇作家、粵曲導師黃國勳師傅有關。事緣在社交媒體與黃師傅談論一些粵曲常用字的讀音，相談甚歡。後來黃師傅相約茶聚，於是得與劉詩人初識，此後就在社交媒體得見劉詩人的作品。有一回，劉詩人指出「小查詩人」（指小說家查良鏞先生）的「對聯」：「飛雪連天射白鹿，笑書神俠倚碧鴛。」不合律。筆者早知此聯「失對」，卻從未留意同時「失律」。劉詩人一言驚醒夢中人，給筆者的「金庸詩詞學」提供了新的研究方向！

自從擔任心一堂總編輯之後，筆者經常希望物色到與當代詩人合作，刊行其格律詩詞的專集。最好能夠有詩人談一談其學詩過程和心得，沒有上過文學院的詩人尤佳！接觸過許多勤於創作的前輩文友，大多以為人低調為由，婉拒所請。一日，劉詩人來訊，說要刊行年來詩詞文章，大喜過望，於是便有今回《劉祖農詩文集》面世之喜。

有人誤以為格律詩詞與時代脫節，卻不知新詩既無格律限制，若是落在庸手之中，其末流會是全無章法、難以諷誦，令讀者不知所云的下品。劉詩人的作品大都貼近生活，讀其詩，可見格律詩詞到了二十一世紀的今天仍然有強韌的生命力。

漢語主流一字一音（語言文字學家認為古代漢語有少量一字多音的情況），相信是令至漢語詩歌發展到今天如此多姿多彩的重要原因。有了格律限制，詩人詞客才必須要煉字煉句。

今人作詩填詞，遣詞用字的讀音都要依據舊日韻書。作詩要按《平水韻》、填詞則用《詞林正韻》；前者是金代產物，後者是清人總結。中國廣土眾民，一方有一方的方言，各地方言都隨著時空演進而有變化。今天中國通行的普通話（或相近的國語）實是以北京地區方言為主的一種人為方言，許多字音都跟《平水韻》、《詞林正韻》不同。曾有人粗略統計，指出清代詩人倒是以粵籍閩籍為多，畢竟中國芸芸方言之中，以粵方言、閩方言、客家方言三系比較貼近中古音。操此三種方言的當代中國文人，以方言母言寫詩填詞，就比較容易入門上手、以至登堂入室了。

近年互聯網興起，改變了我們的生活習慣。全中國（再加廣義的大中華圈）有好幾億人都成為身墮互聯網的網中人，實現了唐代詩人王勃的名句：「海內存知己，天涯若比鄰。」筆者發現有許多年輕網民對於詩詞對聯大感興味，但是他們當中許多人無力分辨作詩填詞時漢字的平仄，堅決不肯學平仄的也大有人在。

今天北方方言、包括普通話（或國語）都亡失了入聲字，漢語音韻學稱之為「入派三聲」。因此以粵、閩、客三系方言以外為母語的當代中國讀書人，在分辨漢字平仄這個造格律詩詞基本功便大有欠缺。這個或許是令到許多中國北方省籍的文人，對中國傳統格律詩望而卻步的原因之一。當然，今天全中國造格律詩詞的文人，仍有不少是粵、閩、客以外的北方省籍，只不過他們學造詩詞就少不免多了一番轉折。

單說語音而言，我們粵人學格律詩詞有優勢。除了通平仄之外，還要明格律。為此，筆者建議劉詩人因刊行詩詞論文之便，也略談一點入門初階的常識。

原來筆者與劉詩人的成長還有些共通點，我們都是考過「升中試」的一代，中學時代都是「理科生」，稍有差異者，是劉詩人上理學院的課而「潘少詩人」則上工學院的課（潘國森是「少產詩人」，產量稀少之謂也。）由一位「理科生」，與讀者分享學習中國傳統文學的經過，以及從事文學創作的心路，應當是有益而有建設。

筆者與劉詩人同樣是「粵劇界」。筆者只算是戲迷、曲迷，再加一點點「藝評人」；劉詩人則還是唱家班。筆者在上世紀八十年初學平仄，全靠看了陳卓瑩先生的《粵曲寫作與唱法研究》（此為香港未獲授權的版本，原著先後題為《粵曲寫唱常識》、《粵曲的寫唱研究》）。到了幾年前「被迫」學對對聯、寫詩、填詞，實有賴早年下點功夫粗通平仄關係至鉅。粵曲唱詞其實繼承了唐詩、宋詞和元曲的許多特徵。常有中國文學教育界指出，北方人初步學會了格律詩詞的造法之後，就無以為繼，畢竟要他們以方言母語創作詩歌有一定的難度。我們粵方言與中古漢語更為貼近，而且還有粵曲粵劇界不斷需要有新的作品面世呢！

筆者與劉詩人還再有另一相同處，就是經常忍不住要指出人家文章中的大小錯誤。這在讀書人來說原本是學術求真，可是我們廣府俗語有云：「老婆人家的靚；文章自家的好。」你白紙黑字的批評人家文章出錯，說實話是很討人厭的。

此時此地，正正有文學院的老師不尊重中國傳統文學入面的韻文。你大教授不學格律詩詞也還罷了，未辨平仄而草率發表韻語作品當然是「教壞後生」。最「離譜」的，明知是不合律的劣品，仍要公開展示，還宣稱不必理會平仄格律，這樣實在是一壁吃中國文學的飯、卻一壁去拆中國文學的台。

文壇怪現狀沒有文學院的人理會，反而要我們「理科生」來「狗拿耗子」——「多管閒事」，難道這真是文教失宣的亂世？

好在劉詩人是位中學教師（退休前「官拜」副校長），由中學教師來指正大學教師的詩歌作品、以及評論其對詩歌教學的不當態度，甚為適切。

是為序。

潘國森

二〇一九年歲在己亥孟夏穀旦

序於香港心一堂

自序

我生於廣東省中山縣（今中山市），長於香港。幼年時，在家鄉讀過一年小學。印象中最深刻的是當年經常都在唱兒歌。有三首我現在還記得。

第一首：新的棉花新的布，媽媽給我縫衣裳……

第二首：我是一個小畫家，畫了一朵大紅花……

第三首：生水裏面有病菌，喝了下去會生病……

班主任楊婉儀老師教國語及算術。我記得當年是在石板上做加減數的。她十分和藹可親。

五十年代尾，媽媽在鄉間申請出香港成功，携着我和妹妹赴港，和在港工作的爸爸，一家四口團聚。小二及小三，在深水埗的勤愛小學就讀。當時的學費每月十元，十分昂貴。我家環境不佳，我和妹妹經常欠交學費，學校亦不為已甚。後來，我和妹妹都成功申請了入讀石硤尾官立小學。我入下午班，她入上午班。每月學費五元，較為輕鬆了。我在石硤尾官小完成了小四至小六課程。我們這一屆是考全港第一屆升中試的。很幸運當年教我們的老師，都是很有愛心及耐心的老師。六年級的班主任，已故的麥愿曾老師，當年孜孜不倦，對我們循循善誘，愛護有加。在有空時，經常教我們課程以外的唐詩及一些短小的古文。我和我當年很多同學都背了白居易的《長恨歌》及《琵琶行》，又背了杜甫的《兵車行》等。古文方面，背了王安石的《讀孟嘗君傳》、劉禹錫的《陋室銘》、陶淵明的《五柳先生傳》等。小朋友的記憶力真強！這是我們的中文根基都很不錯的理由。算術科的鍾永文老師，年輕，但很嚴謹。聞說鍾老師對我當年的表現亦算滿意的。英文科的余榮燊老師，教學出色，上課能做到莊諧並重，我們都喜歡上他的課。到今日，我們還間中與鍾、余老師等茶聚，很難得呢！我的中文程度不錯的另外一個原因是因為我媽媽的關係。她年輕時讀過師範，做過教師，又幼承庭訓，從我外公處吸收了很多國學知識。她可以背誦的詩詞超過一百首，經常也向我和妹妹講解詩詞古文。

升中派位，被派往港島西區的英皇書院。那個年代，中文科及中史科不受重視，兩科合併只計一百分，其他科目都獨立以一百分作為滿分的。幸而，校內的中文科老師，如郭全本老師、陳嘉老師、陳紹倫老師等的國學修為都很好，我們從他們身上學了很多新舊的文學知識。其中，我最難忘記已故的郭全本老師。郭老師教學認真，備課充足。入班房時，手上經常拿着一大疊資料咭。教中史時，經常用地圖講解各朝各代的疆域及城鎮的位置。他記憶力也強，我們的名字他都記得。郭老師經常鼓勵我們要多讀課外書。我在學校圖書館找到了《三國演義》、《西遊記》、《水滸傳》、《今古奇觀》等，在中三前都讀完了，之後經常重看。在西邊街的贊育圖書館，我看了大批演義小說，如《說唐全傳》、《說岳全傳》、《薛仁貴征東》、《薛丁山征西》、《薛剛反唐》等。也開始追看金庸和梁羽生的武俠小說。中五會考，我的成績普普通通，但中文科及中史科分別取了A級及B級。在我們讀書的年代，中五前，我們是文理兼修的。因此，除了兩科語文及數理化生外，我們還要讀世史、中史及地理。到中六選科時，我選了理科，因為我相信文科可以自修，理科不能（因要做實驗）。

六十年代尾，考「香港大學入學試」，成績也是普普通通，只能在物理科、化學科及數學科分別取得A、B及C。進入港大時，選修了數學科及物理科。取得學位後，再在港大讀教育文憑。在港大讀書的年代，經常上馮平山圖書館，讀了不少胡適、巴金、魯迅、老舍等的作品。我也經常閱讀台灣作家李敖、余光中、黃春明、黃尚義、白先勇、柏楊、陳若曦、陳映真、司馬中原、張系國等的作品。從那些年開始，我也經常逛書店及買書，以文史書籍為主。

七十年代初，我成為了一位中學理科教師。在學校，除了教學外，還做過升學及就業輔導主任、數學科科主任及副校長。在學校任職了三十六年。

在二〇〇九年夏天，我退休了。以往買書藏書極多，但閱讀的時間甚少。退休後，時間充裕了。我大量地閱讀了很多文史書籍。同時，我對戲曲也產生了很大的興趣，看了很多粵劇、京劇及崑劇以及這些劇種的書籍。也開始了寫戲曲評論文章，投稿賺賺稿費。很感激《戲曲品味》雜誌的主編廖妙薇女士，她從來未退過我的稿！

同時，我開始研習格律詩詞。唐詩從盛唐開始格律化了。詩人的作品更加聲律和諧。八句的律詩及超過八句的排律，對仗精密嚴謹，使我這個初學者驚嘆。宋詞的格律也不難掌握，於是我開始寫格律詩詞。詩莊詞媚，兩者各擅勝場。按着格律寫格律詩（或稱近體詩），按着詞譜填詞，成了我的習慣，也是我近年的主要興趣。我覺得生活更充實了，也交了很多新朋友，彼此研究、唱酬，其樂不少呢！

數年下來，積累了不少作品。偶然翻出一些重看，覺得頗多沒有深意，太膚淺了。有些也太過「打油化」了。但很多朋友，特別是徒兒淑儀，鼓勵我結集留念。今日終於下定決心出集子了。我狠心捨棄了很多不成熟的作品，但敝帚自珍，亦保留了頗多自己不算滿意的作品，希望讀者見諒。

今日的青年，對平仄的學問鮮能理解。這也難怪。這些知識從來未被納入過中學課程之中。但，學習平仄及詩詞格律並不困難。能夠找到老師指引入門，自然較理想。但，買些詩詞平仄格律的書本自學，未嘗不可。如果能夠掌握這些知識，便可暢遊中國文學的殿堂。我很多朋友都喜愛粵曲。能理解平仄，對學習唱粵曲來說，也甚為有用。

我們雖然生長在香港，但都是炎黃子孫。我們用中文名、寫中文、講中文。中國文化源遠流長，博大精深。我很慶幸自己能生為中國人。

這個集子分為五卷，分別是《絕句集》、《律詩集》、《詞集》、《戲曲評論集》及《格律集》。每卷的內容大致以寫作的先後次序刊出。第四卷的文章，大部分曾於《戲曲品味》雜誌刊登，很感謝廖妙薇女士容許我重刊這些文章。感謝心一堂為我出版此書。感謝廖妙薇女士、蔡德興師傅及潘國森先生賜序。感謝青年畫家方心蕙女士為我的書設計封面。感謝家人及好友的支持。

劉祖農

二〇一九年六月

卷一：絕句集

記旺角茶聚

漢皇設酒未央宮，好友傾情聚旺中。擺陣龍門多妙論，忘形快意樂融融。

呻窮

月入三千塊，長嗟過日難。銀行無積聚，苦處不堪彈。

冬初早起

秋去冬來事必然，輕寒乃是可人天。窗前雨灑山明靜，手捧詩篇念逝川。

偶感

茫茫宇宙無涯岸，渺渺時空未有窮。前聖後賢俱莫見，古今只在瞬間中。

乒乓

球來球往氣如虹，抽擊下旋力進攻。左右開弓刁鑽絕，三盤兩勝我稱雄。

望明朝

雨散行將現彩虹，何妨暫且展書攻。不憂暗晦無晴日，待等明朝氣自雄。

讀三國

公瑾當年氣若虹，精明果敢用火攻。曹操兵敗華容走，吳蜀聯兵蓋世雄。

午餐

野菜煎雞白飯香，酸薑鯖魚味芬芳。清茶乙盞真佳配，莫慮人生夢一場。

心煩

偷得浮生閒半日，觀書作句賞幽蘭。濃濃普洱三杯盡，有淚無須對友彈。

寂

晚風陣陣鳥投林，夜靜懷人寂寂心。明月對吾情不薄，深宵伴我獨沉吟。

甲午之亂

甲午刁民亂旺鐘，已忘法治理難容。空云普選和民主，犯法應拘送獄籠。

寫詩速成法

指向杜陵偷格律，應從太白習風情。香山摩詰殊堪學，輾轉推敲便可成。

和蔡兄

酒入愁腸意惘然，孤燈閃閃對愁眠。五更過後雞啼早，惆悵難逢世外仙。

寄謝國璋先生

舞台耕作廿餘年，汗淚栽成藝更妍。唱做堪誇人仰重，梨園一絕自當然。

讀臨江仙詞

合心順韻意悠悠，一闋臨江盡解愁。吟誦歷朝千古調，登樓仰視白雲浮。

午間吃常餐

常餐不保常常有，人到無求品自清。水盡山窮還有路，勤攻經史莫營營。

懷曼殊大師

春雨樓頭尺八簫，大師佳句惹思潮。余生也晚無緣會，唯唱櫻花廿四橋。

註：一．蘇曼殊（一八八四至一九一八），本名戩（一說：宗之助），字子穀，小字三郎，法號曼殊。中國清末民初詩人、作家、畫家、翻譯家。因常作漢傳佛教出家人形象，也被稱為詩僧。

二．第一句引用蘇曼殊在日本時所作的一首詩。全詩是：「春雨樓頭尺八簫，何時歸看浙江潮。芒鞋破缽無人問，踏過櫻花第幾橋。」

三・《夢斷櫻花廿四橋》是楊石渠先生所撰的粵曲。

高鷚

但嫌三斗淺，不道四更遲。為續紅樓夢，深宵輾轉思。

思遊

西行思欲往東歐，財帛無多另轉求。何不神州尋勝境，西安古地實堪遊。

贈謝國璋先生（粵韻）

英風凜凜一元戎，恰似常山趙子龍。大靠披肩人俊朗，國璋才藝允稱雄。

辦年貨

鹹魚臘肉有清香，海味味佳應品嚐。年尾家家備年貨，新春不怕食無糧。

元宵

瀟瀟春雨伴寒潮，夢醒推窗嘆寂聊。潤物無聲終夜下，桃紅柳綠又元宵。

和蔡兄韻一首

元宵佳節品長簫，曲意悠揚韻意挑。報說人間春已到，月圓花好慶逍遙。

泛舟

一葉輕舟去，紅顏泛綠波。江湖隨往返，暢快盡吟哦。

診所內

有病要求醫，無聊便作詩。歪詩成一首，盡是斷腸詞。

早起

新春早起冷冰冰，詩作難成暗自驚。似水年華飛逝去，杜鵑啼血漫山鳴。

春半

春光已半惜花魂，霧罩香江倦困人。此日金烏高照好，園林漫步意忻忻。

春盡

花開花落兩無由，春盡花殘黛玉愁。此日紅銷餘翠綠，青蔥依樣可吟謳。

贈淑儀

偶沾微恙意惶惶，二豎纏身總自傷。診治延醫毋怠慢，三天兩日復安康。

勸友

杜鵑啼血一聲聲，節近清明驟雨傾。春盡未應煩苦惱，愁雲將散月華明。

中國人的智慧

清明過後轉微涼，早晚還應着暖裝。待等龍舟扒賽後，寒衣才可入箱藏。

覆診

清晨渡海赴中環，氣定神閒診所間。進貢三千真肉痛，醫生見我倍開顏。

吃蟹

縠雨來臨近夏天，三斤花蟹夠新鮮。蝦兵蟹將余深愛，莫惜錢包內裏錢。

夜

寒梅迎俏月，冷冷夜深沉。雲淡星河暗，清風伴我吟。

登高

登高遙望眾山幽，曲徑迴環漫步遊。行近清溪流水響，白雲天際景悠悠。

午夜（三首）

缺月疏星夜夢殘，寒風竟夕影孤單。披衣試把絃琴弄，曲調遺忘欲奏難。

宵來夢醒再無眠，凝望西方未曉天。秋意濃濃風入戶，寒星冷月照當前。

午夜星河伴我吟，一彎眉月照寒衾。更殘夢碎情猶記，欲訴心衷託綺琴。

村莊賞菊

閒遊漫步越村莊，兀立殘陽賞菊黃。夕照晨風宜惜取，三秋過後景蒼茫。

贈蔡師傅

偶遇寒流或熱風，嶽然不動有奇功。詩才曲藝皆精妙，笑傲江湖自說瘋。

月下賞梅

月照橫塘花影嬈，幽香暗吐俏而嬌。清風拂掠枝搖曳，待等劉郎着意描。

球王

乒乓較技氣昂昂，球術超群耀四方。贏取獎盃如拾芥，圈中早已姓名揚。

詩園樂

墨客騷人傑作多，詩園出入似穿梭。解心言志談風月，好友聯吟共詠歌。

秋花

繁花朵朵在林叢，紫橙紅黃各不同。只盼天公能惜愛，莫教一夕盡隨風。

秋夜讀書

秋風索索近重陽，萬木蕭蕭夜漸長。寂寂幽齋開卷讀，彎彎好月照西廂。

詩人雅集

詩人雅集意悠閒，問候關懷笑語間。盛會難逢當念記，今宵好友盡開顏。

進餐

良朋共聚氣豪華，笑說風流各自誇。飲罷三杯人半醉，天邊一抹彩雲霞。

夢醒

夢醒孤衾有淚痕，殘星閃照一燈昏。江湖風雨身如寄，往事如煙暗斷魂。

苦填詞

獨立山前望四方，試填詞調苦思量。偶成一闋西江月，信手拈來尚未狂。

夜半賞花

一枝紅杏傍籬笆，夜半風中伴月華。只恐名花愁冷寂，挑燈細看倚欄斜。

無奈

寂寂幽幽把酒斟，輕彈淺奏撫瑤琴。重重心事難成調，對月高歌訴苦音。

偶感

歸鴉噪晚意孤零，困頓懷愁步後庭。明月清風難解我，舉杯只願學劉伶。

茫

獨立山崖望晚空，紅霞薄霧景朦朧。人間何日無佳景，不必懷愁怨暮窮。

偶感

人間何日無佳景，海角時時有巨風。變幻難猜天下事，營營一世轉頭空。

陳皮詩

一兩陳皮一兩金，百年老樹百年林。千斤寶鼎千斤重，萬代詩詞萬代吟。

求饒

玉人偶爾發嬌嗔，戟指扠腰力訴陳。誠恐誠惶忙狡辯，得饒人處且饒人。

夜靜

月明深夜幽，詩緒上眉頭。君去如黃鶴，妾心偷淚流。

釣魚樂

藍天白日泛紅舟，對釣江中意興悠。已過深秋冬未至，了無煩慮復無求。

小雪初候日

雲淡天高雪未侵，虹藏不見汗涔涔。閒遊四野心寧靜，遙望山巔有茂林。

苦雨

瀟瀟苦雨倍多愁，病起多情每自羞。老去不追名與利，但尋佳趣把詩酬。

讀春秋

春秋五霸鎮諸侯，力伐強攻戰不休。災燹連年民怨苦，昭昭青史惹人愁。

冬日夕陽

冬來竟日見晴空，萬里雲山入眼中。養性勤將莊老讀，黃昏夕照彩霞紅。

診所呻吟

偶染風寒飯不思，清晨冒凍訪西醫。唇乾舌燥聲沙啞，此際還宜吃肉糜。

紅樓夢覺

嬌妻美妾轉頭空，莫讓功名繫五中。苦樂悲歡同是幻，紅樓夢覺日紅紅。

日前隨區劍雄愛心會一群執委，上湖南炎陵及平江探訪三間愛心會學校，再順路北上，遊覽岳陽。有七絕三首以記此行。

湖南探校（三首）

炎黃先祖葬炎陵，百草親嚐世頌稱。民族富強邦國振，傳揚萬代永留名。
神州遍地滿開花，作育英才志可嘉。遠鎮山鄉同辦學，愛心毅力耀中華。
朝別平江赴岳陽，河山秀麗國隆昌。洞庭水畔思前哲，憂國憂民好范郎。

澳門蓮溪廟悅李君（三首）

濠江西岸歎荒涼，古廟淍殘臥李郎。歷盡悽辛和恨怨，夜深猶念苦紅妝。
月嬋抱恨命辭陽，午夜魂歸意念徨。一縷隨風飄入廟，輕憐淺愛憫才郎。
李君才氣本無雙，為念紅顏自怨傷。此夕香魂慇解慰，來朝自可再圖強。

鄉夢

家在中山溪角鄉，屋前溪水水流長。夢魂時返回村地，入戶穿簾覓阿娘。

大雪病中吟

大雪低溫欺長者，深冬宜着暖衣裳。中醫湯藥療寒疾，染病還當要自強。

同遊樂

濠江閒逛樂何如，朝食禾蟲夜食魚。崗頂暢遊舒腳力，何東館內覽圖書。

火鍋

風雨無情叩戶窗，圍爐夜話訴衷腸。牛羊青菜諸般備，美酒瓶開滿座香。

棋友何冠聰兄，和我都是曾炳輝老師的門生。何兄領悟力高，已是棋壇高手。見何兄遊日照片，取來試作一首。

高手

笑傲東瀛氣勢豪，曾師手下出高徒。妖刀揮舞雪崩出，敵寇聞風急遁逃。

註：妖刀、雪崩，是圍棋中一些複雜多變的定式。

杜甫《江南逢李龜年》一首，編《唐詩三百首》之蘅塘退士說是杜詩聖七絕壓卷之作。今依詩聖之意，試作一首：

少陵江南逢李龜年

江南舊地遊人醉，寂寂樓頭過客眠。此夕逢君煙雨裏，正宜把盞話當年。

病

抱病莫呻吟，還將美酒斟。劉伶今夕醉，長嘯復彈琴。

腹藏經卷

蔡君偶爾扮時窮，銀兩金條櫃底中。不飲何愁瓶已罄，腹藏經卷不言空。

回鄉偶書（二首）

唐朝詩人賀知章晚年告老回鄉，有《回鄉偶書二首》之作。年前返鄉，感受殊深，今早追思前事，亦效顰作《回鄉偶書》二首。

故園今在粵中央，澗淺溪深小巷長。風物人情同不變，親朋笑語話滄桑。

家在河旁小巷中，炎炎日下傍梧桐。山中攀折山棯果，每愛晨時習習風。

苦吟

為試詩才對月吟，欲求靈感酒深斟。三杯飲罷難成句，野外寒鴉噪晚林。

雨夜讀易經（孤雁入群格）

瀟瀟霖雨滌心靈，伏案埋頭讀易經。六斷三連玄復妙，古人高智望求明。

今早，與蔡德興師傅和黎廣基教授結伴上廣州搜購古籍。於地鐵上口占七絕一首。

廣州行

良朋結伴赴羊城，搜購經書樂遠征。北伐中原清早發，為求古籍把囊傾。

詠蘭（三首）

江南春早百花開，蝴蝶翩翩燕子來。蘭蕙芬芳君子貌，更無俗草許同栽。

楚澤芝蘭映水香，靈均採擷紉羅裳。氛氳掩盡群芳秀，細葉迎風傲雪霜。

春來萬卉展豐姿，林壑山間競艷時。馥郁幽香傳嶺外，只緣蘭蕙發新枝。

雨天（孤雁出群格）

清晨直撲九龍城，大雨不停心未寧。雨傘雨衣全欠奉，今朝唯唱雨霖鈴。

歲暮修車（孤雁出群格）

老爺座駕舊而殘，修費高昂未可慳。歲暮驚心財易破，傷情此夕現愁顏。

寒流

歲殘雨灑伴風颸，仕女哥兒衣錦裘。不畏寒流心自暖，逍遙步上醉仙樓。

朝陽

朝陽和煦退寒流，試作新篇韻自由。舉目樓臺觀遠景，海心搖盪有孤舟。

一月雨

一月緣何雨下頻？異常氣象有原因。全球暖化招天咎，莫要牽連禍及人。

集戲名（兩首）

鳳閣恩仇未了情，雷鳴金鼓戰笳聲。十年一覺揚州夢，蓋世雙雄霸楚城。
無情寶劍有情天，火網梵宮十四年。百戰榮歸迎彩鳳，關公月下釋貂嬋。

中山遊（二首）

偷得浮生兩日閒，良朋結伴上中山。冬風送雨添情趣，彩傘撐開展笑顏。
初春時近百花妍，未畏風寒雨下連。漫步沙崗情暢快，品嚐巨蟹味清鮮。

寒天（兩首）

寒天早起怯天寒，雨下頻頻地不乾。求覓良醫開妙藥，驅除病患始心安。
街前舉步意徬徨，頭重身輕兩腳僵。良友溫情常激勵，涼茶一碗味如糖。

立春日

朝陽燦放景澄明，靄靄白雲山朗清。轉瞬猴來羊引退，乾坤運轉接新正。

無緣

良朋上水品珍饈，獨我無緣不強求。有福難同心悵惘，解愁唯有把詩酬。

臥病（兩首）

咳漱頻頻手尾長，思量何處覓仙方。靈丹自是難求取，此夕含愁獨臥床。
咳患未痊倍自傷，良醫何在歎劉郎。良朋傳我權宜策，試把生薑舌下藏。

猴年年初一

猴年萬象喜更新，金火相交在丙申。人定勝天宜自勵，艷陽正照好時辰。

夜靜

夜靜觀山月，嫦娥似欲言。松間人獨臥，彷已入桃源。

悠然

冬寫清詞春寫曲，悠然浪蕩樂群山。心安身健情懷放，翰墨書香日月閒。

偶拾

朝來搜秘覽侯鯖，夕至尋歡唱摘纓。偶或填詞師後主，春花秋月兩關情。

註：一・《侯鯖錄》，宋朝趙令時著。詮釋名物、習俗、方言、典故，記敘時人的交往、品評、趣聞等。很有文學史料價值。

二・《摘纓會》是蘇翁先生所撰的粵曲。講述春秋時期，楚將唐狡與玉姬的故事。

弄笛

花好月圓橫笛奏，瑤池仙樂報佳音。逍遙淡逸和諧韻，如沐春風鳳鳥臨。

風（孤雁出群格）

春風拂柳自悠閑，漫步園林步履珊。異卉奇花浮眼底，斯人偏賞一株蘭。

讀史

黃河河水逝流東，滾滾波濤萬世同。一瞬留芳名永誌，千秋青史記英雄。

讀莊子逍遙遊篇（孤雁出群格）

鵬飛萬里徙南冥，燕雀榆枋枝上鳴。誰更逍遙為一問，小年難與大年爭。

春分

和風過處正春分，玄鳥間關歌調聞。無事不宜城外走，幽齋誦習百家文。

春雨

畢竟春涼意未涼，台階濕滑要提防。繁花盛放因甘露，步進園林有異香。

連日來在讀《狄青平西平南》。這是清朝無名氏之作品。寫得頗有吸引力。每一回之前都有一首七絕，是一般章回小說之風格。今仿其風格，作七絕一首。

讀《狄青平西平南》

狄青計騙玉紅顏，星夜飛馳下險關。八寶追夫情切切，平西虎將怎回還。

詩園晚宴

觥籌交錯喜洋洋，詩友聯歡聚一堂。三月壽星同受賀，詩詞共作韻悠長。

對弈

分先對局互圍空，你着西時我走東。弈罷不知誰勝負，兩人俱是大英雄。

散步

春來多病復多愁，漫步山前暫解憂。垞紫嫣紅青草翠，林間隱聽一班鳩。

閒

閒來弄笛兩三聲，對酒當歌酒獨傾。覓趣尋芳林內轉，深宵臥看月輪明。

清明

清明祭掃拜爹娘，猶記當年聚一堂。撫育恩深長銘記，慎終追遠未能忘。

清明後

離離春草有枯榮，兩兩時禽溪澗鳴。天氣困人晴復雨，乍寒乍暖過清明。

霧

暮春三月濃濃霧，野嶺青山飛白鷺。無酒無花自不歡，情懷欲說憑誰訴。

春遊

杜鵑爛漫滿山紅，蝶戲鶯鳴柳浪中。惜取春光頻訪翠，悠然徐步過橋東。

深夜（孤雁入群格）

夜風吹雨入簾櫳，寂寂懷人在夢中。欲作詩篇傳話語，青燈一盞意重重。

深夜（三首）

殘燈淡淡夜漫漫，冷月悽悽顧影單。思緒飄遊無定向，危樓高處獨凭闌。

宵來困頓眼迷矇，遙望長天月似弓。欲飲三杯瓶已罄，欲箋心事嘆辭窮。

杜宇聲啼春欲盡，夜深愁對一燈明。中庭月淡籬疏暗，我自相思夢繞縈。

夜遊

踏月尋香過石橋，晚風輕拂正中宵。奇花長在林深處，未可輕憐着意描。

飲茶

明前龍井味芬芳，良友歡欣聚一堂。蝦餃尖椒三兩碟，龍門陣上意昂揚。

暖日

平明暖日照前庭，山影斜斜柳色青。怕見江南春去日，花魂散落嘆飄零。

天下無敵之香江即景

天暖良朋共品茶，下棋雀戰賞名花。無端論政生歧見，敵我分明各自誇。

夜

月影透西窗，春宵露氣涼。夜闌風細細，吹掠過東廊。

讀史

挑燈讀史惜南唐，後主才情世頌揚。強弱懸殊難敵宋，可憐去國喪他鄉。

偶拾

解懷人釋怨，把酒且高歌。對月尋佳句，人生有幾何。

詩友同遊

詩友同遊互唱酬，名茶共品樂忘憂。卻嫌佳釀無從覓，未得三杯大白浮。

慈顏（孤雁出群格）

慈顏育護重如山，撫我經年心力殫。問暖噓寒長掛慮，深恩如海報為難。

夜讀

挑燈臥看漢宮秋，如見明妃塞外愁。雁叫長門驚帝夢，黑江青塚恨悠悠。

紅雨日唱K樂

良朋共聚樂忘愁，紅雨黑雲何用憂。粵藝同研添雅趣，療飢步上醉仙樓。

木石姻緣

絳珠仙草欲酬恩，木石姻緣自有根。淚盡還君前世露，紅樓夢渺了無痕。

深宵（四首）

深宵夜靜月朦朧，意蕩神馳上月宮。細問嫦娥心底恨，嫦娥無語淚凝瞳。
清宵對月酒頻斟，為譜絃歌慢撫琴。角徵宮商聲律細，曲成不覺夜深沉。
深宵陣雨灑檐篷，寂寂幽齋燭影紅。底事三更難入寐，此情盡在不言中。
深宵寂寂月兒東，一夜相思二地同。我寄癡心與明月，路遙無阻兩情通。

註：第三句化用李白《聞王昌齡左遷龍標遙有此寄》第三句。李白這首詩如下：「楊花落盡子規啼，聞道龍標過五溪。我寄愁心與明月，隨風直到夜郎西。」

夜

夜涼風靜月兒圓，閃閃星河未曙天。為寄情懷尋好句，推敲再四細心研。

老

老來散步屢迷途，病患頻頻氣力枯。生也無常時有憾，世情不解漸糊塗。

心湖

心湖如鏡本無濤，偶有狂潮白浪高。年近古稀唯嗜酒，今宵把盞獨持螯。

午間偶成

清晨展卷讀張先，月夜常翻太白篇。夏日炎炎無逸趣，林間漫步聽新蟬。

風雨

風雨飄搖數十秋，無言獨自上西樓。梧桐深院宵宵寂，冷月如鈎照我愁。

粵樂

春風得意鳥投林，餓馬搖鈴一錠金。蕉石鳴琴楊翠喜，漁歌晚唱白頭吟。

註：此詩將八首廣東音樂串成四句，每句兩首。

端午節

時逢五月過端陽，競賽龍舟鬥志昂。粽子飄香宜淺啖，冬衣今夕入箱藏。

讀史（三首）

炎炎六月讀春秋，古史翻研意興悠。戰國烽煙雖已滅，神州尚有許多愁。

春秋戰國統於嬴，二世秦亡兩漢更。三國盡歸司馬晉，六朝煙雨鑄名城。

隋代北周氣運平，李唐一統國威名。再傳五代風雲變，兩宋元明再復清。

良朋晚聚

元蹄味美肉香濃，酒過三瓶不改容。上下古今言不盡，良朋今夕喜相逢。

父親節

老父辛勤自策鞭，行軍航海志剛堅。嚴顏已去遺庭訓，佳節思親念往年。

練詩之法

日讀唐詩三十首，前人是我好良師。推敲韻律求新句，自信當能詩國馳。

午間路過深水埗。上世紀五十年代末，居深水埗。當年這裏有多間戲院：北河、皇宮、仙樂及新舞台，兒時經常在這些戲院看戲。隨著都市的發展，這些戲院都先後消失了。天海茶樓、鳳閣餐廳，活泉堂、福榮街官小、等等，也消失了。有些惆悵。走進餐廳，寫下絕句三首。

重臨深水埗（三首）

暑日重臨深水埗，閒遊巴域桂林街。北河戲院今何在，此刻原來在我懷。

天海茶樓沒處尋，欽洲街上自沉吟。兒時足跡沿途記，舊日風光現我心。

當年景物未能留，兀立街頭意帶愁。大汗淋漓人不樂，餐廳小坐盼中秋。

夏日

藍天明艷白雲浮，碧海無波泛小舟。小立樓臺風細細，一輪紅日正當頭。

童年

天真爛漫說童年，闖蕩閒遊沒掛牽。雨打風吹人老去，街頭舉步腳如鉛。

蝴蝶

蝴蝶雙雙飛野外，花兒朵朵吐幽香。眼前風物原多麗，惜取還當莫自傷。

夜雨

夜靜蟾華耀晚空，懷人默默小樓中。無端一陣風和雨，怕看明朝滿地紅。

天氣

層雲蓋碧空，山色有無中。俄頃驕陽現，佳人面泛紅。

註：「山色有無中」一句本是王維的詩句，後歐陽修在《朝中措》詞中借用了。今我也借用此句。

脫歐

英國公投要脫歐，金融動盪有原由。新低英鎊宜收納，物價便宜利旅遊。

歸隱

白雲映水水連天，海上無波泛小船。風物怡人人自醉，何時歸隱伴漁仙。

醫院夜

斜伸平躺未成眠，默數綿羊也枉然。五鼓更殘天欲曙，不知今日是何年。

雷雨夜（二首）

宵來雷雨疾風吹，萬丈金蛇互逐追。劃破長空驚好夢，惺忪悵對夜深垂。

獨臥幽齋夢未成，風雷驟起若天傾。平生自信無差錯，此夕惶惶暗失驚。

夜靜

夜靜人閑懶，怡情弄玉簫。月明星閃爍，寂寂渡良宵。

敬老同樂日

良朋摯友各登場，敬老同歡聚會堂。白晝高歌傳美意，夜來把盞醉清觴。

金蘭

義結金蘭姊妹情，扶持互助互爭鳴。同心同德同歡笑，志趣相投貴坦誠。

汗滿頭

紅日高懸汗滿頭，不知何處有清流。嫦娥月殿嗟難及，紙扇輕搖盼入秋。

非幻

幻覺紅樓原是夢，浮生自在意悠閑。冬寒夏暖非烏有，情義俱存在世間。

讀趙翼詩

李杜文章世代傳，千年過盡尚清鮮。歷朝縱有才人出，未見風騷勝舊賢。

註：清朝學者趙翼有《論詩》五首：

（一）滿眼生機轉化鈞，天工人巧日爭新。預支五百年新意，到了千年又覺陳。

（二）李杜詩篇萬口傳，至今已覺不新鮮。江山代有才人出，各領風騷數百年。

（三）隻眼須憑自主張，紛紛藝苑漫雌黃。矮人看戲何曾見，都是隨人說短長。

（四）少時學語苦難圓，只道工夫半未全。到老始知非力取，三分人事七分天。

（五）詩解窮人我未空，想因詩尚不曾工。熊魚自笑貪心甚，既要工詩又怕窮。

讀《詩經．關雎》

《詩經．關雎篇》乃《詩經》「四始」之一。（即《關雎》為「風」之始，《鹿鳴》為「小雅」之始，《文王》為「大雅」之始，《清廟》為「頌」之始。）我相信這首詩是一首祝賀新婚的詩。全詩共二十句，八十字。今晨重讀此詩，深感於此詩言切意婉，故書一絕以記之。

關關水鳥在河洲，君子佳人兩並頭。琴瑟同諧鐘鼓奏，新婚燕爾樂悠悠。

講座

黃昏夕照夜燈燃，教授開壇學術傳。同習詩詞研曲意，群賢畢至樂今天。

東西劇聖

湯顯祖（一五五〇至一六一六）及莎士比亞（William Shakespeare，一五六四至一六一六）分別是東方及西方的戲劇大師。今年是兩位大師逝世四百周年。今晨讀《臨川四夢》之《牡丹亭》有感，以一絕記之。

東西劇聖兩稱賢，各領風騷四百年。佳作流傳相映照，臨川莎氏比雙天。

花已落

夜雨瀟瀟漲小池，思君夕夕盼君知。花開燦艷無人採，已是冬寒雪落時。

學詩

晨昏據案習千篇，詩作清佳樂自然。研習唐人高格調，風騷或可近前賢。

向日葵

小園幽角發青枝，不與瓊花比美姿。喜逐光明隨日轉，丹心不改志難移。

歸田

凡塵到處有風沙，自閉深齋氣亦華。異日歸田山野外，宅邊唯種數叢花。

讀《東坡樂府》

夕陽斜照影孤長，意倦神疲飯不香。今夕情懷何所寄，東坡樂府解愁腸。

讀《杜詩提要》

殘陽漸落夜星光，好月斜窺案牘忙。筆未生花應力學，杜詩提要細端詳。

帝女花（三首）

含樟樹下兩盟心，詩柬相酬互詠吟。李闖患京明覆滅，崇禎自縊滿清臨。
長平遁世嘆孤清，世顯飄零意未平。相遇庵前風雪苦，未知能否續餘情。
山殘水剩痛興亡，劫後重逢各自傷。上表清宮完訴願，含樟樹下飲砒霜。

聊齋（二首）

野狐孤鬼事堪憐，蒲氏書成四百篇。道盡官場貪虐政，留仙史筆伐強權。
幽閣魂飄倩女憐，松齡譜寫鬼狐篇。嘆聲世上不平事，今昔官僚盡濫權。

夜戰

寂寥午夜坐樓中，網戰殘棋局告終。三劫循環無勝負，捲簾惟見月兒朦。

樓台會

樓台泣別兩悽然，人世無緣愛不還。化蝶遨翔仙界上，真情可誓對蒼天。

立秋

申月涼風示立秋，豐收季節眾悠悠。年年奮進勤耕作，今夕同將詩作酬。

七夕

銀漢迢迢兩岸矇，鵲橋高架越平空。今宵牛女天河會，一載相思兩地同。

良友

歲月如流日日新，如煙往事已成塵。山河秀麗湖光艷，良友同遊樂最真。

夜聽琵琶塞上曲

秋月窺人夜未央，琵琶聲韻道情長。清商曲調迴環轉，似聽昭君訴怨傷。

秋天

病骨支離又到秋，絲絲夜雨惹人愁。韶華似水東流急，怕見菱花雪上頭。

習經

習經明理志剛堅，才淺還知效聖賢。夜靜風簷展書讀，依稀古道在身前。

祝好友演出《金石緣》成功

弦管和諧佳調傳，悠揚粵韻意翩翩。飄飄仙樂隨風播，一闋清歌金石緣。

敬和黎教授（孤雁入群格）

學術艱深待發微，鵬程將啟靠天飛。胸懷磊落清高志，詩國講壇雙騁馳。

美女圖

背倚欄杆態萬千，紅顏綠鬢貌清妍。想非群玉山頭見，定是蓬瀛下謫仙。

黎教授詩詞第二講

梅開二度說詩詞，議論縱橫自可期。文化弘揚傳廣宇，朋儕今夕遇良師。

讀《文選》

已是初秋氣漸涼，正宜落力習辭章。昭明文選多佳作，展卷勤修趁夜長。

讀東坡《水調歌頭》

子瞻把酒詠中秋，月下題詞解悶愁。水調歌頭詞一闋，千年萬代永傳留。

忘憂

一杯慢飲樂忘憂，對月高歌展玉喉。醉在西廂人不寐，煩君扶我再登樓。

讀范仲淹《漁家傲》

長煙落日苦寒天，白髮將軍臥帳前。濁酒一杯家萬里，燕然未勒怎歸旋。

附：《漁家傲》……范仲淹：「塞下秋來風景異。衡陽雁去無留意。四面邊聲連角起。千嶂裏。長煙落日孤城閉。　濁酒一杯家萬里。燕然未勒歸無計。羌管悠悠霜滿地。人不寐。將軍白髮征夫淚。」

讀辛棄疾詞

千錘百鍊說辛翁，兩宋詞壇未有同。六百名篇皆慷慨，稼軒高格世稱雄。

讀陸放翁《訴衷情》詞

關河夢斷訴衷情，萬里封侯意未平。心在天山青海際，此身已老鏡湖城。

註：一．訴衷情詞是陸游晚年閑居鄉間時所作。
二．天山、青海，虛指西北邊防地區。
三．陸游晚年閑居在紹興鏡湖湖濱的小城。

附上陸游所作的《訴衷情》：「當年萬里覓封侯，匹馬戍梁州。關河夢斷何處，塵暗舊貂裘。　胡未滅，鬢先秋。淚空流。此身誰料，心在天山，身老滄洲。」

題淑儀演唱會照片

剪水雙瞳黠慧藏，芙蓉明艷露凝香。樓台泣別聲悽美，仙樂飄飄繞會堂。

賀蔡德興師傅新編粵劇《韓壽偷香》於沙田大會堂首演

新編力作滿連場，今夕鳴鑼沙大堂。韓壽偷香傳軼事，生花妙筆說端詳。

贈詩園園主陸羅素兄

詩有深情律句奇，詩篇千首姓名馳。詩園園主豪雄客，詩國今朝豎大旗。

讀辛稼軒《破陣子》詞

白髮書生氣尚昂，夢回塞外戰沙場。挑燈夜看青霜劍，復國平金志未忘。

讀辛稼軒《永遇樂》詞

金戈鐵馬記當年，雨打風吹事已遷。北伐中原何日遂，廉頗已老志猶堅。

附：《永遇樂・京口北固亭懷古》……辛棄疾：「千古江山，英雄無覓，孫仲謀處。舞榭歌臺，風流總被，雨打風吹去。斜陽草樹，尋常巷陌，人道寄奴曾住。想當年、金戈鐵馬，氣吞萬里如虎。元嘉草草，封狼居胥，贏得倉皇北顧。四十三年，望中猶記、烽火揚州路。可堪回首，佛貍祠下，一片神鴉社鼓。憑誰問、廉頗老矣，尚能飯否？」

秋

秋風颯颯夜初涼，秋月圓圓照地堂。秋色濃濃增逸興，詩人可有好辭章？

秋雨

綿綿秋雨滌人腸，白霧濛濛蔽日光。索索蕭蕭聲入耳，如聞天籟意深藏。

秋霧

疊疊層臺霧海藏，連天江水白茫茫。峰巒隱隱煙波暗，陣陣秋風陣陣涼。

聽《蝶舞蓬瀛》

夢斷蓬山事可憐，可憐鴛侶兩無緣。無緣結合人間世，化蝶翩翩舞九天。

贈蔡師傅（二首）

白日時翻舊典書，從來不愛吃鹹魚。詩詞寄意還言志，編劇高才慕煞予。

蔡郎自幼習群書，偶寄閒情讀李漁。詩作篇章聲調美，才華傲世藝驚予。

天氣

露冷風寒總不妨，更無豪客畏冰霜。平生每愛滂沱雨，洗盡凡囂潤四方。

春風秋雨

春風秋雨事年年，夏暖冬寒亦自然。學養修成憑志毅，只由人力不由天。

讀范文正公《蘇幕遮》詞

山映斜陽水接天，無情芳草苦連川。追懷旅思鄉魂黯，酒入愁腸化淚漣。

附：《蘇幕遮》……范仲淹：「碧雲天，黃葉地。秋色連波，波上寒煙翠。山映斜陽天接水。芳草無情，更在斜陽外。黯鄉魂，追旅思。夜夜除非，好夢留人睡。明月樓高休獨倚。酒入愁腸，化作相思淚。」

午後

一杯熱飲倍明神，濃淡均衡自養身。午後休閒遊鬧市，廣場小憩景怡人。

秋分已過

秋分已過晚天涼，明月幽幽影菊黃。共話西廂情切切，一年好景莫相忘。

論詞

詩莊詞媚不相同，語句迷離意像曚。百折詞心難盡說，暗香疏影妙無窮。

記詩園好友暢聚同歡之樂

群賢咸集喜盈盈，雅聚蘭亭笑語生。一詠一觴情意暢，騁懷游目步縱橫。

清晨偶感

終日常開卷，修心養性靈。世間人易醉，我自獨能醒。

老人秋日曰

老眼無光看未清，龍鍾疲態有悲情。夕陽殘照山風烈，愁聽庭前落葉聲。

八星賀壽

八星賀壽意慇慇，賓主同歡頌國勳。各展急才書五律，詩成朗誦眾歡欣。

解憂

怡情莫慮憂，好月似鐮鈎。淺酌葡萄美，狂斟惹恨惆。

開懷

人云一醉解千憂，月亮圓圓看似鈎。酒可穿腸君莫嗜，開懷看透自無惆。

解愁

抽刀斷水水長流，一醉難消萬古愁。對酒高歌人愈苦，何如知己共同遊。

已近重陽

已近重陽霧似煙，涼秋將盡接冬天。一年好景難忘記，心事情懷寄譜填。

讀陶元亮《桃花源記》

武陵漁父訪桃源，屋舍儼然桑繞村。先世避秦來此地，不知有漢絕中原。

難覓桃源

人間難覓美桃源，邊遠山區有廢村。何日九州民盡樂，安居戶戶立平原。

郊遊（二首）

郊野田園景自幽，遙看天上彩霞浮。鳴蛩未減山清靜，此際啾啾伴我遊。
海天空闊任逍遙，已屆秋深草未凋。碧水迢迢山隱隱，怡然遠望白雲飄。

試將馬東籬《天淨沙》改為七絕

枯籐老樹伏昏鴉，橋下溪流繞宅家。古道西風人馬瘦，斷腸孤客在天涯。

夜讀

秋雨梭梭密復綿，孜孜展卷夜燈懸。勤修暢讀明經義，願法先師繼往賢。

客途

園林清冷樹棲鴉，流水淙淙繞酒家。秋盡客途傷夕照，自憐漂泊此生涯。

與鄭國江老師及眾好友品茶（二首）

群賢畢至品茶香，說藝談文遣晝長。撰曲填詞高雅事，老師才學眾稱揚。
知己良朋聚一堂，品茶論學愛書香。聯詩共道今時樂，別後匆匆信不忘。

寒涼

天氣寒涼意亦涼，身疲力乏倍多傷。世間萬象俱空泛，怕見冬來盡雪霜。

不悲（二首）

從來人善受人欺，世事滄桑若奕棋。抱膝難求銀兩至，圖強展翼去愁悲。
人善人欺不自欺，品簫弄笛樂琴棋。風雲再聚期來日，暢展才情莫苦悲。

深秋

深秋草木未枯黃，嶺表江南少雪霜。晚景怡人人自樂，良宵好月照橫塘。

如常

庭院景蒼茫，衣單覺夜涼。危樓凝望遠，好月照如常。

詩心秋月

詩章言我志，心潔意澄明。秋水連天接，月兒歸路迎。

詩心秋月

詩賦文章妙手成，心衷細表貴真誠。秋懷未向人前說，月上東山徹夜明。

颱風襲港三首（轆轤體）（第三首用孤雁出群格）

十月秋深有大風，風狂雨暴路濛濛。濛濛未見街前景，景物猶如墮霧中。
愁懷深鎖困胡同，十月秋深有大風。捲起黃沙迷視野，蹣跚舉步苦劉翁。
海馬施威來勢凶，連場大雨灑樓篷。交通未暢人無緒，十月秋深有大風。

慶賀生辰於聯邦酒樓茶聚

騷人曲友聚聯邦，暢論詩詞度好腔。創作佳篇尋妙韻，七陽不合用三江。

讀胡適之先生《嘗試集》

嘗試成功自古無，放翁此話實糊塗。先生指引開風氣，涉水窮山有正途。

詠玉

質本剛堅世盡知，晶瑩閃透美容儀。無瑕高潔身靈巧，溫潤柔和卻似脂。

香江即事（二首）

閃爍燈花吐艷常，香江佳地聚華洋。花團錦簇遊人眾，共奏新歌唱角商。

清輝夜月照香江，聖誕佳音遠播揚。把酒言歡消恨怨，紛爭解決靠磋商。

無才

之乎者也矣焉哉，善作安排可說才。惡補經書猶不及，未知那日脫凡胎。

世代書香

世情變幻每稀奇，代有不同無定規。書卷永藏真義理，香山朗讀自神怡。

鍾馗平妖

魑魅山精禍世間，精靈魍魎害人寰。鍾馗仗劍驅魔怪，百姓歡欣展笑顏。

樂園

獨在幽山建樂園，遠離俗慮少閒言。詩詞翰墨為佳伴，不戀華筵愛菜根。

記大學同學Viola遠從加國返港同聚之夜（兩首）

四十四年非等閒，重洋遠渡至今還。依稀舊事猶能記，美酒傾杯展笑顏。
故人不見已多年，兩地分離互掛牽。同頌友情歌一曲，心衷細說話綿綿。

賀蔡師傅生辰

蔡師今夕慶生辰，福壽康寧健美身。桃李滿門傳粵藝，文章有價傲凡塵。

賀學棣梁錦全君與周凱芹小姐同諧連理

錦全今夕喜乘龍，設宴沙田馬會中。迎得凱芹齊比翼，此生恩愛永無窮。

觀淑儀及美玲演唱《洞庭十送》

摯友良朋聚會堂，和諧音律韻悠揚。洞庭十送情詞美，曲調鏗鏘自繞樑。

四季（孤雁入群格）

春到人間萬卉紅，夏來樹下趁涼風。秋高氣爽郊遊去，冬至圍爐意興濃。

偶想

人生積極少煩愁，喜與良朋結伴遊。日讀詩詞勤習作，常懷感銘自悠悠。

對聯之樂

對聯學問並非難，平仄無訛第一關。詞性相符應緊記，個中天地樂忘還。

冬

午夜寒雲閉月華，庭園冷冷隱昏鴉。憑窗但見星光暗，盼得春來可放花。

報佳音

手撫六弦琴，輕彈妙漫音。歌聲傳雅意，聖誕又來臨。

偶感

清晨每愛把詩尋，韻腳題材細酌斟。唐宋元明綜覽視，前人佳作勝於今。

抱病

纏綿病榻倍傷情，困鎖樓房自冷清。畏懼風寒霜露重，無聊獨對一孤檠。

飛鴻

青天嶺外有飛鴻，振翅逍遙雲海中。胸有沖霄高遠志，他朝直上玉皇宮。

求醫

西醫看罷看中醫，咳喘呻吟氣若絲。病起沉痾知那日，無聊之際寫歪詩。

金星合月

金星合月在天宮，星月爭輝照夜空。薄霧雲霞雙映襯，景觀奇幻現蒼穹。

求醫

名醫醫術甚高明，苦疾袪除感冒清。更有良朋多慰藉，冬寒處處有溫情。

早上陽光下作

朝陽艷麗氣如秋，漫步花間自樂悠。君子不應長日醉，聞雞即起作園遊。

註：此詩第三句化用北宋詩人黃庭堅《夜發分寧寄杜澗叟詩》第三句。全詩如下：「陽關一曲水東流，燈火旌陽一釣舟。我自只如常日醉，滿川風月替人愁。」

黃山谷此詩的第三句，應是化用了他的前輩歐陽修《別滁州詩》的第三句。歐陽永叔此詩如下：「花光濃爛柳輕明，酌酒花前送我行。我亦衹如常日醉，莫教絃管作離聲。」

冬行夏令

冬行夏令暖洋洋，汗下如霖不正常。抱病何堪天幻變，出門依舊厚穿裳。

覓藥求醫

感冒相纏已數旬，賢徒覓藥汗沾巾。但求病患離身去，二豎從今不擾人。

三子同遊

購置經書上廣東，欣然忘食又忘窮。風雲三子重來日，穗上珍藏一掃空。

粵曲敬老

蔡師率眾下藍田，妙韻飄飄仙樂傳。敬獻耆年冬日裏，憑歌寄意各爭先。

一詩千改

一詩千改未言安，敲去推來細意看。改定啖茶嗟力倦，秋鴻飛盡怨冬寒。

茶聚

歲末良朋聚一堂，開懷暢意品茶香。盡忘心悃消愁慮，共説來年大計長。

新春同遊

新春好友喜同遊，壯美風光盡覽收。北上神州三兩日，寬懷暢意把詩酬。

旅遊

春光明媚百花妍，漫步湖山樂自然。兩岸垂楊如錦繡，登樓遠望水連天。

茶聚

天南地北語由衷，午後閒聊意興隆。舊事新聞俱道盡，黃昏已過月如弓。

閒弄笛

怡然弄笛小樓間，音律宮商尚熟嫻。一闋落梅情未盡，還拈禿筆記悠閒。

元宵

迎風老木未雕颼，佳節情人合泛舟。一葉隨波飄月下，分輝雙影水天浮。

英雄

春陽和煦照朱欄，猶見英雄枝未殘。放眼山河思好漢，揚鞭策馬上雕鞍。

敬賀淑儀今日農曆壽辰快樂並祝今夕與美玲同唱《洞庭十送》演出成功

早春正月氣清新，此日徒兒慶壽辰。今夕會堂歌十送，良朋共賀眾情真。

春回

萬紫千紅各有香，鶯歌燕語蝶翱翔。春回大地人間好，獨倚樓欄戀艷陽。

慶祝詩詞歌賦園地成立五週年（二首）

詩園慶賀五週年，滿座高朋盡儁賢。翰墨飄香添雅趣，傾杯共飲話連綿。

園林盛會集英賢，少長同歡慶好年。佳句詠題三百首，還將傑作付詩箋。

香江霧鎖

香江霧鎖一清晨，樓閣亭台幻亦真。南國春來煙景美，遠觀近視總宜人。

梅

萬朵繁花向日開，斯人獨賞一枝梅。暗香浮動含情放，只畏狂蜂突襲來。

購玉

良朋玉店在藍田，拜訪登臨趁夕煙。細選精挑錢散後，圍爐夜話笑談天。

詠玉

晶瑩軟硬各為奇，質本剛堅潤若脂。五德俱全人讚頌，收藏餽贈兩咸宜。

註：一．玉是一類礦石的泛稱，通常指硬玉（翡翠）和軟玉，都是變質岩。

二．《說文解字》（東漢，許慎）：「玉，石之美，有五德。潤澤以溫，仁之方也；䚡理自外，可以知中，義之方也；其聲舒揚，專以遠聞，智之方也；不橈而折，勇之方也；銳廉而不技，絜之方也。」

三．《周易正義》（唐，孔穎達）：「玉者，堅剛而有潤者也。」

春日（孤雁入群格）

春日思情比酒濃，消排無計廢飧饔。層樓縱步尋詩興，吹面微寒三月風。

詣仙門

蓬山高處有仙樓，千載白雲空自浮。欲詣仙門無羽翼，今朝卻喜有神舟。

午後小休

家中僻穀養元神，晝伏片時宵現身。習誦詩詞歌好調，饑餐風露樂清貧。

酒逢知己

酒逢知己兩瓶空，說鬼談神眼漸濛。家國風雲千萬變，今宵夜月倍朦朧。

演唱《還琴記》（二首）

慧娘裴禹兩情投，似道橫行怎罷休。玉女還琴何決絕，紅梅再世結鸞儔。

名曲聲情細揣摩，還琴一闋韻諧和。金星樓上飄仙樂，喜結台緣唱好歌。

天氣

自入春來不覺寒，連天霧雨卻難歡。飛紅片片隨風轉，憐惜花魂未忍看。

深宵棋戰

殘棋一局正收官，轉戰終宵氣漸殫。難以回天大龍死，更無良策可翻盤。

夜（十首）

西窗遙見夕陽沉，獨取葡萄細細斟。夜霧轉濃遮景物，今宵孤客倦登臨。
黃昏日落夜沉沉，偶與良朋把酒斟。暢說聊齋談魍魎，昂然不畏鬼來臨。
宵來宴罷夜深沉，酒力難勝再四斟。醉臥街頭君莫笑，夢魂常見美人臨。
人窮氣短志消沉，佳釀無存劣酒斟。落難書生輕易醉，夢鄉路穩願長臨。
月上東山日已沉，豪情驟至酒深斟。三杯飲罷人微醉，遙見仙姬下界臨。
書生無力主浮沉，也可吟哦酒暢斟。批判評彈千古事，逍遙五嶽再登臨。
為研詩藝自潛沉，韻律聲情細酌斟。忘食忘言忘俗慮，欣然未覺老將臨。
不求顯達任浮沉，喜與良朋酒共斟。覓宅山林幽靜處，卻開三徑候君臨。
五更三點夜星沉，愁見瓶空沒酒斟。今夕嫦娥雲海隱，夢魂唯盼姐來臨。
遠山暗晦晚天沉，寂靜幽齋酒獨斟。好月今宵那方照，依稀隱見夜神臨。

春遊

晚春三月暖洋洋，知己同遊上貴陽。祖國山川湖海秀，東南西北細端祥。

黃果樹大瀑布

黃果飛流下九天，奔騰水氣化霞煙。瀑群至大無倫比，弘祖遊篇有記傳。

貴州遊三部曲

搜趣尋芳四月中，黔南靈地景青葱。名山名寺登高探，覽勝春遊極目窮。
繁花萬朵放山中，大白鵝黃夾粉紅。四月春神嗟乏力，凋零近半已隨風。
八山一水一分田，黔地風光態萬千。結伴同遊觀美景，歸來覓句賦佳篇。

早遊園

步入園林過綠叢，如聞杜宇泣殘紅。春花慘淡穀雨後，落瓣飄零隨陣風。

園中乞丐

園中乞丐對愁天，饑餒堪虞實可憐。風雨交侵霜露重，殘羹冷飯氣難延。

春歸

春歸花自落，滿地盡殘紅。季節輪流轉，非關雨及風。

春歸

七律詩成愧失黏，消愁借酒恨增添。殘紅如血驚心魄，怕送春歸不捲簾。

天氣
昨夜風清月近人，今晨霧鎖雨頻頻。陰晴不定景晦暗，斜倚碧欄無緒神。

練道
深山練道訪仙人，不懼風雷雨雪頻。正果修成通兩界，那愁外物損心神。

深城購書
早入深城為購書，搜羅珍本意輕舒。錢財散去人安樂，力乏身疲若死魚。

祝淑儀和成成今午演唱《華山初會》成績美滿
華山初會結臺緣，曲調清新聲韻全。粵藝弘揚傳好樂，知音共賞盡悠然。

喜日晴
雨止雲開喜日晴，人間天上有真情。今朝展讀儒林錄，心緒悠閒氣漸平。

暴雨日
身在家中思慮多，流年似水暗蹉跎。狂風暴雨嗟無日，願覓村居學養鵝。

今午，蔡德興師傅將率眾於大埔廣福社區會堂演出。茲以七絕一首，祝賀各位表演成績美滿。

奇峰妙韻

奇峰妙韻獻耆英，聲調飄揚律呂清。唱藝專精傳雅意，會堂上下盡心傾。

端陽（三首）

龍舟競渡賀端陽，奮勇爭先意激昂。粽子飄香味兒美，鯨吞虎咽量無妨。

端陽佳節喜盈盈，結伴同遊共北征。初夏涼風輕拂我，怡然漫步五羊城。

越秀公園人越秀，白雲山上白雲飄。新詞舊調齊吟弄，同樂同歡意可描。

無題

美酒多瓶笑口開，與君共酌莫言哀。暖風薰得閒人醉，不説當年説未來。

陌上愁

遠天雲淡淡，近岸水悠悠。落拓青衫客，黃昏陌上愁。

感冒

無端感冒再來纏，身軟聲沙更失眠。咳嗽頻頻橫膜痛，延醫診治耗金錢。

荔枝三傑

組團啖荔正當時，最妙清甜糯米糍。爽脆盈香唯桂味，增城掛綠剩殘枝。

病中自嘆

人生屢覺甚無常，染病頻頻倍自傷。好友搖頭輕嘆喟，今朝對藥暗淒涼。

淫雨

淫雨連綿不比常，巢傾無助實哀傷。鴉兒今夕毋愁苦，自有新居禦夜涼。

立回春

戒貪戒慾戒癡嗔，正道修來可養身。感冒風寒原小恙，良醫診治立回春。

午餐

撈粗撈幼兩相宜，一碟端來立解飢。六月炎炎天氣毒，規行矩步勿傷脾。

關漢卿雜劇《錢大尹智寵謝天香》原是旦本。主角為謝天香。劇作刻劃出天香之聰明才智，寫她為避錢大尹名諱，即席將柳永《定風波》改韻演唱。明代馮夢龍《情史》卷十二也有記載謝天香之故事。蔡德興師傅將年前之《智寵謝天香》再改編為《情鑄天香》，把原來更改《定風波》韻腳之情節改動，相信也同樣可以表達到天香之才氣。茲以一首七絕，恭賀蔡師傅今晚新劇首演成功！

恭賀蔡師傅新劇首演成功

耆卿情鑄謝天香，大尹成全道義長。
今夕高山同共賞，蔡郎新劇上華堂。

昨天與朋友於飯店午餐。一碟「符離集燒雞」，肥而不膩，各人同稱好味，不愧為國宴名菜，不愧被稱為「中國四大名雞」之一。菜牌上寫的菜式為「河南符離集燒雞」，但符離集卻是在安徽省的。大惑不解，作《午膳》一首以記此奇事。

午膳

酒樓菜式有奇談，苦苦思量再細參。
小鎮燒雞天下讚，不知何以在河南。

花迷蝶醉

花隨逝水向東流，迷惘心情此際留。
蝶散蜂飛春已遠，醉翁借酒解千愁。

游泳

水中暢泳樂悠然，橫直來回左右穿。夏日炎炎消永晝，逍遙何似臥池邊。

湖南土匪雞翼

湖南土匪燒雞翼，味道惹人今試食。取價便宜賣相佳，饑來三隻能增力。

註：土匪雞翼名稱之由來相傳是從前湖南土匪打家劫舍，連每戶香料香草也不放過。土匪們將打劫得來之香料用來燒雞翼，香氣撲鼻，幾里以外也聞得到。所以當人聞到此種雞翼之香味，就會知道附近一帶有土匪出沒。

讀書

此山居士集深研，風格輕靈氣節堅。南宋詩壇君兀立，田園雜興最堪傳。

註：南宋詩人范成大（一一二六至一一九三），字致能，號石湖居士，與楊萬里、尤袤、陸游號稱「南宋四大詩人」。范成大的詩作在宋代即有顯著影響，到清初則影響尤大，有「家劍南而戶石湖」之語（「劍南」指陸游）。紹興十四年（一一四四年），在崑山禪寺讀書，十年不出。曾取唐人「只在此山中」句，自號此山居士。

聞四議員被除去議員資格有感

宣誓兒嬉意不良，囂張態度實荒唐。議員資格今除去，法律莊嚴豈可忘。

午餐

米線加西藥，孤單無所託。良朋在遠方，獨食難言樂。

萬象

雲白天藍日照紅，山青水綠樹葱籠。繽紛萬象巧手造，物我本來無不同。

雨止雲開（孤雁入群格）

雨止雲開見日紅，人心天意兩相通。笑談滌盡愁與怨，喜見朋儕歡樂容。

三未

酒過三杯詩未狂，四時氣轉未情傷。風雷雪雨尋常見，夜讀經書心未涼。

萬艷同悲

風雨飄搖總太狂，花殘木落倍悽傷。園林冷寂遊人少，萬艷同悲心自涼。

南方暴雨

南方暴雨引洪澇，資水湘江水漲高。黔桂湖南同有難，神州百姓受煎熬。

夏日

夏日炎炎似火燃，無心作句寫詩篇。街頭偶逛汗似雨，小扇吹風難敵天。

回歸二十年

慶賀回歸二十年，香江政治轉新篇。中天月上人瞻望，民主民生力着鞭。

午餐吃雞翼

午餐快活卻卑微，雙翼齊齊一起飛。秋意來臨神氣爽，寒鴉瘦影盼增肥。

七夕

苦命賢妻苦命郎，鵲橋相會淚汪汪。金風玉露相逢夕，勝卻人間百載長。

七夕

織女晶瑩亮夜空，牽牛東上步怱怱。銀河今夕雙星會，萬代千秋歲歲同。

望天

八號風球又再懸，滂沱大雨灑當前。書齋獨坐無愁慮，謀事在人成在天。

風雨之晨

詩書禮易樂春秋，六藝經年立志修。風雨交加宜閉戶，忻忻暢習自悠悠。

天鴿來前游泳

天鴿來前池上游，明朝風雨有何憂。逍遙暢泳增豪氣，更喜江南又到秋。

屯門覓食

林林總總味新鮮，要食海鮮休惜錢。夜入屯門尋夜店，同枱共食眾悠然。

今午蔡德興師傅率眾往藍田頌恩護老院作粵曲敬老演唱。我隨隊拍照助威。作詩一首以記。

敬老

深情敬老赴藍田，時在秋涼八月天。曲美腔清人雋秀，飄飄佳韻四方傳。

水冷風涼習泳池中有感

水冷風涼未覺寒，世情幻變倍難安。人生得意須為樂，美酒三杯兩口乾。

游泳

懸天紅日把人熬，奪暑爭秋溫度高。暢泳池中消永晝，強身健體樂淘淘。

茶聚

同窗好友聚名軒，把盞言歡話舊年。論盡香江今日事，埋單卻惱又花錢。

氣候

炎夏去還留，今宵未覺秋。寒冬應未至，買酒典衣裘。

秋初

坦蕩豁胸襟，秋初數日霖。登樓觀望遠，月照碧波深。

暑去秋來

大暑方初去，立秋旋到來。涼風今日至，午後彷聞雷。

立秋

一場秋雨一場涼，午後齋啡焓蛋香。物候遷移天意定，人情冷暖也尋常。

晚飯

斜陽漸落夜風涼，三數良朋聚店堂。四餸一羹無不滿，連天愁緒已全忘。

自拍

午後無聊唯自拍，容顏憔悴殊驚嚇。腸空肚餓夜深沉，踏上酒樓餐一客。

賀陳超穎兄壽辰

詩國人人稱好漢，詩詞首首極傳神。詩成每每驚風雨，詩友齊齊賀壽辰。

午餐

饑餐皮蛋粥，普洱宜加菊。一飽解千愁，不爭名與祿。

登崖

登高望遠上危崖，獨酌群遊亦復佳。妙漫人生多逸趣，清風此際入余懷。

午後

海南雞飯多營養，午後無聊唯上網。秋日悠悠晝不長，翻開史卷研新莽。

夢得詩詞

歷史上，除了劉家的夢得之外，還有很多位夢得：如馬夢得、閔夢得、范夢得、葉夢得等。作夢得詩詞一首：

囊空瓶罄未言憂，夢得詩詞伴仲秋。世道衰微人不恨，今宵好月照床頭。

人生

憂患人生厭患憂，秋涼愁至怨涼秋。寒冬未到心先凜，無慮無愁是石頭。

秋分

丹桂飄香菊正黃，秋分過後夜偏長。一場驟雨添涼意，塞雁南飛腳帶霜。

惜別

路長頻灑淚，話別人憔悴。待等再逢時，開懷齊一醉。

午膳

米線端來香氣噴，饑餐渴飲無仇恨。咖啡更可醒心神，早晚逍遙毋自困。

讀史

唐堯虞舜夏商周，國史精研歲月悠。鑑古知今明大義，中華文化世傳流。

吃燒牛肉

牛肉脂香入夜尋，三成僅熟血淋淋。欖油芥醬調佳味，吃罷還思再復臨。

讀史

黃河千里水滔滔，育我文明倍自豪。華夏江山書裏看，昭昭經史記分毫。

七絕二首贈淑儀及美玲祝演出《十繡香囊》成功

十繡香囊夜未央，三娘心事盼思量。蔡郎赴試京華去，他日掄元姓字揚。

香囊十繡調清商，音韻聲情繞會堂。妙漫歌喉傳曲意，良朋摯友共稱揚。

為樂

生年難滿百，百歲又如何。今夕宜為樂，彈琴復唱歌。

已涼天氣

已涼天氣未寒時，午後城中欲詠詩。律絕速成心暢快，七言八句表柔思。

午後活動

天氣微涼未入冬，泳池暢泳倍輕鬆。夜來良友同相聚，杯酒言歡樂祖農。

天氣

時晴時雨倍迷離，幻化風雲應變疲。難測世情難測市，榮華富貴信無期。

觀天

宵來望遠空，秋月圓而亮。老眼未昏花，觀天無阻障。

赴中學同學聚餐

肅整衣冠赴上環，同窗海外又歸還。人逢飲宴精神爽，歡樂今宵定展顏。

午餐吃菠蘿油包

年近古稀人未癡，三餐不可戒油脂。涼風吹過生寒氣，且喜一包能解饑。

祝今夕淑儀美玲演出成功

金曲怡情復解愁，閒來唱習意悠悠。好歌自有知音賞，樂韻繞樑三日留。

自壽

日暖風調十月天，欣逢壽誕樂悠然。祈求諸事皆知意，體健身康年復年。

願望

良朋壽我盛情隆，時在深秋十月中。祈願天人能共永，年年十月賀劉翁。

下午茶

牛腩炆香撈幼麵，晝長力軟應充電。人逢得意歎孖蒸，落拓焉能嫌物賤。

江南佳景（孤雁出群格）

杏花煙雨伴斜陽，民宅官衙傍大江。夕照棲霞山景秀，地靈人傑世無雙。

清晨讀明史有感

人禍天災歷朝有，清明政治不尋常。翻開國史多愁憾，善惡忠奸頻出場。

深秋即事

時時喜樂為良藥，事事寬懷是好方。世上千般無絕對，浮生本似戲連場。

聞蔡師傅歷史講座因風改期

講座延期避暴風，蔡郎不敢怨蒼穹。家居無事且開卷，習史無師能自通。

深秋週日打風有感

深秋竟爾刮颱風，八號波懸煙雨濛。何事今年多異象，蒼天無語答劉翁。

乘地鐵無聊

沙田旺角九龍灣，太子金鐘中上環。坑口南昌深水埗，青衣大學炮台山。

吃午餐

芝腿三文治，午餐殊快意。啡香可醒神，靈感重來至。

醫院之晨

天氣清涼料轉寒，房中獨臥影孤單。剛抽血液五筒滿，檢驗未完心未安。

檢查

入院檢查眠一宵，房間清冷夜迢迢。苦無娛樂排愁悶，幸有詩書慰寂寥。

魚蝦蟹餐

未賞黃花先拆螯，魚蝦炊熟興尤高。遊山玩水迎秋節，共飲生啤氣更豪。

秋日風光

秋日風光勝美圖，近冬草木未愁枯。怡紅快綠邀人賞，共樂同遊步路途。

氣象

舉頭望月未團圓，熱浪欺人汗下漣。世事無常難盡意，迷離氣象甚奇玄。

市集淘寶

扇搖風動自清涼，古鎮觀光購物忙。土伏靈芝山草藥，歡欣淘寶樂洋洋。

秋日遊小鎮

紅日高燃熱透雲，穿梭里弄脚抽筋。秋天天氣如炎夏，汗滴唇乾體內焚。

參觀葉問紀念館（孤雁出群格）

詠春泰斗佛山人，一代宗師天下聞。館內徘徊思葉氏，發揚國術實憑君。

思念

翻看地圖思故鄉，仲秋氣候未寒涼。朋情友愛多珍重，誦禱皇天望吉祥。

佛山市迎月

十月三日，到佛山市。晚上，眾團友聚於蔡師傅、師母酒店房中，歡欣迎月。茲以一首七絕記之。

群友同遊到佛山，良宵迎月聚房間。蝦條月餅加生果，舉座歡欣意逸閑。

參觀孫中山先生故居兩首（第一首為孤雁入群格）

再進中山訪翠亭，緬懷先烈舊言行。大同社會何時見，天下為公國運興。

中山原是我家鄉，再訪翠亭秋未涼。國父故居遊客眾，風光勝舊細端祥。

旅行

欣逢國慶又中秋，假日空閒結伴遊。萬里河山風景美，逍遙北上樂悠悠。

近中秋

已近中秋月半明，樓臺玩月夜空清。幽幽月下吹長笛，訴我相思寄我情。

晚餐

黃昏吃壽司，味道真堪讚。笑口要常開，無須頻怨嘆。

讀史

勤政親民國運隆，荒淫怠惰禍無窮。興亡分合非天意，白髮書生眼未矇。

寒梅

寒梅雪下散幽香，細看花容似帶傷。凜凜霜風摧粉面，無從躲遁碎柔腸。

開卷（孤雁入群格）

一書在手倍精神，人到無求話最真。貪懶偷安能墮志，從來天道會酬勤。

午餐

午餐吃拉麵，味好兼方便。冬到未知寒，還需搖紙扇。

生活

人間風雨起還收，總有高低順逆流。日習詩詞閒覓句，深宵愛看外星球。

小食

新疆香草燒雞翼，遠近馳名難得食。進補迎冬正合宜，脂肪蛋白能生力。

立冬日活動

尋求真我習瑜伽，姿式無訛可自誇。午後疲勞餐室往，咖啡走奶又飛沙。

記小學畢業五十五週年宴會

同窗聚首宴瓊樓，歲月忽忽數十秋。多載相知多載誼，今宵共慶樂悠悠。

九月十四黃昏見月而吟

明月高高掛上天，清輝皎皎照身前。心思遠遠乘風去，拋卻煩愁直訪仙。

深秋

珍惜餘暉愛晚天，寬懷踏步勇朝前。深秋正值風光好，把酒同邀月裏仙。

旅遊

聖誕假期同旅遊，天寒依舊興悠悠。西樵美景齊觀賞，知己良朋樂展眸。

祝君好

時時動氣易傷肝，調理心思心自寬。祈望餘生無齟齬，為君中夜禱平安。

健康

萬頃良田無足貴，健康方是近身財。修心養性勤勞動，虛耗元神實不該。

醫師說

求醫診症究原因，戒盡寒涼少恚嗔。治病還宜先治本，養生應要養心神。

偶想

欲效淵明隱故田，紅桃綠柳列堂前。躬耕守拙無塵雜，插朵梅花便過年。

大學同窗陳兆兄由多倫多返港，林壽雄兄由墨爾本返港，昨宵和在港的梁增力兄、楊步堯兄、李學基兄及陳荃鍵兄暢聚於中環酒吧，共話當年，不亦樂乎！更感謝酒吧的大業主梁增力兄慷慨請客！茲以七絕一首以記其樂。

同窗聚首

同窗聚首品高粱，共話當年短與長。酒過三巡人半醉，依稀往事未能忘。

偶感

閒來愛讀古文章，月下烹茶品酒香。若問人生何所似，猶如稊米在糧倉。

逐落暉

縱馬不停蹄，奔馳逐落暉。知心兩同路，帶月始回歸。

歲盡雜感

歲盡寒流苦，人窮故友疏。有才拈筆硯，無力舉犂鋤。

力學

枕石憑欄立賦詩，潛心探索未言遲。成才之道勤為首，學術精通便是師。

見淑儀滑梯照（兩首）

喜有童心愛玩遊，公園戲樂意悠悠。強身運動經年做，百病難侵體格優。
返老還童說淑儀，滑梯耍樂展丰姿。身心舒暢容顏美，體魄康怡自可期。

葵花寶典

東方不敗有奇功，武藝修成賴自宮。老岳小林同受害，葵花寶典禍無窮。

今早和舊同事在旺角茶聚。以五絕一首記之：

寒天早上旺角茶聚

細雨灑大地，寒風吹入樓。良朋今早聚，溫暖上心頭。

新歲偶感

天命多玄妙，難將百事占。待人宜厚道，律己要從嚴。

春景

澤畔行吟滿地蛙，桃梅競秀筍抽芽。人間春到陽光艷，五福臨門護萬家。

晚餐

白粥味芳香，廉宜更健康。大魚兼大肉，傷胃又傷腸。

揮春詩

新春大吉業興隆，出入平安衣食充。心想事成身體健，龍精虎猛樂無窮。

歲月神偷

無情歲月是神偷，綠鬢匆匆變白頭。川上愁看東逝水，青春一去怎能留。

立春

接福喜迎春，東風解寒冷。新年旬日臨，花放漫山嶺。

殘年

囊罄已無銀兩賸，身癯還遇朔風侵。殘年景況不堪記，今夕辛酸作苦吟。

自助修書架

左圖右史笑書多，無處收藏嘆奈何。幸有餘錢添木架，還須自助鑽釘螺。

零食

每逢人倦思零食，食過全身均有力。快意時將詩句研，南窗展卷師曹植。

午餐

午間餐米線，生活常求變。君子縱家窮，黃金吾不羨。

春分後三天

劉某詩多多不好，筆耕自樂排煩惱。春天過半日趨長，閒弄琴簫餐漢堡。

兵哥

台北兵哥人俊俏，英風凜凜年華少。值班未許與交談，唯拍寫真留艷照。

遊九份

九份山城煙雨濛，悠然漫步老街中。悲情市鎮遊人樂，購物觀光確不同。

居宜蘭煙波大飯店

煙波江上寒煙翠，霧雨樓頭冷霧濃。今夜同遊居客店，無星無月聽禪鐘。

下午茶

壓花蛋餅曰窩夫，應取糖漿細意塗。入口甘香君且試，甜而不膩似光酥。

開飯

厚切黑豚滋味濃，飽餐一頓頓輕鬆。今朝有飯今朝吃，君子時窮不改容。

悼念霍金教授

物理奇才說霍金，昨宵殞落似星沉。無緣諾獎寧無憾，黑洞憑誰再探尋。

枕上遊

三日無詩我自愁，臨川常嘆水長流。人間佳趣何時有，唯待逍遙枕上遊。

讀書

書到用時方恨少，人無運至聚財難。閒談莫說非和是，且趁春光讀老殘。

春日

李綠桃紅傲眾芳，海棠雖艷卻無香。滿園春色難關住，此日宜穿的確涼。

檢閱

趁有空閒檢舊書，品評細味意輕舒。人如棄學難知道，古訓思來實不虛。

暮春偶筆

水上鴛禽水上游，瓊樓賓客宴瓊樓。仰觀星象觀星相，日月如梭天地悠。

春歸（孤雁出群格）

春歸尚可詠桃紅，逝去韶華沒影蹤。數黑論黃愚者事，吾曹只逐好詞鋒。

花

梨白桃紅玉桂香，梅花傲雪自難忘。庭中有卉枝妍秀，笑沐春風戀夕陽。

賞荷

夏至賞荷香，清閒樂不忙。亭亭花貌俏，淨植立斜陽。

午餐

午餐米線加豬潤，快意時來將酒進。歲月無情老壯容，倏然驚覺韶光迅。

潮汕遊

汕尾汕頭尋美食，鵝肝鵝蛋增能力。暢遊景點覽風光，祖國山河情久植。

長洲掃街記樂

暢覽風光又掃街，品嚐魚蛋眾開懷。雪糕油炸仍凝凍，再作詩詞韻必佳。

重遊舊地

重遊舊地記花香，耳聽鳴蟲鬧八方。不見伊人徒見樹，空餘一片好風光。

邀飲

元蹄味美菜根香，泡製佳餚用古方。好酒盈罇同一醉，若君不飲我無光。

自況

悠閒自樂酒盈罇，愛習經書未入門。天道無常人有志，精誠心意比崑崙。

午餐

獨食午餐登小館，家貧羞嘆無餘款。壽司數件尚新鮮，抑鬱常憂囊不滿。

讀《理學六家詩鈔》

前人律好自無疑，唐宋元明有大師。喜得六家同展讀，誦詞窺學兩相宜。

註：《理學六家詩鈔》是錢穆先生在宋、元、明、清四代理學家中，選邵雍、朱熹、陳獻章、王守仁、高攀龍及陸世儀六家的詩編集而成的詩集。

漫步（孤雁出群格）

漫步園林自遣情，不知不覺入遐齡。春光半晦疑初夏，喜見環山盡翠屏。

午餐

午後神疲人手軟，葱花炸兩真經典。潮州河粉味香鮮，美食當前福不淺。

午餐

雲吞幼麵加油菜，小店盤桓多感慨。似水韶華不斷流，青春一逝難能再。

禾蟲頌

禾蟲罕見有真假，烤焗燉炆皆適宜。製作蟲乾存取便，煲湯蒸蛋兩甘飴。

無題

伏案研經忘寢食，詩成不費吹灰力。閒來玩水又遊山，為愛名花勤播植。

荷

深紅淡白各凝香，嬌嫩輕柔羨眾芳。不染污泥為世頌，凌波飄逸勝姚黃。

行路苦

初夏無霖雨，金烏傲上天。望梅難止渴，沒處覓甘泉。

屈子行吟

秋蘭為佩懷香草，澤畔行吟人鬱惱。汨水匆匆痛國情，彭咸喚召憐吾老。

東部灣之晨

漫步灣前望海濱，山青景秀草如茵。白蘭樹下幽香散，一洗疲勞滌俗塵。

夏日遊

夏日誰言不可遊，艷陽雖熾了無愁。欣然評品雪球味，暢快談天望古樓。

遊石灣公仔街

怡然漫步新天地，天地之中寫遊記。初夏陽光照古樓，幽幽躲進將愁避。

祖國遊

祖國穿梭任我行，江湖笑傲快平生。跨河越嶺經鄉鎮，訪遍名山逛小城。

落寞

我不多財身子弱，時常遺憾輸痳雀。人逢失意怨黄昏，街角踟躕心落寞。

過關

今歲春歸明歲還，生涯起伏卻辛艱。橫刀立馬向前闖，願效雲長過五關。

少出門

夜夜愛研經，朝朝勤閱報。幽居少出門，察理能明道。

讀《九歌》

靜坐幽篁避世喧，九歌捧讀念詩魂。春秋戰國多高士，追昔撫今何有言。

信念長存

人生難保百年期，信念長存志莫移。只怨光陰容易逝，落花流水惹愁思。

抽血後

例行覆檢需抽血，未吃早餐人不悦。驗罷還應把肚填，牛排一客開刀切。

游泳

炎夏長宜水上游，追波逐浪任漂浮。池邊可作日光浴，暢樂身心解百憂。

隱退

世情無奈易生還，隱退山林沼澤邊。風雨交侵毋惹慮，扙藜扶我度餘年。

風雨同路

平生交往貴真心，摯友之情固似金。風雨煎熬無阻路，同酬佳調傲詞林。

世事

世事如棋局局玄，人情似紙張張薄。鉛華洗盡隱東籬，不負桃源山水約。

飲茶

四方老友又同檯，品茗談天話匣開。共享鹹魚雞粒飯，千般好事自然來。

佳人

佳人顧盼目生輝，巧笑倩兮塵世稀。螓首蛾眉膚似雪，東施欲效實咸腓。

近事

肥牛煙韌菜根香，大戰方城遣晝長。今日不愁明日事，只求席上有瓊漿。

祝淑儀與文文合唱《狄青闖三關》演出成功

奇峯會慶聚華庭，共展歌喉唱狄青。應是儀文初合演，良朋齊賀用心聆。

午餐

午餐來客三文治，今日四方無戰事。氣朗天晴意念閑，涼風陣陣知秋至。

感謝親友在演唱會上贈送利是

悲歌一闋終，利是有多封。可買驚風散，開心露笑容。

美食頌

從來美食受歡迎，碟碟新鮮價亦平。最妙乳豬成隻上，良朋稱善語衷誠。

美拍留影

道路崎嶇多險丘，惱人風雨未曾休。偶逢佳境怡情看，美拍連連倩影留。

無題

味淡清湯要落鹽，目光遠顧謂前瞻。人生勿做多餘事，切忌畫蛇將足添。

豬潤麵

遠近聞名豬潤麵，扛來一碗汁飛濺。狼吞虎嚥解饑腸，吃罷腦筋靈活轉。

讀《孟子》

五穀愧難分，書生無一用。還餘向善心，時把孟軻誦。

蔡師傅寫七排

有意為文好句連，七言八句未完篇。再添四句成排律，蘊藉風流信可傳。

投資買賣（孤雁出群格）

好淡爭持降後升，爭持之下有虧盈。投資買賣宜從慎，小注無妨重本驚。

道法自然（孤雁出群格）

菱花碎裂事為閒，月月月中逢月圓。道法自然人不惑，逆流依舊可撐船。

天氣

風吹雨打無天日，謝客杜門人有疾。試寫詩篇記我懷，遣詞用句求飄逸。

午餐

餐廳一角人疏落，無友無朋唯獨樂。闖蕩官塘任我行，當前美食歡欣嚼。

七一偶感

二零一八已過半，流水韶華何太匆。暑去寒來星斗轉，少年慘矣變成翁。

秋雨

秋雨潺潺自杜門，撫琴一曲絃音送。人間風雨本尋常，世態炎涼情易痛。

夜雨秋燈

夜雨敲窗睡未濃，秋燈一盞影重重。妖狐鬼怪多情義，或可同聊話語喁。

理髮

煩惱三千未盡，年華七十將臨。世情變幻無定，苦樂甜酸自尋。

玉帛化干戈

人間吵鬧近年多，屢有紛爭嘆奈何。劍往刀來血腥現，常將玉帛化干戈。

詠淑儀畫作

良朋樹下談天，感慨頻思往年。四野清幽靜寂，心中浪湧如泉。

六絕兩首

飲酒三杯必醉，吟詩千步難成。才疏未有名望，終日琴簫寄情。

偶與高僧說法，時偕曲士談經。江湖落拓無友，隱世甘為白丁。

大衛徵婚

取妻何用覓嬌妍，虛耗韶光幾十年。淑慧女郎行處有，徵婚立就好姻緣。

辛酸怨（孤雁出群格）

酒債人情兩待清，江湖落拓似飄萍。折腰只為囊羞澀，困頓辛酸目少瞑。

山邊覓宅

山邊覓宅隱南黔，榆柳成林蔭後檐。小屋柴扉長不閉，清涼那懼日炎炎。

地鐵沉降

沉降原因事未明，是非對錯要釐清。高層問責應追究，立案嚴查眾慮平。

翠嶺里上逛

防鼠功夫應做好，家家戶戶栽花草。衛生清潔眾康怡，樂業安居無苦惱。

秋

秋雨未來天已涼，十場秋雨着棉裳。寒蟬哀唱風清冷，轉瞬秋深更結霜。

玉

晶瑩剔透日生香，色澤均勻寓瑞祥。五德俱全溫復潤，避邪擋煞保平康。

志士仁人

研經究史氣軒昂，志士仁人走四方。筆下萬言胸有策，腰間寶劍透鋒芒。

步行好

每天萬步要堅持，身體安康更減脂。呆坐家中人易老，應多運動莫延遲。

題象窩山寫真照

象窩山俏多林木，遠近風光如畫軸。拍照寫真何敢遲，莊嚴望鏡立收腹。

秋夜遊

好月正當空，秋涼風送爽。良朋伴我遊，快意名山往。

遊雲浮象窩山

雲浮霧湧襯名山，祖國村鄉一日還。造化有情應信是，風光勝畫眾開顏。

北上新興

仲秋細雨滌紅塵，良友同車樂趣真。北上新興今早發，三天兩夜作遊人。

車仔麵

壯志饑餐車仔麵，多重選擇真方便。價廉味美賽珍饈，落拓不該嫌物賤。

月餅

月到中秋舉世瞻，蓮蓉月餅最香甜。五仁火腿多滋味，雖有高脂我不嫌。

萬木同悲

狂風過處樹哀鳴，幹斷根離恨滿盈。萬木同悲罹惡運，天災肆虐太無情。

生活

居求安逸食求飽，東訪西遊留指爪。有限才情盡發揮，行吟又覺思靈巧。

山竹欲來午間吃豉椒牛河有感

明日愁來明日算，牛河一碟先兜亂。紅椒黑豉料齊全，只恨當中無大蒜。

題淑儀雪夜訪友圖

白雪前宵下，冰輪今夜高。故人居世外，探訪不辭勞。

棠哥有米

棠哥有米眾人知，白米多包手上持。敬老扶貧勤出動，良朋共賀喜孜孜。

良朋聚

半隻燒鵝半隻豬，今餐不嘆食無魚。八斤巨蟹添佳興，舉座忻忻意態舒。

夜

星空點點發微芒，輾轉難眠夜正涼。幻覺紅樓原是夢，醒來枕畔似留香。

大橋（孤雁出群格）

喜見藍天襯白雲，大橋通暢利遊人。移山之志君應信，艱巨工程惠萬民。

七十自述（兩首）

七十年華雖有憾，浮生慶幸尚能文。詩詞歌賦齊磨琢，共詠同吟好氣氛。
人生七十尚年輕，淡飯清茶心態平。今夕詩園設豪宴，歡欣銘感友濃情。

興趣

為寫行書把墨磨，塗鴉自覺興殊多。閒來習弈知情趣，松下觀棋爛斧柯。

食為天

從來民以食為天，炸炒炆蒸燉焗煎。臘肉鹹魚隨火熟，茶香飯熱口流涎。

午餐

午餐時間，在這間餐廳，乾炒牛河，取價四十六元。下午二時後，Q版乾炒牛河，連同飲品，取價減至四十元。精打細算、量入為出如我，自然知有所擇。

算盤慢打自心明，午後開餐先計清。一碟牛河慳六塊，還加飲品喜盈盈。

平凡的故事

為謀生計別鄉城，遠走天涯闖北荊。今夕榮歸回故里，尋親不遇倍傷情。

千里故人千里月

文姬歸漢別胡王，再結婚姻配董郎。千里故人千里月，悲歌一闋緒哀傷。

祝國雄兄生辰快樂

才子生辰友集齊，聯群共上彩樓西。連斟數斗邀君飲，合拍留真再詠題。

題淑儀今晨所贈雙桃賀壽圖

雙桃賜贈表心誠，畫意筆工同有情。但願天人添壽數，年年共享樂和平。

寒露日賞菊

深秋嚴肅樹飄搖，寒露凝霜草漸凋。獨有黃花階下放，凌陰不謝倍嬌嬈。

贈股票好友

過早入場持股票，如今日日空憑弔。美中貿易有危機，前景堪虞真不妙。

俠影

江湖行俠殺強梁，外道邪魔劍底亡。四海名揚天下定，金盆洗手隱村鄉。

重讀金庸先生小說

日長無計到黃昏，意懶人閑自杜門。重讀金庸諸小說，笑書神俠倚飛鴛。

寫在阿根廷習特峯會前兩日

貿戰實虛招，居心謀打壓。高峯倘不歡，股市將狂插。

孖生兄弟

孖生兄弟貌相同，文武雙全性慧聰。如影隨形前後步，互為照應氣和融。

華山論劍

華山論劍氣如虹，各路高人競武功。西毒東邪俱往矣，於今登頂是英雄。

遊少林

少林寶寺在嵩山，午後登臨意逸閑。空見空聞均不見，只餘老塔實緣慳。

往洛陽

朝別西安往洛陽，轉乘高鐵路平康。少林有寺邀遊罷，逕下龍門仰佛光。

旅遊

同遊結伴實多歡，時值初冬天未寒。論劍華山登嶽頂，洛陽懷古念潘安。

讀購於二零一六年初的《四印齋所刻詞》有感

志趣相投上五羊，尋求古籍訪書坊。當年情景今猶記，睹物傷懷心暗涼。

寬容（兩首）

有緣千里可相逢，數句詩詞表意濃。雪雨風霜原慣見，絲毫未減我雍容。

前世有緣今世逢，詩詞唱詠興稠濃。任他雨打風吹勁，我自寬懷展笑容。

人情

自然物候會更移，春暖冬寒你我知。幻變人情卻難度，今宵怨懟往相思。

滅神

范縝名篇曰滅神，靈魂之說實訛人。神隨形滅難存在，萬物終須化作塵。

自況

七十年華未算翁，還將曲水詠流紅。神寧意逸心無忌，一覺天明日正東。

無聊

人癡只好做癡人，晨早招呼叫早晨。馬賽應該時賽馬，陳年往事往年陳。

問卜

排愁解悶把書拋，問卜求安用六爻。小往大來君子返，三陽開泰鳳還巢。

聞曼聯炒主教練摩連奴

排名第六不堪提，戰術過時應受批。喜見紅魔行妙着，季中換帥樂球迷。

歲晚寄友

歲晚當知壽數延，春風一到接新年。無窮思念憑詩寄，不惱青霜染額邊。

峰會後展望

中美高峰各述懷，內藏矛盾面和諧。未來終戰不容易，展望明春有霧霾。

睹照思人

時過三秋記憶新，風雲幻變事成塵。同遊眾友瞧前看，獨我猶思往日人。

再進沙田

再進沙田上酒家，一盅數件嘆名茶。禾輋漫步風和暢，歲月如流戀物華。

自況

老來猶健有童真，喜上名山避俗塵。偏愛湖清能映艷，常登高閣為強身。

列國糾紛

市場向上憑憧憬，列國糾紛無止境。長假來臨暫偃旗，春風吹過重馳騁。

韜光養晦

人怕出名豬怕肥，社交切忌滿場飛。韜光養晦知時勢，顛沛流離志不違。

中美貿易談判

中美高層月底逢，和風吹走霧千重。埋牙無益徒招損，互惠雙贏免禍凶。

大寒

大寒禦冷吃生薑，小病無庸有恐慌。待等江南春到日，同遊共賞百花香。

聞《武俠世界》光榮結束

《武俠世界》週刊，是《新報》創辦人羅斌先生於一九五九四月創立的。現在的社長是沈西城先生。曾為此雜誌寫作的名家有臥龍生、倪匡、蹄風、古龍、司馬翎、金鋒、東方白、西門丁等。刊登的小說有《仙鶴神針》、《碧血金釵》、《六指琴魔》、《掌雄風》、《虎俠擒龍》等。

當年高峰期，雜誌每週銷量逾二萬本。現時每期銷量大跌至約一千本。雜誌已出版了一個甲子，決定於下星期一（二〇一九年一月二十一日）出版最後一期後，光榮結束。喜歡武俠小說的我，頗感依依不捨。作絕詩一首：

當年創立有羅斌，讀者盈門事已陳。甲子韶華隨水逝，光榮結束也愁人。

聞美國共和民主兩黨因建美版長城有拗撬令政府停擺超過三個星期有感

三週停擺為因何，兩黨分歧爭拗多。總統濫權民受苦，長城自毀政蹉跎。

霧霾

漫天污垢混煙霞，霧鎖香江似毒紗。粒子懸浮空氣染，全城街馬食塵沙。

費解

股票低迷人扮蟹，部門關閉稱停擺。政經局勢甚難明，屢屢搔頭因費解。

開餐

火腿風乾製法奇，餐廳食客口皆碑。馳名遠近今宵試，齒頰留香自可期。

聞說木村清以超高價投得貴為「日本一」的藍鰭吞拿魚

肥美吞拿引老饕，藍鰭一尾價超高。拖羅數片君應試，散盡千金食相豪。

聞蘇斯克查代帥領魔五連勝

蘇帥揮兵五連勝，紅魔擁躉真高興。將飛杜拜作勤操，士氣體能兩皆定。

小花（孤雁出群格）

身畔小花雙瓣紅，寒流之下盼春濃。山邊一角嫣然放，莖弱猶能傲晚冬。

晚餐

冬天竟爾汗淋漓，只為今餐吃咖喱。香料薑黃能醒胃，驅寒禦冷又充飢。

欣聞嫦娥四號登上月球背面

嫦娥登月背，歷史記新篇。探月七十載，宇航科技傳。

註：人類探月，始於一九五九年九月蘇聯之月球二號，距今七十年。

往上環飲茶途上

清晨簡服早離家，宿醉未醒雙目花。直撲上環何太急？同窗共聚飲中茶。

新年給淑儀

盼君康泰夜能眠，唱詠詩歌在友邊。健步慢行恆活躍，優悠自樂樂年年。

遊南澳北回歸線廣場

回歸線上戀斜陽，港客悠然逛廣場。面水依山潮汕秀，同遊南澳興高昂。

中央公布《粵港澳大灣區發展規劃綱要》

九市二區規劃優，宜居宜業又宜遊。穗深港澳為樞紐，互補互聯同運籌。

註：在綱要中，九市為廣州、佛山、肇慶、深圳、東莞、惠州、珠海、中山及江門。二區為香港及澳門。

元宵

風停雨止月重明，今夕元宵樂滿城。欣賞燈花思往歲，青春不再總傷情。

換手機（孤雁入群格）

手機新銳傲歐西，潛力驚人莫與齊。蘋果三星俱力弱，紛紛舉世換華為。

報春花

北國初春雪漸融，江南草翠早迎風。隔溪雨過花增潤，百態千姿各不同。

累

伊人惱我時含淚，酒入愁腸原易醉。困鎖雙眉問上天，生涯何解多勞累。

情人節（孤雁出群格）

夕陽簫鼓訴情難，美景何曾留掌間。此夜伊人同在否，冰心一片寄紅顏。

遺憾

果仁難嚼因無齒，屏幕曚曨嗟弱視。長恨投資屢蝕錢，人生哀怨何時止。

自況（孤雁入群格）

夜讀詩經一卷殘，沉沉大睡日三竿。百年人事如流水，七十韶華志尚頑。

遊蘿崗香雪公園

廣場名號曰梅仙，漫步尋梅步履翩。香雪公園聆粵樂，蘿崗佳景在身前。

題照

午後優悠齊拍照，和風薰得遊人笑。艷陽高掛蔚藍天，祖國河山多俏妙。

春遊上佛山

時逢正月正春初，農戶耕耘把地鋤。集友聯群佛山往，題詩助興憾才疏。

立春

東風解凍鳥爭鳴，大地回春山氣清。郊外踏青遊客至，三陽開泰喜盈盈。

許願

香江諸事掀愁緒，欲訴管絃忘律呂。己亥新春在眼前，千般心願朝天許。

和淑儀

交遊喜有友相知，踏雪尋梅共樂時。妙句從來揮灑得，雙修福慧壽期頤。

年關

年關迅至甚心慌，短缺銀根氣未長。鷹鶴會談多變數，春風得意我徬徨。

風雨夜

深宵風起暗倉徨，雨灑庭除夜漸央。擁枕自憐孤獨影，思懷飄遠返兒鄉。

小花

小小花兒瓣粉紅，儀容端麗笑迎風。纖纖弱質驚蜂蝶，高潔無瑕傲綠叢。

春日即事

少歲交遊鋒未藏，白頭閉戶著文章。鹹魚青菜原味好，知己相逢歡話長。

讀王粲《登樓賦》及曹植《贈白馬王彪》

仲宣帶憾獨登樓，子建歸藩意緒愁。感物傷懷同有作，誦傳千古好文留。

註：建安七子之冠王粲（一七七至二一七），字仲宣，於董卓之亂後，流寓荊州，但不被劉表重用，於建安九年（二〇五），登上麥城城樓，縱目四望，寫下了名篇《登樓賦》。比他年幼十五年之曹植（一九二至二三二），在黃初四年（二二三）五月，與同母兄任城王曹彰及異母弟白馬王曹彪一道到京師洛陽參加「會節氣」活動。期間，曹彰突然暴死。曹植懷着恐懼悲痛之情，在七月起程返回自己封地，寫下了名篇《贈白馬王彪》。若我們比較兩篇千古傳誦之佳作，會發覺《贈白馬王彪》有部分內容和《登樓賦》相似。相信曹植一定讀過王粲之《登樓賦》。

春花

愛踏郊原愛踏春，繁花蒙眷謝花神。桃紅李白鵑荊紫，色采顏容勝太真。

金庸小說女主角

閒翻武俠閱金庸，女角三千態萬重。客問當中誰最美，思之應是小黃蓉。

生活

忘懷利鎖與名韁，作賦題詩著美章。各顯才華言己志，無愁無慮自安康。

連理樹

蝶戀嬌花莫笑癡，林園深處樹連枝。初春佳景堪描述，作畫吟詩兩適宜。

偶感

和暖東風拂柳堤，江南花放草萋萋。中華山水長年好，何必遠遊飛泰西。

聞中英法德澳馬星韓等國暫停飛波音737MAX（孤雁入群格）

波音空難世人悲，未證安全列國疑。透徹調查毋怠慢，同型機種暫停飛。

春江

春江水暖水禽游，彩蝶盤旋兩岸幽。細雨和風能潤物，桃園草木漸繁稠。

春雨

大雨連場傘擋頭，為尋片瓦躲騎樓。風吹過處身心冷，歸路徬徨暗發愁。

春日

朝陽東上曉星沉，覓句忻忻甚用心。春意催詩言肺腑，陳情記景未空吟。

潮汕景觀

同遊潮汕品茶香，鱷渡湘橋看夕陽。北閣周邊藏古井，鳳凰時雨灑河塘。

註：潮州八景舊時有內外之分，內八景是指於古城街巷之間，而外八景則位於城外韓江兩岸。由於城市建設不斷發展，內八景已逐漸湮沒，今人所謂之潮州八景為湘橋春漲、韓祠橡木、金山古松、鳳凰時雨、龍湫寶塔、鱷渡秋風、北閣佛燈、西湖漁筏。

洗牙

洗牙應不痛，兀自會心驚。此際人焦慮，作詩言苦情。

初春正月

梅堤柳岸接春時，蝶舞鶯鳴物有姿。但願春神長眷顧，護花潤草佑人兒。

題潮州古城

三山一水繞城牆，十相留聲政績彰。鱷渡秋風人佇立，文公教化永難忘。

註：一．「十相留聲」指的是中國歷史上的唐、宋兩朝，先後曾有十位宰相到過潮州（今粵東的潮汕地區，古代為潮州府）。他們是唐宰相常袞、李宗閔、李德裕、楊嗣復；宋宰相陳堯佐、趙鼎、吳潛、文天祥、陸秀夫、張世傑。十相都是被朝廷貶謫降職或因抵御外侮轉戰來潮的。這些人都有

很好的政績和文化素養，在不用程度上推動了潮州文化與中原文化的交流融合，促進了潮州文化教育事業的發展。

二．在潮州城外韓江北堤中段，有個古渡口，叫鱷渡。古時候潮州鱷魚為患，故韓江原稱為鱷溪（惡溪）。相傳唐憲宗元和十四年（八一九年）刑部侍郎韓愈刺潮，因聞鱷魚為患，危害人民的性命財產，遂於是年四月二十四日在上述渡口設置祭壇祭鱷。鱷渡江面寬闊，秋景怡人。「鱷渡秋風」為潮州八景之一。

題潮州湘子橋

橫越韓江兩岸連，潮州外景位居前。橋齡八百承南宋，欲濟河川不用船。

聞第二次美朝峰會不歡而散

特金再會論英雄，協議難成各表衷。既是不歡宜早散，虎頭蛇尾一場空。

人才

孔仁孟義歷千秋，小說之家未入流。自古人才不勝數，文章德行各存留。

終極貿談

中美交鋒近一年，互相合作利雙邊。九輪會議將終極，須可加簽六月前。

沉香

救心成份有沉香，鎮痛安眠藥性良。臟腑調和痰喘去，養顏保氣壯元陽。

註：「救心」為一種在日本生產之心臟藥。

清明

晚春三月艷陽天，異卉奇花鬥麗妍。寒食清明經合併，踏青掃墓子孫賢。

清遠遊

兩旁翠竹夾幽蘭，長巷留連步影姍。大宅門前雞走地，鳳城美景樂遊觀。

春期有盡

春期有盡將歸去，怕見暮春花漸殘。惜取春光憐弱卉，園林孤客意荒寒。

森林

茂木深深夜正闌，野禽三四逐前灘。歸人困倦棲何處，林外徘徊步伐難。

預祝奇峰軒曲藝社演出成功

奇峰妙韻獻街坊，九闋名歌調抑揚。藝友傾情傳美意，耆英少艾樂華堂。

衣食篇

出門愛着素衣衫，不戒油脂因嘴饞。濕炒牛河必兜亂，飲湯最忌味偏鹹。

遊園

曲徑迴廊美景幽，清暉山水狀元樓。園林漫步春風送，暫減心間百樣愁。

順德遊

三月暮春遊順德，觀光覽勝長知識。山河秀麗百花妍，縱步逍遙憑腳力。

旅遊

遠近馳名李禧記，雙皮燉奶不油膩。遨遊東莞履深城，暢覽河山親大地。

對鏡

鏡裏真真愛感時，曉妝慢理未塗脂。人生難覓長春藥，但得心閒體自頤。

聞歐聯八強賽巴塞隆拿勝曼聯進級，祖雲達斯被阿積士淘汰有感

美斯斯朗兩球王，同日入球功力強。命運懸殊利巴塞，哀哉祖記要離場。

觀雨行行山照

雨行馬步實超群，腳踏危崖手擘分。欲效鯤鵬張兩翼，騰空駕霧越層雲。

記昨天紅雨事

常常說有少談空，客道須防不定風。樹塌船翻能奪命，天文預報偶時窮。

暮春

暮春花落人憔悴，向晚天昏雨下頻。詩句寫成多怨語，自憐境況暗傷神。

老店開餐（兩首）

誓掃元蹄不顧身，三千港幣化為塵。可憐老店招牌翅，換去劉郎袋裏銀。
愛吃高脂不理身，人生宇內細如塵。眼前風月憑心賞，夏至何妨暫別春。

小宴

同登食府點鵝腸，鴿嫩雞肥扣肉香。舉箸引觴豪氣湧，横飛口沫濕衣裳。

夏天

夏至蟬鳴桂味香，山溪水湧活泉塘。游魚戲水荷初放，合寫詩篇作頌揚。

變

冬天日暖百花開，春未歸時夏已來。氣象世情俱在變，人如不學易痴呆。

暮春

步進園林意緒傷，繁花半萎半枯黃。多情大塊應憐憫，莫使花魂散異鄉。

詩情

劉郎囊罄賸詩情，愛步園林聽雀聲。秋月春風原慣見，不因小事困愁城。

人間

褪卻棉裳換薄紗，晚涼天淨賞雲霞。仙居縱好無佳侶，願在人間夜泛槎。

春殘

春殘怕聽鳥悲啼，逝水東流日落西。解痛時常吞苦藥，行吟但覺怨聲淒。

詠貴州茅台酒（兩首）

茅台小鎮產飛天，中外馳名賺大錢。酒色微黃體通透，空杯香味久能延。
酒體香醇慢啖咽，三杯下肚是神仙。每瓶千塊不昂貴，醉倒劉伶有好眠。

賀陸羅素園主生辰

薰風吹過暖官塘，此夜瓊樓采結張。園主生辰群友賀，繽紛花放伴才郎。

拖拉已近一年之中美貿戰，不過是在由現在到未來之長期中美持續鬥爭中之一場小戰役。短期內，環球市場會有波動。但，萬事歸於市，未來市場之走勢，還會依從經濟市場之基本法則。感覺上，市場目前患了過敏症。作七絕一首以表其意：

市場過敏

邊打邊談實慣常，美中貿戰過鋪張。五窮六絕毋慌亂，我自高吟作句忙。

利物浦足球隊在今居英超中，只敗了一場給曼城，取得97分，是最高分之亞軍。每場平均得分為97/38 ＝2.55分。在歐聯四強賽中，後來居上，以總比數4:3力退西甲冠軍巴塞隆那，將於六月一日與熱刺爭冠，相信不難取勝。作七絕一首以記：

今季利物浦

史無前例說紅軍，戰績輝煌戰略新。只敗一場居亞席，歐聯稱霸定成真。

養病

守望相扶盡用心，隔空傳訊網傳音。安寧淡靜閨門閉，詩作篇篇感受深。

圖書館內作

心馳嶽嶺慕河川，漠地風光腦內懸。保重身軀妨白髮，登崖望遠逐霞煙。

黄雨日晨出門

出門遇雨又逢風，前路崎嶇老目矇。無擋無遮衣襪濕，混然不懼步猶雄。

歲月

歲月消磨鬢有絲，宅門花木自繁滋。風吹雨打恩難滅，樂在餘生日賦詩。

端陽

蘇蓉鹼水各飄香，粽類繁多味道良。節近端陽思屈子，精忠氣節永留芳。

同濟

闖蕩江湖有樂愁，紛紛派別隔鴻溝。長河遼闊宜同濟，破浪衝濤賴此舟。

無題

人間多恨淚常流，髮鬢添絲只為憂。六月香江濃霧罩，薰風難捲百般愁。

無題

投資失利身家縮，美食在前雙手啷。春賞紅桃夏賞荷，秋涼最合詠黃菊。

波濤

江河泛棹樂飄浮，間有波濤襲小舟。合力掌帆回正道，相逢一笑卸寃仇。

夏夜

夜臥天階地氣涼，遙看織女會牛郎。螢蟲似火林間舞，出水芙蓉散冷香。

午餐

劍往刀來失感情，立場既異理難清。滿城烽火煙瀰漫，獨自開餐氣尚平。

下午茶

識世知時憑慧眼，醫腸祭肚用牛河。加油加醬調真味，那管愁雲急雨過。

休養中

肢傷待復自心驚，遙看東方天漸明。百煉身軀何所懼，秋風伴我踏征程。

世事

鹿馬難分故混淆，爾虞我詐互相嘲。洞明世事書多讀，損友奸徒要斷交。

閒坐

夏日鴛鴦配，蛋糕加雪糕。餐廳閒靜坐，消暑解疲勞。

午後

路邊休憩眼微垂，綠樹遮陰小鳥嬉。一陣涼風吹額面，三分秋意已無疑。

飲茶

點心精品臘腸卷，馥郁芬芳柔又軟。數盞清茶可醒神，飽餐一頓歡容展。

祝蔡師傅新編粵劇演出成功

今晚往高山劇場欣賞蔡德興師傅新編的粵劇《良緣繫結薦福碑》。此劇之原著為元曲四大家之一的馬致遠（號東籬）所寫的雜劇《半夜雷轟薦福碑》。今以七絕一首，敬祝演出成功。

蔡郎功力賽東籬，改寫重編薦福碑。今夕高山初上演，戲迷同賞劇情奇。

時局（孤雁入群格）

榱崩棟折道衰微，暗算盲衝義理違。宗政傳媒奸賊眾，民生受困社殘疲。

避靜

杜門謝客隱書齋，雨暴風狂少逛街。右史左圖旋轉讀，不教混水染新鞋。

己亥夏感時

滿城風雨互相煎，火旺木焚災漫延。一意孤行必招禍，邪難勝正理當然。

遊日本（敬和夫子）

時鋸牛排偶吃齋，舊區遊罷轉新街。何妨直訪橫須賀，覓食觀光置服鞋。

弱草

草苗孤瘦莖如絲，盼有甘霖潤幼枝。弱質天憐能茁壯，盆中勃發展容姿。

祝君平安

為非作歹禍終來，違法焉能達義哉？熱血空流何所用？偃旗息鼓少凶災。

打風

八號風球莫落街，幽居養靜閱齊諧。閉門上網知時勢，陣雨潺潺滌我懷。

雨中荷

無情暴雨偶來時，兀立池塘挺勁枝。華實難傷顏不改，中通外直眾深知。

蝶

身影翩翩色采斑，翱翔上下戀花間。莊周夢裏悠然化，物我難分辨別艱。

揮鞭

皇皇國祚賴青年，事理難通也枉然。萬里江山飄雪雨，弘揚祖訓要揮鞭。

立秋前一日

語到滄桑句漸窮，明朝夏去接秋風。解愁觀劇高山往，共賞名伶好唱功。

秋到

慈心善口常茹素，美調柔詞可解懷。昨夜秋風初入港，今宵漫步鴨寮街。

今年七夕

鵲橋高架牛女會，共訴凡間千百憂。今夕銀河星不亮，人生多恨復多仇。

立秋

已屆立秋秋意來，斂藏火氣少凶災。金風送爽民思食，乳鴿明蝦擺上檯。

感時

家邦多難惹煩憂，港地蒙災禍漸尤。政局嚴苛民望靖，弭兵平亂在今秋。

午餐

經濟蕭條心暗傷，午餐求簡莫鋪張。蒸糕配以蒸腸粉，加醬加油慢品嚐。

強弩之末

弩末未能穿魯縞，行為不義齊聲討。培元還待在秋冬，再現繁榮歸正道。

游泳

爭秋奪暑汗漣漣，漫步城中苦日煎。午後偷閒何所去，泳池暢泳樂悠然。

卷二：律詩集

秋景

佳節近重陽，遊園賞菊香。落霞飛五采，歸雁過三湘。日落繁星燦，朝來百鳥常。深秋風未勁，好景細端詳。

鄉居

清泉怪石杏花紅，樹底乘涼趁好風。紫燕雙雙飛戶外，白雲片片泛天空。晨興鳥語幽山裏，日落鐘鳴野寺中。寂寂鄉居研道性，晚來萬籟此間同。

偶感

醒來又已過重陽，日影西移越北窗。燕雀爭鳴枝底下，鴛鴦戲泳水中央。春花秋月年年是，夕照晨風日日常。此際光陰當惜取，人生何用苦愁傷。

秋日讀書

已是深秋日日晴，捲簾一陣好風輕。雲高屢有飛鴻過，木秀頻傳懶鵲鳴。且喜山前無樹妖，卻愁樓外有瓜精。修身宜把書常讀，只歎今朝詩未成。

茫

山頭佇立對殘陽，默語無言暗自傷。四野幽幽人悄寂，群山渺渺意徬徨。清風蕭瑟吹林木，薄霧朦朧掩日光。遙望晚天謀遠慮，生涯還要細思量。

夜讀

地球運轉太忽忽，秋去冬來伴疾風。晚日浮沉天際外，歸鴉噪叫樹林中。三江船影千山雪，六代繁華萬世雄。夜讀經書寒月下，心間潮浪漸如洪。

夜深沉

西風瑟瑟夜吹林，寂寂樓房獨自吟。落落疏簾遮月魄，重重關鎖閉人心。無知不解青梅調，有憾難彈綠綺琴。煮酒輕歌常日醉，只求苦意莫相侵。

同遊樂

偶有閒頤趣，良朋共暢遊。登山瞻遠景，飲酒聚高樓。品笛聲情美，彈琴樂韻悠。江湖同意氣，坐對也忘愁。

讀荀子書

朝來展卷意忻然，習誦荀卿勸學篇。終日冥思何似學，經年勤讀可成賢。山中有玉林泉秀，腹內無書話語偏。不捨琢磨人志立，由來君子貴其全。

迎新歲

藍藍天上白雲浮，綠樹青山美景幽。新歲迎來添樂事，舊情送走減煩愁。研求學術心常在，習詠詩詞志未休。此夕邀君同共飲，瓶中好酒莫多留。

新曆年初二偶想

獨上層樓看遠山，峰巒挺秀白雲環。風前黃雀盤林樹，嶺外蒼鴻掠水灣。量淺頻頻將酒盡，情深每每歎緣慳。拋書小臥忘煩慮，人到無求萬事閑。

早上偶成

心靜良宵有好眠，醒來濃霧鎖山川。欲填詞調尋佳韻，試作詩章度妙聯。樓外寒風連帶雨，胸間熱浪轉成篇。筆耕自有真情趣，吟罷還當網上傳。

上水之夜

今夕良朋聚一堂，筵開半席菜餚香。寒風拂面情懷暖，美酒傾樽意氣昂。淺酌低斟言細膩，高談暢論語洪荒。韶光難住歡時過，雨灑淋漓夜漸涼。

八樂

彈琴傳韻意，覽勝走天涯。弄笛忘愁慮，乘涼傍古槐。研經求義理，踏月步青階。習弈知人世，談情表我懷。

大寒

大寒節氣示年終，步入横街路不通。瑟縮只緣天未暖，強撐卻為氣猶雄。黃昏孤雁飛蒼嶺，向晚群鴉隱綠叢。萬物待迎新歲至，忻忻仰視望青空。

用柳永望海潮詞意（粵韻）

錢塘自古已繁華，煙柳風簾十萬家。羌管弄晴吟勝會，菱歌泛夜戲蓮娃。重湖叠巘三秋桂，雲樹環堤十里花。異日圖將佳美景，鳳池歸去耀聲誇。

附：《望海潮》……柳永：「東南形勝，三吳都會，錢塘自古繁華。煙柳畫橋，風簾翠幕，參差十萬人家。雲樹繞堤沙。怒濤捲霜雪，天塹無涯。市列珠璣，戶盈羅綺競豪奢。重湖疊巘清嘉。有三秋桂子，十里荷花。羌管弄晴，菱歌泛夜，嬉嬉釣叟蓮娃。千騎擁高牙。乘醉聽簫鼓，吟賞煙霞。異日圖將好景，歸去鳳池誇。」

蔡德興師傅說：「人靠衣裝，我怕衣髒，這幾天買了些新衣過年」。我沒有新衣過年，只買了些米。作《蔡師傅過年》一首。

蔡師傅過年

接迎新歲購新裝，色采繽紛綠襯黃。為怕衣髒常置服，因愁米貴廣存糧。蔡郎飽暖吟風月，劉子饑寒曬太陽。獨倚危欄思往事，春花笑放過東牆。

初三偶得

遠看青山草木芳，春風和暖入廂房。兒童戲逐穿前院，燕子斜飛過後塘。幸有良朋常賜酒，慚無艷妾共添香。初三赤口宜開卷，漫展經書習典章。

初七偶拾

初七喜將生日迎，情人我我又卿卿。拋開俗慮襟懷放，餽贈鮮花愛語盈。月下撫琴傳雅意，花間把酒道心聲。今宵玉液齊乾盡，夢入鄉關路路平。

連續咳了一個月。中藥、西藥及良友建議的很多方法都試了，無甚起色。今天再往看西醫。取得六天藥。無聊中，作《病入新年》七律一首。「病入新年」四字，取自歐陽修《戲答元珍七律》其中「病入新年感物華」一句。

病入新年

病入新年倍自傷，低溫纏擾苦傍徨。難療咳患愁無計，慨歎浮生恨未央。氣勢衰微嗟日暮，神情落寞怨天涼。何時疾去雄風振，再與良明共話長。

深宵

深宵獨對一燈紅，搜韻研詞覓句窮。風捲紗簾吹額面，情牽肺腑繫心中。文章工整因貧故，筆力豪雄靠苦功。詩作偶成人自樂，推窗遙望夜空濛。

朋友團拜日

良朋團拜樂融融，只欠劉郎實不公。聚散人生情有憾，浮沉世運變無窮。群英聚首茶多盞，獨我懷愁酒一盅。且抹今朝心內苦，來天當可再稱雄。

晴日

和風送暖縠紋平，仰視藍天愛日晴。搜句尋章詞一闋，遊湖泛棹酒三酲。朝花燦艷知人意，夜月玲瓏解我情。似電時光流逝迅，願君惜取不營營。

劉熾堅兄過港（仿蘇軾《和子由澠池懷舊》）

人生快事知何似，應似良朋話舊時。暢論江湖杯底浪，慨談風雨榻中詩。濃茶數盞消腸脹，美點多輪解腹飢。往日崎嶇君莫顧，山長水遠各相期。

附：《和子由澠池懷舊》……蘇軾：「人生到處知何似，恰似飛鴻踏雪泥。泥上偶然留指爪，鴻飛那復計東西。老僧已死成新塔，壞壁無由見舊題。往日崎嶇還記否，路長人困蹇驢嘶。」

長洲

長洲覽勝眾盈盈，環島逍遙步伐輕。岸上清風吹碧樹，林間斜日映紅櫻。繁榮鬧市千人集，淡靜幽山數鳥鳴。意興濃濃瞧萬象，悠然不覺夜燈明。

作詩傷身說

詩詞多寫會傷身，此語荒唐更嚇人。不信抒懷能蕩志，只緣直說可書真。夢中得句情辭美，花底成章意趣新。衣帶漸寬終不悔，今宵淺唱作傾陳。

註：第七句借柳永《鳳棲梧》詞句。

閒

伏案作伸舒，文章總弗如。閒來嚐舊酒，興到閱新書。前夜還煲藥，今晨去釣魚。良朋頻招引，午後食燒豬。

苦病

花愁蝶怨恨寒天，咳患頻仍感冒纏。手軟身衰頭似斗，眼矇喉痛腳如鉛。出門但覺風猶冷，拈筆還嗟意未專。休養培元為上計，樓房小憩聽啼鵑。

賀〈玲瓏詞譜·黃光巧個人作品展〉（孤雁入群格）

光華清韻最怡人，首首玲瓏意趣新。折戟沉沙傳艷東，憐才贈錦別風塵。詞情鬆緊因文妙，歌調抑揚賴藝真。顧曲周郎齊讚頌，今宵盡興笑聲聞。

註：《折戟沉沙志未降》、《紅娘月夜遞花箋》、《白兔會之憐才贈錦》、《蔡鍔傳之起義別風塵》為黃光巧老師所撰之粵曲。

偶感

春來病折苦頻磨，尤幸身旁好友多。岸畔觀潮同佇立，山前賞翠共穿梭。且將幽怨拋深海，盡斂愁情唱好歌。萬事隨緣人自勵，時光荏苒莫蹉跎。

生活

清晨每愛逛商場，夜靜還宜習典章。偶有閒情穿野徑，時來逸興過山塘。名花解語迎人笑，好酒消愁待客嘗。風月無邊當惜取，究研物理樂平常。

夜戰

夜靜枯枰一局棋，連宵苦戰力殘疲。大龍少眼通盤竄，小角多災滿目悲。窗外風聲如鬼哭，室中殺氣似狼追。神來一手消危困，敵手無言嘆着奇。

早上偶筆

春去香江日，山花不再紅。環觀餘綠樹，仰視有藍空。閒閱梧桐雨，深研落帽風。清晨樓寂寂，檢點意無窮。

註：《唐明皇秋夜梧桐雨》雜劇，簡稱《梧桐雨》，作者白樸為元曲四大家之一，共四折一楔子。《落帽風》為包公奇案中精采之一段，內容描述李宸妃自狸貓換太子後，流落民間之故事。

風雨

風雨交侵猛，嬌花類轉蓬。遠觀山影暗，近看景顏濛。孤雁高飛際，愁人獨臥中。陰霾何日散，再見彩霞虹。

夜色

銀塘花影艷，山後夏蛩鳴。皓月終宵掛，繁星徹夜明。詩成憑七步，酒醉賴三酲。妙句新書就，胸間意盡平。

歸田

久有淵明志，田園盼再臨。池魚歸綠水，羈鳥返青林。閒話桑麻事，常研阮笛音。丘山無俗慮，飲酒復彈琴。

詩仙

詩人誰及李青蓮，斗酒即成詩百篇。醉臥長安魂逸遠，閒登蜀道氣超然。文才卓絕千年罕，辭采無雙萬代傳。自古聖人皆寂寞，思量獨羨酒中仙。

重遊深水埗

訪舊重臨深水埗，追思往事獨憑欄。北河戲院觀名戲，鳳閣餐廳試特餐。兀立街頭知日猛，緬懷風物歎年殘。黃金歲月隨流逝，落寞歸家夜已闌。

歸田

久歷凡塵困，田園每欲回。江邊攀翠柳，宅畔種青莓。靜夜觀新月，寒天飲舊醅。終年無一事，歲盡賞紅梅。

夜

明月出東山，柔光照海灣。波平風悄寂，夜靜意悠閒。唱詠揚州慢，試填菩薩蠻。燈前勤練句，自樂展歡顏。

閒情

病中無逸樂，淺詠復長吟。古調聲情妙，新篇格律深。解懷吹玉笛，養性撫瑤琴。飲酒添詩興，三杯獨自斟。

夜靜

向晚人閑逸，填詞試五音。月明花影俏，夜靜鳥聲沉。疊疊雙星恨，綿綿一錠金。生如駒過隙，苦樂自來尋。

註：《雙星恨》（或稱《雙聲恨》）及《一錠金》乃廣東音樂。

互勉

詩人墨客有真心，喜詠風花愛唱吟。偶爾聯詩茶密飲，閑來獨酌酒頻斟。良朋互勉添歡樂，好曲同聆拒苦音。老病何須長自怨，名山勝境願常臨。

夜讀宋史

炎炎夏夜有涼風，宋史翻研小閣中。武穆英才逢黑獄，文山正氣傲蒼穹。放翁有夢驅胡虜，庸主無才欠武功。歷代風雲流散盡，清宵好月透簾櫳。

讀詩

案前展卷誦詩騷，心有思潮若浪濤。宋玉悲秋懷鬱結，靈均愛國氣雄豪。唐朝樂府聲清妙，宋代西崑意不高。古韻今詞勤修習，文章歷練似醇醪。

註：西崑派為宋初詩壇一大流派，以《西崑酬唱集》而得名，為楊億等十七位宋初館閣文臣互相唱和之總集。藝術上師法晚唐詩人李商隱。總體來看，思想內容比較貧乏，脫離社會現實及缺乏真情感。

詩詞生活

良朋暢聚品清茶，遇有閑情賞百花。偶得佳詞常自喜，卻無妙句可堪誇。清晨閣上吟山景，午夜樓前詠月華。美景尋常行處見，泉間溪畔聽群蛙。

向日葵

園林幽角發，朝夕仰金烏。但愛沾清露，毋思入俗圖。日明枝淺綠，月亮蕊深朱。不與山芭鬥，昂然百念無。

晨起有雨

群山隱隱霧雲濃，秋雨瀟瀟潤綠叢。海有微波船穩靜，生無駭浪意豐充。良朋穎慧情難替，古典精深義未通。老去猶存高遠志，晨風夕照美相同。

贈黎教授（孤雁入群格）

學術艱深待發微，鵬程將展倚天飛。詩詞雅逸知真趣，議論雄奇辨是非。秋近江頭飄落絮，春回心底見明暉。講壇詩國雙馳騁，成就英才百代師。

聽黎教授《中國古典詩詞三講》之第二講後

詩友忻忻聚講場，名篇佳作細端詳。推敲造句知心法，追索源流引典章。重覆迴環情致遠，破題轉折意悠長。課餘夜宴頻斟酒，不覺深宵見月光。

早上抒懷

曳杖危樓上，扶欄望遠天。秋高飄落絮，雲淡幻遊仙。閒日求新趣，清宵習舊篇。詩詞常展讀，最愛李青蓮。

詩友

臭味相投我輩人，尋常無病也吟呻。欲求好句觀山月，試覓良材踱海濱。詩作精研聲律巧，詞章細譜意涵新。偶成數闋心舒暢，共樂同遊戲俗塵。

記辛幼安陳同父鵝湖會

長松夾道徑清涼，鳥語蛙鳴稻穗香。十里溪風花放茂，四時景色水流長。酌瓢泉畔同歌樂，把盞亭間共語狂。韻事垂留青史頁，新詞五闋賀新郎。

註：南宋詞壇兩位大家辛棄疾及陳亮，於孝宗淳熙十五年（一一八八）同遊於江西省的鵝湖，暢談時事，共賞風光。別後，兩人均有依依之情，共成《賀新郎》詞五首，惺惺相識。

午後偶成

歲月奔流若逝川，幽齋寂寂念前賢。少陵律好稱詩聖，太白才高號酒仙。唐宋文章傳萬代，元明劇作唱千年。好天涼夜宜吟弄，去慮忘愁誦百篇。

中秋節

中秋皓月照香江，月色柔柔透戶窗。長幼齊歡邀好月，琴簫共奏試新腔。興來聯句詩多首，意合同遊影一雙。夜靜幽齋情脈脈，玉人笑靨映銀釭。

昨天黎廣基教授在饒宗頤文化館作詩心秋月——中國古典詩詞名篇欣賞演講。其中講到張孝祥《念奴嬌．過洞庭》一首，為我很喜愛之一首詞。今試將此詞改寫為七律一首：

讀于湖居士《念奴嬌．過洞庭》詞

洞庭青草近中秋，風色全無意興悠。玉鑑瓊田三萬頃，明河素月一扁舟。孤光冷寂心猶潔，短鬢蕭騷志未休。斟斗吸江長傲嘯，滄浪空闊穩浮遊。

附：《念奴嬌·過洞庭》……張孝祥：「洞庭青草，近中秋、更無一點風色。玉鑒瓊田三萬頃，著我扁舟一葉。素月分輝，明河共影，表裏俱澄澈。悠然心會，妙處難與君說。　應念嶺表經年，孤光自照，肝膽皆冰雪。短髮蕭騷襟袖冷，穩泛滄浪空闊。盡吸西江，細斟北斗，萬象為賓客。扣舷獨嘯，不知今夕何夕？」

仲秋早吟

仲秋天氣倍怡神，碧透藍空日照茵。野鶴閒飛穿綠嶺，金風漫捲拭紅塵。經年著述佳篇少，徹夜吟哦妙趣真。喜有知音人自樂，詩書長伴好良辰。

夢

夜夢依稀返故川，門庭無改宅相連。小童攀樹穿青徑，老叟憑欄望彩天。澗水潺潺風靜靜，湖山隱隱雨綿綿。炊煙四起爺娘喚，月下圍爐笑語傳。

積極

生涯誠有憾，順受展歡顏。積極消心悃，欣然弄髻鬟。青春愁易去，歲月恨難還。珍惜今時樂，他朝鬢漸斑。

同歡共飲

人生百慮復千憂，羈鎖重重自困囚。朝夕同歡能釋怨，春秋共飲可消愁。冬來北雁飛南嶺，暮至斜陽照彩樓。寰宇奇觀齊賞讚，古今佳話上心頭。

八樂

遊山晨起早，踏月夜眠遲。結伴同尋樂，聯群共賦詩。聆琴知雅意，品酒趁良時。學道登高嶺，研經拜大師。

獨臥西廂

獨臥西廂陣陣涼，巫山一夢意如狂。眼前孤影愁長夜，夢裏鴛鴦戲綠塘。醉後不知人有憾，醒來猶覺枕留香。挑燈欲記荒唐語，秋雨瀟瀟最斷腸。

閒情

夜半觀山靜，秋深賞月明。清園飄笛韻，野寺聽鐘聲。隔歲風流散，新寒逸趣生。郊林閒踏步，步步也怡情。

遊

大地縱橫任我遊，低吟輕唱楚江秋。白雲碧水天邊接，絕嶺奇峰海上浮。花艷月明同把酒，風清景秀合登樓。人生苦短宜長樂，笑傲江湖意興悠。

良宵

晚來無一事，信步悄登樓。夜靜星河亮，秋深草木幽。臨風將酒盡，對月把詩酬。自在人隨意，良宵盼可留。

風雨日晨起偶筆

竟夕風吹猛，晨興望對山。濃雲遮遠景，翠樹現灰顏。海上波濤湧，心間意念閒。悠然觀氣象，秋雨自潺潺。

風雨日

風雨飄搖日，昏昏自困憂。吟詩難釋意，飲酒更添愁。野曠飛歸鳥，心煩畏晚秋。登樓窮望遠，碧海一舟浮。

自壽

已近古稀牙齒搖，幸存力氣可擔挑。年華老走無心悃，意念新來有目標。研習詩詞求好句，栽培桃李見良苗。園林漫步風光美，自壽生辰樂此宵。

桃園去

久困樊籠內，桃園此日還。逍遙遊曲徑，暢意覽名山。淺水垂竿釣，高崖着力攀。深宵看星宿，閃爍照田間。

恭和八位好友賀我壽辰的聯作

秋日樓前試酒香，良朋暢聚賀劉郎。新詞舊譜齊歌詠，美點佳餚共品嘗。七律聯詩文巧妙，八仙過海技誇張。清風明月人常在，美景良辰盼晝長。

江邊夜泊

夜靜霜風烈，江邊泊小船。清清一江水，寂寂四更天。抱枕思無緒，懷愁醉未眠。歲殘歸路渺，冷月照舷前。

尋幽

午後心閒逸，逍遙樂自尋。抒懷穿白澗，漫步探幽林。靄靄飄山霧，濃濃現樹陰。秋涼天作美，運動汗涔涔。

野興

野興今朝發，攀援上北山。茂林枝挺秀，綠澗水流彎。古徑無人至，長亭有客閒。登高瞻望遠，雲下是凡間。

晚登樓

登樓聊引望，落日照峰青。野草山邊綠，孤舟水上橫。荒林群鳥返，遠寺一鐘鳴。月出江潮湧，心田穩穩平。

迎冬

閒來興到意從容，獨上高原眺遠峰。鳥過林間林木秀，雲橫嶺外嶺崖封。仰瞻落日觀霞采，斜倚青槐看蝶蜂。百慮千愁何用記，涼秋過盡喜迎冬。

偶想

偶有閒情倚翠松，古稀幸未態龍鍾。臨川每嘆韶光迅，對月常悲風露重。幾首七言吟蝶影，數篇五律記萍蹤。何時泛棹乘槎去，歸隱田園伴老農。

高山流水說知音

人生多困苦，每嘆少知音。獨詠無佳調，同遊有妙吟。閒來能道古，興至可談今。倘得真心侶，千杯共醉尋。

立冬日（孤雁出群格）

涼秋已盡接寒冬，歲月奔馳若疾風。暗嘆人生何短暫，長悲世路太倥傯。霜天凜烈年年似，寰宇崎嶇處處同。安得乘桴浮浪去，白雲碧海樂無窮。

給徒兒

病損芳容又一秋，心堅志毅未言休。詩篇勤作言真意，曲藝精研展玉喉。積極人生無缺憾，康強體魄少煩憂。溫柔全贈親朋眾，恰似三春送暖流。

朝思午拾

朝寒晝暖可人天，水秀山明樂自然。日照紅欄花弄影，風吹綠野霧成煙。閒吟數闋清平調，醉賞多章錦秀篇。愛枕松槐聆鳥語，忻忻有夢會詩仙。

香江即事

閃爍燈花吐艷光，香江佳地集華洋。花團錦簇星河亮，舊曲新詞韻調揚。把酒言歡排鎖困，解懷釋怨靠磋商。紛爭消弭天空闊，今夕圍爐夜話長。

病中吟

獨在樓房怨晝長，病中強起寫詩章。呻吟未可消愁困，展讀還能去慮傷。夜幕高張天暗暗，寒燈低掛意徨徨。悽然執筆時忘字，苦緒連篇句不當。

小雪下雨

已屆寒冬氣尚秋，遠天千里密雲稠。潺潺陣雨絲絲下，縷縷思情悶悶留。世態難明常有憾，人生苦恨總多愁。願乘一葉扁舟去，便走江邊覓渡頭。

冬

寒冬已至實堪憂，冷雨蕭蕭灑閣樓。防雨可張油紙傘，禦寒未備錦貂裘。強拈拙筆書豪志，欲作新詞寄客愁。歲盡雖無佳物事，一年好景記心頭。

冬日偶筆

寒天早起見朝陽，染恙身軀畏着涼。巷口兒童齊戲樂，宅中老叟自尋章。寂寥午後棋多局，惆悵冬前病一場。拙筆常嗟言未盡，何如煮酒賞花黃。

冬日書懷

寂寂寒天早上陰，出門又怕冷風侵。憑窗遙望天連水，倚案低吟語表心。嶺上早梅香淡淡，庭中老樹影森森。初冬自有怡人景，自樂悠然弄綺琴。

夢幻飄遊

夢幻飄遊意興隆，人間天上水晶宮。浮雲白日陪歡醉，老者青年共樂同。欲到桃源迷路徑，且隨鳳鳥逛清空。蒼穹盡處為仙界，妙漫繽紛景艷紅。

閉關修練

自困樓房學閉關，垂眉斂目養容顏。心猿意馬俱收拾，蕩志愁情盡放閒。氣守丹田歸暢路，魂遊物外赴瑤山。修成正果成仙客，天上人間自往還。

寒天早起

寒天人早起，凜凜覺衣單。攬鏡顏容瘦，傷時草木殘。文章常自賞，曲藝合同歡。不慮他朝事，今宵酒共乾。

讀史

青史頻翻閱，篇篇血染紅。春秋無義戰，戰國有梟雄。楚漢相爭烈，曹劉互算窮。歷朝興替事，百姓苦俱同。

午前偶拾

寒冬漸至愛涼天，獨坐悠閒聽管絃。老樹迎風山上立，蒼鴻展翅嶺間旋。祈求來歲人添福，盼望明春花更妍。冷雨愁雲行散盡，和風過處眾欣然。

病中吟（孤雁入群格）

冬來抱病面容青，意懶神疲睡未寧。落木蕭蕭愁復苦，長天寂寂夢還醒。推窗只覺多風露，作句常嗟欠性靈。躲進幽齋長弄笛，清商一曲可娛情。

讀岳武穆《滿江紅》詞

衝冠怒髮意如焚，雨灑瀟瀟帳下聞。三十功名塵與土，八千里路月和雲。豪情願把山河挽，壯志求將虜肉分。收拾金甌歸國日，便朝天闕見明君。

俠客行

絕技修成出寺門，揚鞭策馬闖中原。江湖行俠青鋒利，客店傾樽白酒溫。馳騁河山觀世態，縱橫天下傲乾坤。深宵撫劍心悽楚，對月思親暗斷魂。

早上讀《高青丘集》

宵來好夢嘆難留，月透西窗進小樓。病起兼旬情落寞，天陰多日意煩愁。聞吹竹笛聲趨怨，試詠新詩韻用尤。今早冬陽和煦照，高吟低唱閱青丘。

註：高啟（一三三六至一三七四），字季迪，號青丘，是明初著名詩人。

老去（孤雁出群格）

夜靜燈昏睡未濃，夢迴被冷怯寒風。披衣打座心難定，舉筆書懷意不工。冷月斜窺花影暗，長河漸落霧煙濛。廉頗老去人憔悴，猶念當年力挽弓。

無題（孤雁入群格）

高粱已冷要重溫，好夢難留暗斷魂。快意時將琴瑟弄，豪情欲把斗牛吞。精研弈道黑和白，苦究易經乾與坤。拈筆自慚詩力退，辭情畢竟遜唐人。

除夕夜

漫步臨風對夜天，星空廣闊自悠然。柔情欲吐憑宮調，壯志難宣訴管絃。惡疾傷身添苦困，良朋慰我解愁煎。今宵除夕迎新歲，還望來年勝去年。

新年

晨曦光影照花阡，日暖風和玉有煙。舊歲匆匆隨水遠，新年悄悄現君前。慮愁牽掛俱消去，書畫琴棋共鑽研。苦短人生應惜取，今宵說地復談天。

作詩苦

才情遠遜李青蓮，詩律難攀老杜邊。搔首有心書絕句，咬牙無計作佳篇。晉賢淡逸歸田隱，宋彥風流擁鶴眠。學效先賢高格調，今晨細意讀坡仙。

敬和蔡德興師傅年少輕狂七律

松菊猶存徑未荒，師徒行樂訪良鄉。辛勞有獲多歡趣，快意自來無苦忙。頤養還宜歌白雪，閒居正合植青桑。怡然玩笛梅三弄，故說玄虛閒說狂。

因病偷閒

因病偷閒閱百篇，苦中作樂樂難言。閉關每念風花月，出洞卻愁霾霧天。廊內徘徊思飲釀，樓前凝想欲歸田。何時疾患全消日，再與良朋共並肩。

註：本詩第一句化用蘇軾《病中遊祖塔院》詩第五句。東坡此詩如下：「紫李黃瓜村路香，烏沙白葛道衣涼。閉門野寺松陰轉，欹枕風軒客夢長。因病得閒殊不惡，安心是藥更無方。道人不惜階前水，借與匏樽自在嘗。」

雞年轉運

夜涼好夢驟然醒，冷冷冰輪照後庭。惆悵月來頻染恙，慚嗟歲盡少研經。曉天即至園還靜，愁緒難消意未寧。丁酉雞年祈運轉，朋儕共樂倍溫馨。

病榻纏綿

病榻纏綿嘆寂寥，相思無計苦寒宵。凋殘草木枝猶勁，乾竭容顏面已憔。愁緒牽縈憑酒解，韶華流逝化煙消。西山夜月迢迢遠，顧影唏噓氣動搖。

志（兩首）

田園隱去弄蠶桑，夜靜床前賞月光。昔日莊生言蝶夢，今天劉子畏風霜。琴棋作伴忘時短，詩酒為親度歲長。不怨才疏無大志，甘心只作讀書郎。

歸隱郊原遍植桑，夜遊東野賞螢光。窮來淺飲三杯酒，意到高歌六月霜。少女賞梅傷露重，老農好雪喜冬長。南山草盛苗難茂，依舊無憂作夜郎。

病中感懷（兩首）

香江幾見草如茵，陣陣風吹滿面塵。扁鵲難求徒耗帛，華佗何在實傷神。讀書養志知能廣，運動強身病不頻。賴有朋情常護照，一元復始運更新。

喜愛郊林綠草茵，繁囂鬧市總多塵。紅燈處處炫人目，濁氣層層損我神。阮氏囊空愁陣陣，劉郎體弱病頻頻。培元養氣期春到，丁酉雞年萬象新。

年廿九清晨讀詩偶感

翻書展卷在清晨，書卷能傳自有因。子建才高超魏彥，少陵律好甲唐人。尋章煉字求詩妙，述志書懷道語真。新歲即臨春瞬到，今朝下筆已如神。

丁酉雞年年初一早上試筆

春回大地百花香，楊柳千條綠草長。燕子雙雙穿後院，人兒兩兩泛前塘。滿園佳趣堪閒逛，一盞清茶合慢嚐。普世同歡迎好歲，還將快事付文章。

遊趣

桃艷梅紅示好年，春風綠遍野郊原。題詞獨詠園中趣，把盞齊邀月裏仙。抱拙無求甘淡逸，翻書偶拾樂悠然。山城聞道風光俏，與友同遊共比肩。

早春遊

早春正月氣清涼，結伴逍遙覽四方。從化溫泉同暢浴，惠州美食共欣嚐。怡情房內炫牌技，悅性田邊說果香。縱有煩愁無足慮，乘風展意樂洋洋。

高齡赤兔

冷月疏星天外懸，寒風颯颯夜難眠。千紅萬紫皆虛化，舊恨新愁總苦纏。韻事如煙黃鶴去，韶華似水世情遷。高齡赤兔心雄烈，伏櫪猶思呂奉先。

寒夜吟

摘字尋章細鑽研，深宵吟詠意綿綿。風聲漸緊松濤湧，燈影暗搖心浪漣。欲賦長篇才未逮，為求好句夜難眠。天邊皓月一輪掛，正照詩人案上箋。

江湖退引

不戀繁華別俗塵，江湖退引作閑人。（一）野蔬充膳安貧苦，（二）青鳥為朋樂趣真。偶與鄰翁賒酒醋，（三）時將落木作柴薪。（四）猶存三徑通城縣，（五）摯友良朋盼訪頻。

註：一．化用黃庭堅《次韻戲答彥和》詩第二句。全詩如下：「本不因循老鏡春，江湖歸去作閑人。天於萬物定貧我，智效一官全為親。布袋形骸增碨磊，錦囊詩句愧清新。杜門絕俗無行跡，相憶猶當遣化身。」

其實，黃庭堅此句應是化用了李商隱《安定城樓》詩的第五句及白居易《歲暮寄微之三首》之二的第八句。這四首詩如下：

《安定城樓》……李商隱：「迢遞高城百尺樓，綠楊枝外盡汀洲。賈生年少虛垂涕，王粲春來更遠遊。永憶江湖歸白髮，欲回天地入扁舟。不知腐鼠成滋味，猜意鵷雛竟未休。」

《歲暮寄微之三首》……白居易：「微之別久能無歎，知退書稀豈免愁。甲子百年過半後，光陰一歲欲終頭。池冰曉合膠船底，樓雪晴銷露瓦溝。自覺歡情隨日減，蘇州心不及杭州。」

其二：「榮進雖頻退亦頻，與君才命不調勻。若不九重中掌事，即須千里外拋身。紫垣南北廳曾對，滄海東西郡又鄰。唯欠結廬嵩洛下，一時歸去作閑人。」

其三：「白頭歲暮苦相思，除卻悲吟無可爲。枕上從妨一夜睡，燈前讀盡十年詩。龍鍾校正騎驢日，憔悴通江司馬時。若並如今是全活，紆朱拖紫且開眉。」

二．化用元稹《遣悲懷三首》之一的第五句。此三首詩如下：「謝公最小偏憐女，自嫁黔婁百事乖。顧我無衣搜藎篋，泥他沽酒拔金釵。野蔬充膳甘長藿，落葉添薪仰古槐。今日俸錢過十萬，與君營奠復營齋。」

其二：「昔日戲言身後意，今朝都到眼前來。衣裳已施行看盡，針線猶存未忍開。尚想舊情憐婢僕，也曾因夢送錢財。誠知此恨人人有，貧賤夫妻百事哀。」

其三：「閑坐悲君亦自悲，百年多是幾多時。鄧攸無子尋知命，潘岳悼亡猶費詞。同穴窅冥何所望，他生緣會更難期。唯將終夜長開眼，報答平生未展眉。」

三．化用杜甫《客至》詩第七句。全詩如下：「舍南舍北皆春水，但見群鷗日日來。花徑不曾緣客掃，蓬門今始為君開。盤飧市遠無兼味，樽酒家貧只舊醅。肯與鄰翁相對飲，隔籬呼取盡餘杯。」

四．化用元稹《遣悲懷三首》之一詩的第六句。

五．三徑：漢朝蔣詡隱居之後，在院裏竹下開辟三徑，只與少數友人來往。（見漢代趙歧《三輔決錄》卷一）後來，「三徑」指歸隱後所住的田園。

春回大地

萬紫千紅各有香，鶯歌燕語蝶翱翔。春回大地人間好，日照靈山嶺上光。美酒深斟同飲樂，良朋暢聚共言荒。悠然覽盡園林勝，更倚樓欄看夕陽。

讀《諸葛亮集》

丞相高風可比天，寒檐夜讀憶先賢。草蘆定計知時勢，赤壁聯兵破敵船。六出祁山師未捷，七擒孟獲事堪傳。留芳萬代人崇敬，諸葛大名垂宇邊。

追逐

人生屢欲闖高峰，山野懸崖逐月蹤。對月思卿多感喟，倚欄憶舊少歡容。項王力盡悲揮淚，阮子途窮恨壓胸。濁酒三杯魂萬里，醉鄉或可偶相逢。

午後

午後人疲日似梭，齋啡熱飲實心窩。一杯落格精神滿，兩目生光力氣多。先寫歪詩吟月姐，還填小令憶秦娥。黃昏漸近觀霞采，再進廂房讀九歌。

歸園樂（孤雁入群格）

世俗無留戀，田園合早歸。凌晨開古卷，日暮掩柴扉。五柳庭前植，群鶯宅畔飛。賞梅能遣興，養鶴可忘機。解渴清茶美，療饑白粥稀。瑤琴燈下奏，聆聽有貓狸。

十繡香囊

鴛鴦交頸愛初嚐，高唱驪歌暗自傷。冀入蟾宮扳玉桂，卻憐孤燕守空房。酬酬唱唱人惆悵，切切悲悲各斷腸。十繡香囊情萬縷，紅顏心事不尋常。

求學

虛心求進步，苦讀在家門。那管風和雨，不分晨及昏。填詞須覓韻，做學要窮根。少壯無高志，年衰苦自吞。

訪僧

偶有閒情致，尋僧叩寺門。彈琴消白晝，品畫度黃昏。解渴燒泉水，充饑煮菜根。觀星豪氣在，欲把斗牛吞。

下雨天

細雨絲絲下，心煩不出門。仰觀天色暗，俯讀目光昏。霧白封山貌，沙流患樹根。春風難解意，冷酒暗偷吞。

於大會堂欣賞《何家光老師友好曲藝會知音》粵曲演唱會有感

華堂弦樂奏，琴瑟伴笙簫。曲韻音諧妙，詞情意逸遙。聲聲傳玉律，句句滌煩囂。台後居功者，辛酸湧暮朝。

志未窮（二首）

畢竟家窮志未窮，權將困頓扮盈充。閒吟淺酌為真趣，虛譽浮名若幻虹。閣有珍藏儀儁逸，園無浪蝶卉嫣紅。五經四史勤攻習，摯友晨昏共語融。

縱使身窮志未窮，一貧如洗意豐充。饑餐清露晬如雹，渴飲甘泉氣若虹。坐看西山千樹秀，閒觀南國萬花紅。常尋佳趣歌河調，對月吟謳樂也融。

會才賢

今宵有幸會才賢，意氣相投話酉年。交淺言深傳美意，詩清句簡寫佳聯。且將情誼留心坎，莫把離愁付筆箋。珍重一聲人別後，他朝再會敘奇緣。

立身

立身恆正直，護法守綱常。作句情懷婉，言談話語狂。童年毋放縱，老日少奔忙。詩酒陪晨夕，開懷細品嘗。

清明

晚春三月接清明，斗指東南氣候晴。小麥青青草軟，豔陽暖暖暖風輕。造林植樹山川秀，祭祖尋根意念誠。勃勃生機心喜樂，梨花競放燕鶯鳴。

貴州遊

黔地蠻驢技有窮，貴州初訪沐春風。龍宮溶洞舟同泛，濕地公園語共融。百里杜鵑山幻彩，千尋瀑布水生虹。天星橋畔觀林石，欣喜開懷意興隆。

晚春書懷

水綠江風暖，天藍柳岸青。春花猶燦艷，心緒自安寧。午後研三易，宵來看萬星。絃琴時撫奏，一闋韻泠泠。

霧罩煙籠晨起有感

霧罩煙籠困渡航，濛濛險道倍迷茫。虛浮步履難安穩，跌宕生涯易損傷。世外桃源宜訪覓，人間恨鎖合遺忘。良田數畝耕耘樂，夜習玄經氣自祥。

見青天

滄桑歷盡志難遷，囊有盈餘未欠錢。意滿情濃眸炯炯，身豐頜潤面圓圓。唐人樂府千年誦，宋彥詞章萬代傳。思古頻翻經史子，愁雲一抹見青天。

棄繁華

江湖自是有風沙，矩步規行勿踏差。冷漠人心難料算，奸邪世態盡奢誇。山中避靜風吹袂，閣上研經月映花。試酒烹茶且為樂，超然淡逸棄繁華。

靜窺天

人情幻變易生遷，少論良知只論錢。便隱崖邊忘世怪，或居湖畔看波圓。雷鳴電閃千山應，燕語鵑啼四野傳。淡逸平和無甲子，深宵獨臥靜窺天。

午後書懷

三春俱已去，炎夏步還遲。靜坐培元氣，閒遊遣慮思。湖山恆不變，日月漸潛移。冉冉時光逝，愁情盡寄詞。

下雨天早上和蔡德興師傅（兩首）

油雞填鴨可肥身，紅酒高粱亦誘人。鹵味三斤才百塊，海鮮多種只千銀。風花自賞常言樂，衣食不愁何慮貧。羽扇綸巾還笑我，園林漫步在今晨。

齊家先要學修身，自斂鋒芒莫傲人。鍾愛文章鍾愛玉，不貪權勢不貪銀。胸懷潔志無牽念，閣有珍藏未慮貧。看盡凡塵千百態，何如樂道樂清晨。

敬和蔡德興師傅（六首）

遙看天上月輪孤，興到還求酒滿壺。宅畔栽花驚瓣萎，城中尋趣畏塵污。思乘快馬馳南國，願泛輕舟蕩鏡湖。獨臥西樓愁寂寂，後山隱聽一啼鴣。

紅燭高燃影不孤，烹茶暢飲取銀壺。幽齋出入門無鎖，塵世浮沉道未污。濁客偏爭游濁水，清心只愛泛清湖。同歸頓漸綱常在，莫聽山前一鷓鴣。

浮雲飄渺遠山孤，美酒頻添撫玉壺。秋菊最愁遭雨襲，夏荷無畏被泥污。為瞭佛性觀三藏，因戀風光泛五湖。暗鬥明爭徒自損，何如靜坐聽鳩鴣。

浮生如寄旅情孤，喜見孖蒸滿酒壺。弄墨舞文身尚淨，勾心鬥角品何污。時因弱視思明鏡，偶為低章吃詐湖。雨密村居無客至，捲簾唯聽後山鴣。

遙看南天一雁孤，時光荏苒畏銅壺。厭聞凡世多侵掠，樂聽桃源未染污。好友隆情增逸趣，前賢佳作叩心湖。羊城再訪觀風貌，市集欣聆習唱鴣。銜草離群一獸孤，傷懷感物酒三壺。名花易受罡風襲，潔質難容俗物污。知己尋幽訪羊市，英賢論道聚鵝湖。且將鬱悶拋深海，淺唱高吟瑞鷓鴣。

註：瑞鷓鴣，詞牌名。又名《五拍》、《天下樂》、《太平樂》、《桃花落》、《舞春風》、《鷓鴣詞》、《拾菜娘》、《報師思》等。據《詞譜》說，《瑞鷓鴣》原本七言律詩，因唐人用來歌唱，遂成詞調。雙調，五十六字，前段四句三平韻，後段四句兩平韻。中間兩聯例用對偶。此調既可平起，也可仄起，如七律格式。另有六十四字型、八十六字型、八十八字型，是變格。

艷陽天

偷雞聖手數時遷，筆寫農民有浩然。品茗頻頻於月下，題詩每每在花前。山中得道人欽羨，桌上輸錢鬼可憐。雨止雲收霾霧散，今朝喜見艷陽天。

註：浩然（一九三二至二〇〇八），原名梁金廣，著名農民作家。《艷陽天》為他在一九六二年發表之第一部長篇小說。

讀史

日月如輪轉，人生各走奔。世途多險阻，大道不堪論。衰患頭趨白，疏狂目未昏。鴻飛留指印，讀史念英魂。

木棉

朝陽艷照有飛霜，定有蹺蹊內裏藏。景物新奇應賞鑑，世途險詐要提防。敢誇力健攀危石，不恃才高門采章。漫步園林幽徑盡，英雄樹影現橫塘。

徒兒

心明如皓月，淡樸不爭名。致力研詩切，關懷待友誠。歌聲舒美意，曲韻表柔情。但願人長健，高吟向日晴。

午後縱筆

心湖平似鏡，頂上現金烏。常日無癡慾，三餐有豆蒲。逍遙遊遠道，淡逸踏歸途。詩酒琴棋好，悠然不廢娛。

羊城記遊

七女三男合一團，羊城購物各爭先。荔灣湖畔聞啼鳥，賓館樓頭品美鮮。上下九街齊縱步，東西兩巷共蹁躚。炎炎夏日應為樂，遊罷歸來有好眠。

紅日

踏步城中似受災，如潮熱浪襲人來。炎炎紅日當空掛，滾滾黃沙遍地堆。額裂頭焦魂欲斷，神頹志喪魄幾摧。凡間倘有清涼殿，沐浴焚香走一回。

季候

重九登高可避災，端陽送粽好朋來。暖天林澗多花簇，寒日山崖有雪堆。歲月逝流人瘦損，風霜過去木殘摧。一年美景君當記，合看芙蕖往復回。

記聚會

引伴呼朋聚雅堂，談玄說怪語洪荒。誓將酒力分高下，不把文思鬥短長。敬慕古人詩卓絕，狂言你我律精強。良辰好友匆匆散，未盡餘情腹內藏。

胡思亂想

宵來微冷蓋毛氈，亂想胡思漸失眠。詩酒三年彈指過，家園千里夢魂牽。歡欣今日成章句，愁慮明天欠飯錢。擁枕捲簾窗外看，月光如水灑牀前。

風雨日書懷

隨風棉絮任東西，偶爾黃昏吃放題。詩韻琴音常淺愛，經文義理頗沉迷。宮商易習能通透，物我難分未曉齊。柳暗花明還有路，寬懷信步下長堤。

徘徊

連場大雨水潺潺，霧鎖煙籠蔽遠山。萬事因循成習慣，經年歷練鑄容顏。時翻青史思賢士，醉臥紅樓夢翠鬟。街角徘徊尋雅興，心湖平穩自悠閒。

獨臥山齋

獨臥山齋不閉門，悠然未覺已天昏。閒吹玉笛聲情趣，靜閱黃庭意念純。棋局將殘人漸老，雄心尚在志猶存。無癡無慾無貪妄，樂看星辰啖菜根。

下雨日病中吟

淫雨連綿六月天，風寒感冒苦相纏。驕陽未見陰霾重，靈藥難求正氣偏。試唱宮商嗟乏力，欲書章句嘆無箋。冥頑二豎離身日，再戰江湖會儁賢。

失眠夜

夜臥頭昏兩耳鳴，病魔侵擾氣難平。懷愁靜聽三更雨，擁枕沉思一世名。萬首詩詞千日作，一囊藥物半生驚。滿斟苦酒挑燈飲，咄咄書空事少成。

山居

愛觀明月趁良宵，愛聽隆隆江上潮。近水煙霞頻聚散，迎風松柏未殘凋。苦無佳客時同樂，喜有鄰翁可共聊。蓋雪青山頭已白，豪情壯志寄琴簫。

心魔

風吹老木葉殘凋，月掛中天夜寂寥。難解經文情悵惘，未知天道意煩焦。亭前靜坐魔初襲，松下圍棋慮始消。衰雪三千毋自擾，通明物理頓逍遙。

書懷

天涼藏摺扇，力倦睡眠宜。才盡難成句，情真始賦詩。日長棋一局，量淺酒三匙。訪友求施飯，人窮志動移。

交友

誤交損友淚長流，亂世生逢使我憂。彈唱走音人掩耳，評談出位眾搖頭。春天失落思初夏，夏日無聊盼仲秋。歲盡香江能見否，高粱再飲興悠悠。

洛克訪港日

昨天才大暑，今日扯風球。密雨沙沙下，癡人淡淡愁。幽幽吹短笛，寂寂閱紅樓。節序無庸問，關門且自修。

詠懷

漂泊天南若小舟，年華老去志還留。不謀名利多歡趣，只弄文章少恨愁。恥托高權為幕客，甘嚐苦酒作情囚。撚鬚自笑人愚鈍，那管灰眉襯白頭。

聖賢氣象（贈黎廣基博士）

孔顏孟面說黎師，學術精研愛近思。慕道求知觀古卷，行仁好俠展高儀。鳶飛魚躍剛柔並，意定神寧禮義持。今夕樓臺邀月飲，聖賢氣象已生滋。

暴雨日

呆頭呆腦日奔忙，意懶神頹手硬僵。氣候無常招暴雨，情緣有憾斷柔腸。午前試筆詩無力，夜後開瓶酒未香。萬載青山依舊好，百年人事總難量。

夢入神機

夢入神機返故鄉，身如雁鳥暢飛翔。盤旋綠野經青嶺，轉過前街進後堂。曲巷閒遊聆樹籟，幽齋靜坐品辭章。小紅親侍茶湯飯，無慮無愁愛日長。

晨早詠懷

逝水韶華日復年，餘暉斜照自留連。數篇詩賦消長夜，一卷經文度白天。人世情緣多幻變，山河光景總依然。携壺覓趣林中逛，醉倒何妨倚石眠。

詠懷

詩酒匆匆快四年，良朋互勉氣相連。幽齋暢讀思前聖，皓月高懸愛晚天。閒聽古琴聲雅樸，時吹新笛韻悠然。廉頗雖老猶雄勁，日試千言志不遷。

讀杜子美《茅屋為秋風所破歌》

八月秋高風怒鳴，茅廬被毀頓心驚。頑童盜草呼無應，苦雨傾盆睡未成。宅破不忘寒士厄，身危尚念聖君情。杜陵攬讀知提要，堂奧窺研法漸明。

附：《茅屋為秋風所破歌》…… 杜甫：「八月秋高風怒號，捲我屋上三重茅。茅飛度江灑江郊，高者掛罥長林梢，下者飄轉沈塘坳。南村群童欺我老無力，忍能對面為盜賊。公然抱茅入竹去，脣焦口燥呼不得，歸來倚杖自歎息。俄頃風定雲墨色，秋天漠漠向昏黑。布衾多年冷似鐵，嬌兒惡臥踏裏裂。床頭屋漏無乾處，雨腳如麻未斷絕。自經喪亂少睡眠，長夜霑溼何由徹！安得廣廈千萬間，大庇天下寒士俱歡顏，風雨不動安如山！嗚呼！何時眼前突兀見此屋，吾廬獨破受凍死足！」

群魔亂舞（孤雁出群格）

群魔亂舞辱詩壇，穢語污言亦當閒。不以文才分好歹，只憑口技鬥強蠻。蘇辛卻步同遮面，李杜搖頭各閉關。願得鍾馗誅魍魎，園林一淨眾開顏。

塘前看荷

薰風吹拂夏池塘，淨植芙蓉淡淡粧。不與群芭爭俏麗，還求一卉展芬芳。冰清玉潔原無染，質秀姿妍本自香。喜見水中花葉茂，輕搖小扇賦詩章。

笑生平

冷冷煙霧重，天陰無日晴。幽林多雀噪，古徑少人行。落絮隨風蕩，孤舟任自横。感時憔悴損，對影笑生平。

芙蕖出水

芙蕖出水百花羞，淨植亭亭潔又柔。只合遙觀同細賞，不容褻玩亂嬉遊。繪描畫作神姿秀，賦詠詩篇韻律悠。惜別一年今再聚，依依難捨願長留。

雜念

久未開唱局，聲沙喉未清。深居多雜念，劣作少柔情。舊典文難懂，新詩律不成。江湖風雨密，日日盼天晴。

秋日即事

循環天道有春秋，萬類凡間享自由。意懶還應消困頓，心寬立可解煩憂。怡然縱步遊青徑，暢快開瓶醉彩樓。歲月匆匆人易老，尋梅踏雪未言休。

搜翠尋幽

搜翠尋幽過石橋，遠離鬧市少煩囂。橫游淺澗穿岩洞，直上高崖看浪潮。世事無常心悵惘，園林有徑步逍遙。饑餐山果甘而脆，夜靜抒懷對月聊。

午後

思睡懨懨伏案眠，元神闖蕩直歸田。青瓜廣植瓜園裏，綠柳深垂柳岸邊。日出江花疑似火，宵來夜霧彷如煙。涼風陣陣催人醒，歲月淹延老少年。

生活

藥能治病細心嘗，秋日還須莫着涼。父愛娘恩時念記，朋情友義怎遺忘。閑來覓句研章法，偶爾聽歌進會堂。聞說江湖風浪急，何妨一笑逐波狂。

夜聽秋聲

驚覺天涼旦夕間，寒衣已典甚無顏。新書數冊慚難解，舊債經年愧未還。軟弱何曾嗟命苦，剛堅不慣怨時艱。江湖風雨增情趣，夜聽秋聲自逸閑。

歲月匆匆

歲月匆匆又到秋，秋風始起惹閒愁。悲秋痛惜花如絮，對鏡難堪雪滿頭。病患磨人哀百歎，詩書慰我解千憂。仲宣有憾無從訴，筆賦文章上閣樓。

註：王粲（一七七至二一七），字仲宣，是建安七子之一。於董卓之亂後，流寓荊州，但不被劉表重用。在建安九年（二〇五），他登上麥城城樓，縱目四望，寫下了名篇《登樓賦》。

郊遊

初秋郊野遊，地靜木林稠。暖日生霞采，涼風掠碧流。蟲鳴知客至，花放盼君留。山徑通幽處，行吟自樂悠。

初秋日

南國初秋日，涼風漸入城。崖高孤雁繞，夜靜百蟲鳴。俯首思前事，悲懷望舊京。圓圓天上月，皓亮動詩情。

年來生活

診所頻出入，醫生生意繁。愁多招貌損，藥烈使頭昏。楚客思歸苦，謝公哀病煩。故人憐我意，賜食上盤飧。

午夜書懷

交纏雜感苦難眠，浩瀚星河亮夜天。王粲從戎多力氣，劉郎告老少糧錢。時思河畔觀潮汐，或倚松邊聽杜鵑。回首前塵悲夢渺，百年轉瞬逝如川。

旅遊

炎夏人閑逸，何如避暑遊。御風憑鐵翼，跨海賴輕舟。花底怡然飲，池中暢意泅。在家千日好，出外也優悠。

遊山

新晴風送爽，寫意探幽山。谷狹青松密，溪清白水潺。人疲眠樹底，鳥倦返林間。夢赴桃源約，忻忻盡日閑。

夢

迷離闖進廣寒宮，仙女相迎衣錦紅。后羿山前傳絕藝，嫦娥殿後贈良弓。風吹清樂飄亭閣，雨灑幽林潤草蓬。夢醒憑欄窗外看，月兒遠在碧空中。

月夜

冰輪如鏡夜空懸，半榻詩箋散枕前。室靜只餘燈影伴，神頹又覺夢魔纏。蛩鳴野外林猶寂，浪湧心間客自憐。獨醉消愁斟綠蟻，相思暗託綺琴傳。

異國遊

自在逍遙異國遊，風光如畫醉心頭。遠山淡淡迎人笑，近水悠悠向海流。窈窕川林今始探，平和鏡月幾回眸。黃昏池畔丹霞美，共飲三杯酒密稠。

登臺

登臺遠眺解煩愁，美景怡人眼底收。數樹蒼松迎客笑，半山紅日照江流。相連屋宅高低聚，斷續雲煙上下浮。斜倚欄杆望墟巷，兒童作樂蕩韆鞦。

郊遊

三秋剛過半，暢步踏郊阡。野靜山風細，江清水浪漣。鳥喧知客到，人倦倚松眠。日落紅霞現，悠然望晚天。

晨思

經書展讀效賢人，勤灑庭除莫染塵。每念前因前似昨，常翻故典故如新。明心養志神離竅，植樹栽花汗濕巾。縱有襟懷憑夢訴，寄情詩酒少酸辛。

郊遊

三秋天氣好，淡逸自悠閑。泛棹江湖上，品茶花草間。山風吹落葉，澗水映歡顏。樂在郊原裏，披星戴月還。

修身養志

修身養志閉柴扉，日訪群山月下歸。靜臥還當思己過，閒聊應莫說人非。朝吟澤畔尋詩趣，夜釣江濱坐石磯。蟾吐寒光風暢順，心凝形釋漸忘機。

秋日早上

樂府精研唱大江，東坡格調信無雙。翻經展卷迷金史，涉水登岩度石矼。鐵板銅琶歌壯志，紅牙綠綺伴名腔。人生雖短毋悲苦，喜有冰輪照戶窗。

詩禮文明

未到中秋月已圓，相交應是有因緣。開懷暢論多高見，亂語胡言愧雋賢。美酒難求斟滿盞，青春不再惜耆年。神州萬里山河壯，詩禮文明自古傳。

感興

人心世道有陰晴，閃進幽齋試笛聲。舊曲詞優慚未習，新詩韻險愧難成。秋來每愛登高閣，春盡時嗟惜落英。史卷精研知國是，先唐後宋再元明。

望月有感

喜沐晨曦愛晚晴，弦歌唱樂醉新聲。江郎拈筆驚才盡，老叟窮經盼學成。意氣消沉情困倦，胸襟豁達志豪英。杞人不智憂天墜，我自悠然賞月明。

山中

獨酌松榕下，深斟酒滿杯。孤鴻盤絕頂，老叟盡新醅。靜聽山中籟，遙觀嶺上梅。林泉清且美，閒日愛徘徊。

山中

愛覓山中趣，閒時扣寺門。修仙上松嶺，養志隱瓜園。月下思玄理，花間着酒痕。觀星豪氣湧，欲把斗牛吞。

征人歸里

夜雨潺潺下，征人別玉門。尋親歸故里，覓路過新園。囊內無錢帛，腮邊有淚痕。寒風吹額面，怨苦自偷吞。

秋日寫懷

秋天已到少秋裝，白露凝窗夜漸長。才淺尚能成陋句，囊空未敢逛商場。昨宵暢飲三杯酒，今日愁思一口糧。時雨時晴時有霧，人生世事本無常。

酒林三友

酒林三友再相逢，美酒開懷盡一鍾。酒氣襲人知酒好，湯香撲鼻料湯濃。茅台性烈難歡飲，紅酒味醇宜解封。政局時情俱不說，今宵論道語中庸。

楚漢爭

戰火狂飆勢蔓延，項王中伏敗連連。筋疲力乏人難進，將寡兵微馬不前。四面楚歌驚陣地，多年功業化雲煙。烏江自刎隨姬去，壯志豪情史卷傳。

書懷

悲秋難免損腰圍，日食三餐體未肥。店內寒生貪白酒，園中佳客賞紅薇。低沉氣壓知風到，冷淡人情料事違。閱世識時明進退，何妨一笑斂愁歸。

深圳華僑城之遊

良朋結伴步輕鬆，時正深秋未入冬。太子祠中禮神佛，華僑城內看松榕。火車跨越清河澗，意念飄遊絕嶺峯。祖國山川頻有約，同群共樂樂重重。

北上神州二日遊

結伴再同遊，天涼好個秋。神州風景美，知己面容悠。覽勝觀河嶽，開餐聚酒樓。憑欄望京國，暢樂把詩酬。

讀史

宵來隱有疾風聲，唱和詩篇記友情。未入寒冬愁夜冷，頻登高閣覽湖平。無心逐臭聆蠅噪，有意歸山聽鳥鳴。唐宋元明近通透，還將餘力細研清。

秋日嘆

無米之炊巧婦難，羞慚昨夜未開餐。心寬氣定憑修性，浪急潮高勿倚欄。憔悴每因情變易，悲哀只為道傾殘。何時泛棹乘風去，獨釣江湖十里灘。

嘆世界

乏術生財做活難，勤將餘力覓三餐。宵來每夢浮深海，興到還能跨矮欄。濁霧濃濃千嶺暗，西風索索百花殘。富春江上魚蝦美，異日同遊釣淺灘。

秋去冬來

秋去冬來歲漸殘，思懷近事倍傷肝。探囊有憾嗟財盡，搜篋無衣怨日寒。草木枯黃園悄寂，顏容蒼白影孤單。圍棋一局收官易，物是人非欲說難。

霜降日有感

凜凜秋霜降，單衣倍感涼。豺狼郊外祭，蟋蟀洞中藏。萬物呈衰態，無言訴怨傷。一樽豪飲盡，落寞寄詞章。

感謝八英賦詩賀壽

好友同遊盡有情，華堂暢聚喜盈盈。吟哦妙句驚雷動，朗誦清音引鳳鳴。席上珍饈群口享，園中才俊我心傾。牛刀小試齊施展，彈指詩成羨八英。

楓紅比火

楓紅比火草為茵，滿眼風光最可人。市集奔忙謀活計，園林縱步養精神。清溪透澈明如鏡，短髮蕭疏白勝銀。郊野行吟離俗慮，逍遙樂作一平民。

歸去

仙人指路眼光明，泛棹江湖愛日晴。兩岸桃花香綠野，數年詩酒愧生平。石岩轉過山風細，天幕張開景氣清。競逐浮名緣底事，不如歸去避秦嬴。

深秋清早書懷

相交論學互爭鳴，坦蕩胸襟待友誠。偶染風寒尋好藥，時翻經史點孤檠。常常喜樂心趨靜，事事寬懷意放平。養晦韜光唊長藿，江湖再會醉三酲。

詠懷

秋盡冬來有朔風，經書雖讀未曾通。不貪席上諸般味，卻愛庭中百尺桐。學海岸遙勤可近，夢鄉路渺步難終。匹夫無計平天下，對月呻吟望遠空。

讀書

勤修經史閉柴扉，偶感疲勞訪翠薇。史記千年文俊秀，經傳百代理精微。潮平岸闊藏流湧，運蹇時窮現契機。李耳釋迦多妙說，閒來亦可習韓非。

神州遊

神州暢覽過田畦，里弄穿梭路未迷。習習涼風途易踏，炎炎烈日腳難提。海鮮蒸煮炊煙冒，夜幕懸垂歸鳥啼。夢到臨安觀古景，白堤遊罷轉蘇堤。

吃麥皮

清晨吃麥皮，肚餓要充飢。學淺須勤讀，人窮勿歎悲。倒楣逢損友，有幸遇良師。展卷時修習，孜孜未覺疲。

清晨小雨

清晨小雨景濛濛，獨在樓房密練功。欲作新篇書境況，試尋佳句記心衷。堪嗟體弱偏多病，自笑家貧竟固窮。落力筆耕無稿費，問君此苦有誰同。

脫牙日

無聊每每愛吹噓，緊閉宅門能造車。偶戀繁華遊市店，常思淡逸覓村居。歪文歪理當刪去，壞齒壞牙應拔除。日讀春秋明大義，深宵對月作詩餘。

近事

老去廉頗志尚雄，常思殺敵戰場中。絲絲碧血沾襟濕，滾滾黃沙入眼矇。十載辛酸寄詩酒，一年容易轉霜風。晚來光景殊堪愛，勤習瑜伽練武功。

大吹螺

時翻漢史卷何多，每羨將軍馬伏波。世上奇才最難得，人間憾事總消磨。心湖靜止如明鏡，歲月奔馳若玉梭。日與詩賢同放曠，大談大吃大吹螺。

冬日早上作

欲隱田園遠俗塵，此生最合作閒人。研經究史強吾學，記恨懷仇損我神。不信吞丹可增壽，但求反璞漸歸真。山歌村笛時聞聽，養晦韜光日納新。

看景

作句填詞顯性靈，悠然愛看遠山青。絲絲細雨濕荒道，寂寂幽林聚野螢。暮鼓縱能催客寐，晨鐘自可喚人醒。堅剛那怕霜風烈，懶管癡呆眾白丁。

雪裏紅

歲月蹉跎逝似風，不知不覺已成翁。霸王力舉千斤鼎，老漢身懷八達通。賞畫時觀齊白石，翻書每愛霍青桐。溫中利氣宜長素，解滯還求雪裏紅。

註：雪裏紅是草本植物，普通腌着吃。在中國北方地區，到了秋天，其葉會變為紫紅色，故名雪裏紅。它能解毒消腫、開胃消食等。

風流夢

得意高歌唱大風，老來無用化衰翁。逍遙十載金全散，潦倒多年道未通。悶極還思招損友，閒中每愛詠秋桐。不貪萬戶封侯貴，只羨姜夔伴小紅。

註：一．大風歌乃漢朝開國皇帝劉邦，在公元前一九五年初平定英布之亂後，回到故里沛縣，在宴請鄉鄰之酒宴上，擊筑而唱之歌。因開頭兩字為「大風」，故後人《大風歌》命名。《昭明文選》稱之為歌一首（並序．七言），列為雜歌。《樂府詩集》稱之為《大風起》。明代文藝批評家胡應麟稱《大風歌》乃「千秋氣概之祖」。詩歌原文為：「大風起兮雲飛揚。威加海內兮歸故鄉。安得猛士兮守四方。」

二．南宋詞人姜夔（一一五四至一二二一）於二十多歲時，在合肥，作客於詩人范成大（一一二六至一一九三）家中。范成大家中有一歌女姊妹。姜夔和這對姊妹之姐姐小紅很投契。後來，范成大將小紅贈給姜夔。

感事

粗衣淡飯腦筋靈，秋盡冬來柏尚青。棋局將殘頻打劫，文章欲就未成形。孤鈎獨釣悲還喜，亂想胡思醉復醒。好夢驚迴衾枕冷，深宵無寐聽風鈴。

遊園

十月初冬氣稍涼，梅花挺秀菜花黃。匆匆季節催時事，縷縷思情苦客腸。偶把餘錢沽酒饌，頻將愁緒記辭章。園林靜寂遊人少，自在尋詩遣晝長。

旅行

郊野花明艷，遊人喜展眸。感時知日暖，信步會風柔。飽食儀容俏，輕裝意態悠。黃昏霞采美，暢快再登樓。

贈闊別多年故人

故人別港已經年，此夕重逢兩惘然。歲月匆匆顏稍易，江湖渺渺誼難遷。三杯酒釀香飄送，廿載風雲事糾纏。互表情懷時漸晚，相期再見在來天。

記夢（孤雁入群格）

昨夜夢魂中，慈顏笑語融。撫頭詢疾患，執手道情衷。懇切聲趨緊，歡欣眼漸濛。溫柔憐復愛，破曉意猶濃。

下雨天間作

世道無常假作真，情仇愛恨怎生陳。人愚不辨賢和惡，酒好能分舊與新。願獲靈丹醫疾患，再尋妙術鍊金銀。江湖日短寒儒苦，綠鬢紅腮事似塵。

晨曦

遠山怡悅接晨曦，踱步園林過竹籬。園靜時聞閑燕語，林深每有野貍嬉。愛聆仙佛弘禪義，怕見妖邪戴畫皮。自笑同來俱是客，人生百歲甚稀奇。

偶感

曉風殘月兩清淒，躑躅街頭路漸迷。歲杪偏逢財帛少，年高屢歎運時低。常思陶侃搬磚石，愛看莊周試髮妻。海錯山珍余未獲，但求白酒送黃雞。

入冬次日

昨夜西風入我樓，寒冬轉瞬代涼秋。傷懷作賦言辭苦，覓趣吟詩韻句留。縱有柔情憑夢訴，還將餘力為生謀。檐前展讀思賢聖，白首窮經志未休。

立冬

秋收過後接冬藏，草木凋零水結霜。搜櫃無衣情落寞，生財乏術意徬徨。寒風甫至吹書案，陰雨驟來穿戶廊。百足休眠蛇入洞，蕭條景象惹愁傷。

小憩

究史研經眼漸花，何妨小憩飲紅茶。眉垂目閉微張口，意靜神舒慢咬牙。唱詠難如枝上鳥，見聞敢勝井中蛙。全盤西化余深佩，享用餐包要用叉。

遣閒愁

郊林縱步遣閒愁，百感相交意欲休。迤邐荒山無客到，蕭條古徑剩蟲啾。饑來每歎糧難繼，歲盡方知願未酬。老去廉頗江上隱，此生逐水任飄流。

珍重人生（孤雁出群格）

珍重人生愛月明，黃昏漸入月初升。閒遊野地風光俏，醉看嬌花意態凝。避世辟居研四史，消愁解悶賴三蒸。何能覓得真情趣，向晚驅車實上乘。

深秋晨偶感

季節循環冬快來，書齋獨坐卷長開。研荀讀孟思人性，揮麈談禪探藝才。偶有尋詩登殿閣，時能得夢上蓬萊。悠然自樂摒愁緒，更喜尊前酒一杯。

歲盡

精研詩藝醉詞章，閒弄絃琴調角商。得句常慚輸子美，知音信可及周郎。推敲終日文才鑄，求索經年學術彰。歲盡當營來歲事，今宵擬計細思量。

歲盡偶感（孤雁出群格）

老去原知百事艱，嶙峋瘦骨步跚跚。每逢風起顏憔悴，偶被人欺氣敗殘。醉裏吟詩揮筆就，閒來習武歎招難。年終回顧今年計，還喜思源尚未乾。

冬至日早上書懷

冬至大如年，知春在目前。園中蚯蚓結，洞內白蛇眠。舊恨已不記，新詩期可傳。南山歸隱日，晚境有誰憐？

寒流驟至

寒流驟至晝多陰，獨坐樓間作苦吟。老曲重溫嗟律拙，新詩初寫用情深。心思散渙神難定，飲食調和毒不侵。躍馬飛車棋局亂，人生佳趣靜中尋。

冬日偶想

欲效陶潛隱菜田，五株綠柳列堂前。藏嗔守拙無塵雜，覓勝尋幽有洞天。人事單純生簡樸，山花繁茂景清妍。寒冬去後春風至，甲子雖忘知過年。

睡起（孤雁出群格）

萬里澄空幾片雲，南園睡起瘦腰伸。捲簾遙看山中景，擁枕猶思夢裏人。阮氏途窮悲道盡，劉郎囊罄苦身貧。迎風漫步無寒意，為有棉袍共頸巾。

往深水埗途中作

寒流驟至冷風淒，瑟縮街頭路漸迷。腹餓頻思餐乳鴿，時窮屢欲照田雞。前周漫步尖沙咀，昨夕徘徊大道西。幸有良朋偶相約，圍爐說史話南齊。

獨酌

韶華似水歲頻催，逝去青春不復回。攬鏡但悲顏變易，捲簾卻喜燕歸來。精研經史常懷德，力習詩詞未恃才。洗滌愁腸憑靚酒，今宵獨酌一瓶開。

網戰

寒宵無友伴，網上下圍棋。角小乾坤大，功深法度宜。局優開笑口，勢劣展愁眉。五鼓雞鳴叫，忘憂未覺疲。

午後

晝長時未近黃昏，為避寒流自掩門。搜秘勾玄翻子集，養神閉目聽京崑。入城偶愛嚐蹄爪，隱宅常甘啖菜根。聞說舊街排翅美，心思慢嚼或狼吞。

閒

閒來獨倚後窗幽，亂想胡思間有愁。體弱時須醫藥治，家貧屢為稻粱謀。鑽研律呂分宮調，享受元蹄上酒樓。午夜臨摹右軍帖，手持禿筆字難遒。

連日來頗多活動，人也有些疲累。今晨過銅鑼灣植牙，來個大出血，最是慘情！作呻吟詩一首：

植牙

清晨過海植雙牙，未見醫生想縮沙。口血橫流神半喪，汗毛直竪眼全花。折騰五刻人疲累，運動連天腳痺痳。耗用錢財無足計，幸餘微力轉回家。

倦

葵花招式要跟從，愛訪名山覓俠踪。歲月消磨人有恨，江湖隱遁劍藏鋒。已無豪氣屠兇𪘹，只剩殘軀倚老松。美酒怡情君且飲，忘懷春夏與秋冬。

否極泰來

仰視晴空傍石欄，孤鴻繞嶺意悠閒。冬風擾攘兼旬裏，春燕歸臨旦夕間。摯友柔情長念記，殘棋敗局定能扳。連年疾患全消退，否極泰來齊展顏。

安貧自樂

拋開世慮戀農桑，夜看星辰月亮光。春夏觀花賞雲水，秋冬詠絮傲冰霜。舞文弄墨心靈靜，練武強身壽數長。攬讀詩書千百卷，安貧自樂一兒郎。

心願

夢裏歸田植梓桑，詩書暢覽借螢光。不貪暖酒迷靈性，獨愛寒梅傲雪霜。惡運理應三月了，良緣信可百年長。仰天默禱傳心願，祈盼才情及蔡郎。

自勉

讀史仍攻藝，研經更習詩。挑燈忘歲月，隱宅樂琴棋。豁達貧長守，謙恭禮自持。當仁恒不讓，處世義為宜。

寒冬日有感

寒冬送疾風，冷氣吹頭面。季候四時遷，人情千樣變。涼茶易服吞，苦酒難堪咽。天道未深明，生涯須作戰？

看醫生途中作

寒流持續冷風侵，覓藥求醫耗百金。補氣還宜煲石斛，提神偶要服人蔘。舊遊零落歡情淡，壯志衰微恨緒深。試作新詩描歲暮，佳詞難度苦沉吟。

神遊

冬盡春將至，神遊宅後塘。青山添美態，綠木展新妝。百卉多姸貌，一株傳淡香。和風輕拂掠，萬物氣高昂。

記昨午和舊同事於旺角品茗

細雨綿綿下，寒風陣陣颼。懶人眠榻上，舊友聚樓頭。茶熱點心靚，言真意趣悠。江湖雖引退，壯志未曾休。

冬景

懷人日暮自輕吟，細雨微風景暗深。過客情癡時作夢，歸鴉聲噪盡投林。蕭疏院落飄悽雪，孤寂絃琴送苦音。一襲破裘難敵冷，樓房隱閉盼春臨。

寒夜

寒冬小酌飲葡萄，禦冷身披舊破袍。讀史兼旬翻兩漢，習詩終夜閱三曹。冰輪照地如霜白，熱血騰胸若浪高。五鼓更殘天欲曉，深宵案牘不言勞。

卜卦求籤

中年況味苦還甜，新歲來臨百感添。覓道修持多歷練，養生飲食少油鹽。愁思近日詩情淡，喜見今時書價廉。清早有閒開卷好，精研卜卦學求籤。

春日

初春花放美，茂發野山鵑。燕鵲聲清脆，梅桃貌麗妍。慎思千結解，亂想兩眸眩。不記與亡事，悠悠看雨煙。

祝賀淑儀今天生日快樂

正月風和景色新，淑儀此日慶生辰。良朋齊頌歌聲妙，美酒同斟笑語真。品性清純柔似水，情懷坦蕩亮如銀。心寬身健朝前望，福慧雙修一麗人。

初春偶感

愛習經書愛坐禪，心無旁騖志剛堅。倦來極目朝天望，興到窮根着意研。夜靜時常聞鼓柝，房幽偶爾弄琴絃。江湖載酒相思慣，世事匆匆惜歲年。

初春國內遊

初春日暖百花妍，國內閒遊步陌阡。碟上人頭惹疑惑，窗前身影自悠然。風車轉動祈良運，祖廟參求望好年。休憩同登甜品店，雙皮燉奶味清鮮。

註：在國內某景點，有一供遊客鑽入內裏，將自己的頭擺上檯的嚇人設計。

迷惘

青絲全轉白，空羨五陵兒。江水滔滔逝，星辰默默移。壯年忙教習，老大念嚴慈。今世何為重，深宵苦自思。

戊戌年年初一試筆

萬象更新暖日回，園林郊野百花開。枝頭蝶繞知春到，柳底鶯鳴悅曉來。陣陣和風除苦恨，重重喜氣化愁哀。堂前綠蟻剛醅就，願與諸君試幾杯。

記今午與肇中三代校長及師生等暢聚於倫敦酒樓（孤雁出群格）

肇中三代老中青，共聚倫敦話舊情。校譽興隆齊樂道，人才鼎盛各爭鳴。點心多碟連隨盡，紅酒雙瓶頃刻傾。不盡之言來日說，同歡過後轉歸程。

春日午間試和蔡德興師傅

不嗟不嘆運時差，早出閒遊夜返家。為賞奇珍還配鏡，因貪美食決鑲牙。清觴淺啖人常醉，古卷長開志未麻。何日登樓同唱咏，與君品茗試新茶。

星移物換（孤雁出群格）

常嘆知音恨晚逢，唏噓獨步夕陽中。嘗完百味甘甜少，歷盡千憂苦樂同。冬到愁看霜雪冷，春來喜見李桃紅。星移物換時遷易，朗朗乾坤道未窮。

閒吟

北國初春雪未融，江南日暖起和風。樓前霧雨遊人醉，嶺外煙霞過雁忽。舊典常翻思孔聖，短歌再詠記曹公。閒來一闋詩言志，君子不愁家宅窮。

陽光下

朝陽燦照鳥穿林，嶺表江南雪不侵。已近春天齊企盼，每逢詩友共聯吟。民安國盛乾坤定，雨順風調福壽臨。否極泰來星斗轉，今宵美酒合同斟。

記竹林之役

高手交鋒殺氣涼，牌章自信已登堂。三圈未過心中苦，雙辣頻輸囊裏光。強敵難贏因勢弱，天狼怎射欠弓長。平陽虎落吾何計，汗下漣漣濕褲裳。

仲春日之夢

仲春最合賞花香，日倚江邊看綠楊。戲水翻波嫌夏短，觀星賞月喜秋涼。研詞每愛師三李，讀史還知有二張。自笑窮途無大志，深宵好夢竟連場。

註：詞家三李為唐朝李白、南唐李煜及宋朝李清照。二張是指三國時期東吳的張昭及張紘。

白玉苦瓜

祖籍台灣品種良，外觀精美味難忘。滋陰補腎消炎好，利尿溫脾解毒強。肉潤還宜清臟腑，汁多正合滌肝腸。晶瑩剔透身如玉，此物君須細意嘗。

日暮

日暮樹棲鴉，炊煙起萬家。風撓枝影動，雨灑葉聲沙。客寂吟歌令，人愁感歲華。浮生如一夢，太白語無差。

步韻答蔡德興師傅

人生步伐莫留停，勿任飄浮似綠萍。力習研經參寺佛，躬耕播種效園丁。閑遊市集身心樂，靜寢家居夢寐寧。春意入懷歌不絕，填詞寄調託雙星。

寶島遊

寶島傾情數日遊，成群結隊樂忘憂。宜蘭葱餅香而脆，台北梨酥軟且稠。放送天燈求福澤，俯觀山瀑覽溪流。故宮文物齊欣賞，鐵板燒雞肉質柔。

氣暖風和（孤雁入群格）

人生能有幾回閑，氣暖風和合出關。名曲怡情連日聽，歪詩蕩志即時刪。戀花蝴蝶穿花徑，點水蜻蜓繞水灣。萬象悠然多寫意，江湖笑逐莫言難。

春（三首）

春到人間萬卉紅，梅桃杏李喜迎風。鶯鳴柳底鳴聲脆，客語亭前語句融。鴛鳥雙雙翻綠浪，浮雲朵朵泛藍空。今宵把酒簫琴弄，快意高歌調正宮。

春來花放滿山紅，吹面絲絲楊柳風。愛侶雙雙情切切，遊人處處樂融融。不求金庫謀財帛，願泛銀河覽夜空。調弄絃琴輕撫奏，悠然換羽復移宮。輕歌一闋小桃紅，最是溫柔柳岸風。南國終年霜不結，北山近日雪初融。尋仙學道原無路，試酒觀花趁有空。聞說月中丹桂美，那能共賞詣蟾宮。

閑情（孤雁入群格）

一杯在手意悠閑，遇着風寒自閉關。性懶曾遭慈母責，文長屢被老編刪。排愁上網開棋局，遣興憑窗望水灣。賦筆常師姜白石，暗香疏影試填難。

春懷

春郊縱步步盈盈，萬卉嫣紅百鳥鳴。陣雨忽臨天欲暮，艷陽隨至景趨清。亭中試酒遊人樂，松下題詞造句精。花徑歸來情半醉，浮生何用苦爭名。

清晨偶想

見賢每效欲思齊，坐井觀天學識低。唱曲填詞師後主，研經習理愛濂溪。夢登漢闕樓臺峻，幻入隋宮道路迷。可嘆書生無一用，幽齋寂寂把詩題。

不定

時雲時雨暖還寒，晾曬棉袍久不乾。欲賞風光飛北美，思修顏面訪南韓。米缸少米心難定，錢袋無錢意未安。幸喜窮途多友伴，短歌吟嘯效曹瞞。

元宵

昨天年十四，今夕是元宵。書友傳箋賀，才人着意描。月圓花弄影，夜靜客吹簫。願得知心侶，圍爐遣寂寥。

戊戌正月十四日晨光中作

初春千卉眼前榮，節近元宵氣朗清。幾片閒雲難起雨，數年霾霧漸趨晴。呼朋引伴同遊樂，煮酒烹茶共訴情。今夕與君翹首望，中天當見月華明。

歷史長河

歷史長河萬古流，奔騰捲盡幾多愁。重光有淚哀亡國，山伯無緣恨鎖樓。赤壁風雲遮日月，秦淮煙雨夾恩仇。逍遙最羨武陵客，直詣桃源賴小舟。

雞

客家款客例劏雞，武勇文仁信五齊。祖逖聞聲隨起舞，劉安得道共歸西。紅燒香脆宜煎炸，白切清鮮合放題。取卵殺之真不智，乞兒製作要封泥。

註：一．祖逖（二六六至三二一）乃東晉初期著名之北伐將領。相傳他在半夜聽到鷄鳴就起床練武強身。

二．劉安（前一七九至前一二二），劉邦之孫，劉長之子，封淮南王。曾召門客，一同撰《鴻烈》，後世稱《淮南子》。民間相信他煉丹得道成仙，而且他沒服完之仙丹被家中之雞犬吃了，亦升天而去。

春末

詩國時聞惡犬哮，江湖偶有冷言嘲。禪心浮蕩常思定，俗念羈纏未欲拋。春末愁看花委地，情深愛聽鳳還巢。黃昏已過人蹤杳，辜負冰輪上柳梢。

註：《鳳還巢》乃京劇，為梅派名劇之一，於一九二九年在北京首演。

潮汕三日遊

同遊潮汕覽風光，秀麗山河傍水鄉。追慕前賢臨聖地，緬懷先烈詣紅場。街頭試食尋真味，佛殿參神禱上蒼。南海觀音長庇祐，民安國泰眾康祥。

長洲一日遊

乘風越水赴長洲，摯友良朋結伴遊。驟雨紛紛無減興，驚雷陣陣未添憂。覽觀花果穿山徑，試食魚蝦傍海樓。牌戲舟中同耍樂，暮春此日最悠悠。

圖書館偶書

傾壺暢飲閱花間，舞步輕盈羨阿蠻。老若無錢傷歲月，美而多病損容顏。研經習弈求明理，練道參禪學坐關。體察人情窺世態，江湖遊走不幫閑。

註：《花間集》為後蜀趙崇祚於廣政三年（九四〇年）所編之詞集，共十卷，收錄十八位詞人之詞作，共五百多首，為現存最早之文人詞總集。《花間集》總共用七十四種詞調，其中用得最多為《浣溪沙》、《菩薩蠻》、《臨江仙》等。這個集收錄之詞人稱爲花間派，對詞之發展影響頗大，直接影響南唐馮延巳、李煜之詞風，形成花間小令傳統，延及至晏幾道，爲宋代之豔科奠定基礎。雖然一般認爲花間派之成就不及宋詞，但在詞史中卻很重要。

暮春日午後有感

未過三春氣尚涼，百花猶艷各飄揚。朋來席上聯詩樂，客去房中展卷忙。且莫捲簾嗟月缺，還應登閣試蹄香。人生苦短宜珍取，秉燭常悲晝不長。

記昨宵西灣觀劇前晚膳

昨晚西灣吃焗蠔，數瓶啤酒解辛勞。評彈藝海情懷暢，論述江湖意興高。常憾冰輪時有缺，長嗟肉蟹總無膏。同遊各友皆賢儁，能飲能餐盡老饕。

暮春日偶作

暮春三月惜群花，日落西山惱影斜。近歲安神餐黑豆，晚年烏髮吃芝麻。愛翻古籍登書閣，樂啖奇珍上酒家。久未填詞心悵惘，何如試作浣溪沙。

戀繁華

心戀繁華未出家，手機頻顧眼常花。傳書遞柬憑青鳥，抗氧除脂賴綠茶。煩惱三千難剪斷，詩詞八百待梳爬。宵來有夢南山隱，獨倚松榕看晚霞。

青山

夜讀春秋羨九流，青山見我每歌謳。同遊境外心開放，自困家中體在囚。互愛群居無深鎖，相爭兩國有鴻溝。天晴喜得寒潮退，創作新詞去慮愁。

讀韓柳

鍾愛詩詞愛賞花，老來目力略偏差。書生近日迷書海，木匠今朝帶木枷。清熱常常煲石斛，定驚每每靠天麻。古文雄健余深慕，最服中唐兩大家。

仲春日詠懷

春光過半快清明，携手郊遊趁日晴。十載琴簫無妙韻，數年詩曲鑄深情。筵前暢聚頻聯句，道左偶逢難記名。客店酒旗行處有，何如共坐論枯榮。

午後

午後迎風對艷陽，遙瞻故國念家鄉。一期國盛無災劫，二盼鄉安有米糧。撰曲填詞鍾細膩，談文說理厭誇張。旅遊自可增聞見，何日同浮三大洋。

逛台北書店有感

陸臺兩岸尚無橋，政海終年湧浪潮。雨打風吹紅日遠，時遷世易古賢遙。怕聞貨幣多通脹，愁聽經書每滯銷。名士高才能有幾，撫今追昔嘆寥寥。

近事

夜幕深沉讀老莊，堪嗟朋輩戰連場。時因意氣爭蝸角，少以文才著玉章。且盡葡萄研物理，再酬詩句詠荷香。今宵莫記傷懷事，珍重題詞語重長。

生活

打牌轉運要移燈，美食連連體重增。炎夏常驚蚊蝨咬，寒冬更惱雪霜凝。怕嚐街檔涼茶水，愛嘆餐廳雜果冰。昨日延醫量數據，血糖血壓兩飈升。

夜讀元詩

元詩展讀夜挑燈，好句精研學問增。才拙常嗟佳作少，囊空又覺苦愁凝。寧尋寒士同論酒，不與夏蟲齊語冰。綠蟻新醅君肯飲，自當奉上兩公升。

歸田

世情多詭詐，不若閉門簾。品酒分濃淡，烹餚試辣甜。流言如鴆毒，惡語似刀尖。或便歸田去，塵埃莫惹霑。

夏

夏日時來雨，薰風入我簾。荷開姿秀淨，荔熟味甘甜。綠柳千條舞，紅菱兩角尖。何如一樽酒，共坐論曹霑。

荷（孤雁入群格）

芙蓉出水百花驚，華實齊滋幹葉擎。萬竅疏通身窈窕，一枝淨植態輕盈。濂溪頌說描佳貌，子建為文表厚情。綽約多姿開合美，凌波仙子世揚稱。

幻想曲

行人路上可行車，日上中天花影斜。冬至荷開齊賦句，夏來霜降共擔遮。書生孱弱能登嶽，俠士英豪竟畏蛇。散盡千金還復得，劉郎酒債獲長賒。

惠州二天遊

惠州耍樂二天遊，似畫風光眼底收。紅槿艷姿驕岸畔，白蘭清氣繞灘頭。海濤平靜如明鏡，燈塔巍峨若遠丘。膳食同檯齊合照，人閑心逸態優悠。

佛山東莞三日遊（孤雁出群格）

奇峰摯友組成團，共赴佛東同並肩。古鎮街幽店林立，西樓窗密客流連。明偷青菓陽光下，暗扣紅中燈影前。三日只知嬉戲好，人生莫被慮愁纏。

竹戰後

竹林戰後返家眠，戰況終宵腦內旋。白板一雙床畔繞，紅中數隻枕邊懸。四飛萬子牌摩盡，單吊三筒眼望穿。早上醒來思上訴，心知此藝可延年。

初夏日午後作

氣弱軀羸要健身，凡心未了是凡人。有閒品笛弗解律，乏術投資徒損銀。經義難明唯樂道，錢財少理合安貧。平生憾事何時盡，不若悠然度日晨。

波光

波光水上浮，日暖夏風柔。歲月徐徐逝，江河滾滾流。朝觀紅葉茂，暮看綠林稠。昔者青春客，今宵自苦憂。

登高

登高望遠輒愴然，歲月悠悠萬代遷。寶劍沉埋無所用，韶華飛逝莫能延。幽林隱退千憂卸，逆旅羈留百感煎。旦夕屏營心困惑，今朝落寞坐崖前。

母親

書香世代美才華，二十出頭歸我家。奉孝翁姑親僕役，掌持生計制湯茶。時將文采箋清柬，每以詩篇授小娃。養育深恩長念記，思來母愛最堪誇。

毋妄作

未聞陸地可行舟，借酒消愁愁更愁。以德服人添福祿，恃才傲物氣心頭。應從古卷求真道，莫向夏蟲言晚秋。學問勤修毋妄作，安然步上醉仙樓。

女俠

內功無敵可摧舟，貌似當年李莫愁。奪魄銀針追賊穴，銷魂鐵掌碎奸頭。橫行漠北經三載，轉戰江南已十秋。今夕休兵思獨飲，凌波微步悄登樓。

露宿者之歌

繩樞甕牖怨時窮，瑟縮街頭畏疾風。白水加溫權作酒，爛篷為蔭暫成宮。已無豪氣扶家國，賸有餘情看雁鴻。午夜夢迴驚犬吠，一輪冷月照胡同。

矛盾

水可載舟能覆舟，花常解語間招愁。喜臨綠澗觀紅木，怕見青山現白頭。結伴放歌忘日月，孤身讀史愛春秋。人生矛盾何時少，切莫胡思自困樓。

晚餐

身似江心失舦舟，三餐不繼有煩愁。常臨嶺地觀山月，偶臥花叢枕石頭。摯友相逢茶作酒，神思錯亂夏為秋。餅乾充膳人長樂，落日斜暉照小樓。

江邊漫步

欲濟長河難覓舟，千般瑣事盡牽愁。烏鴉數隻鳴幽澗，老叟孤身怨白頭。昔日風流常縱酒，今時落拓每悲秋。江邊漫步觀名勝，疑是當年燕子樓。

註：燕子樓，中國江蘇徐州五大名樓之一，因飛檐挑角形如飛燕而得名，現位於徐州市市區雲龍公園知春島上。燕子樓原為唐朝貞元年間，武寧節度使張愔為其愛妾、著名女詩人關盼盼所建之小樓。張逝世後，關矢志不嫁，白居易曾為之題詠，遂使此樓名垂千古。

午後偶成

南音委婉有拋舟，腔調高昂減恨愁。品茗時常嚐鳳爪，滋陰或可啖鵝頭。懷人每念黃千歲，賞曲頻聆程硯秋。暢詠園林詞百闋，今宵覓句慢登樓。

註：一．黃千歲（一九一四至一九九三），原名黃芬，為粵劇文武生，師承四大名丑之一的廖俠懷（一九〇三至一九五二）。

二．程硯秋（一九〇四至一九五八）為京劇四大名旦之一，創京劇程派藝術。

詠十癡（十首）

修葺園林折敗枝，身虛進補莫延遲。欲窮義理須求道，難訴情懷可託詩。少壯曾存匡國志，晚年屢愛整容姿。何時共赴桃源約，淺酌輕吟詠十癡。

園林花茂樹連枝，愛伴群芳睡自遲。四季物華皆可賦，多年風雨更添詩。不貪爵祿封侯貴，只羨鴛鴦戲水姿。極目天涯思世道，人生能有幾多癡。

春盡花殘莫折枝，尋幽覽勝未為遲。知音共聚可言律，俗客同行勿論詩。河畔垂楊多美態，鏡中衰鬢少英姿。韶華似水古稀近，得失未明人半癡。

蜂迷蝶醉戀春枝，出水芙蓉怨夏遲。習習晨風能解暑，瀟瀟夜雨未催詩。不貪美酒穿腸味，偏慕紅梅絕世姿。日讀經文宵讀史，今生只合作書癡。

愛植梅梨三兩枝，清香自賞漏遲遲。眼前風月頻成句，心底波瀾輒入詩。幾道臨江書好夢，稼軒破陣展雄姿。昔人佳調勤修習，妙韻高吟莫說癡。

為察民風詠竹枝，為瞻山月夜眠遲。時將苦酒充佳釀，不以深情入小詩。棋着無訛偏少勝，人生有憾卻多姿。樂觀豁達安天命，敢說能言未盡癡。

人生七十似花枝，再發新芽也未遲。不曉投機難致富，只求倚馬可成詩。庭前夜月幻奇采，雨後紅梨展美姿。風物長宜多賞盼，何妨偶爾扮狂癡。

夜涼風掠碧梧枝，遙見冰輪出海遲。思古閒翻三國志，懷人喜作七言詩。不臨野嶺高危地，只慕先賢雋逸姿。棲隱小樓書伴我，自量今世半生癡。

喜有和風護綠枝，多情如我夜眠遲。挑燈細閱屈宋賦，俯首精研元白詩。春去仍留芳草翠，夏來還待碧荷姿。石湖有集時披覽，案上神遊自笑癡。

晚春紅卉戀青枝，知己同遊永未遲。娓娓聚談今古趣，忻忻共品歷朝詩。艷陽和煦原無價，翠柳輕柔別有姿。粵北風光南客賞，鳳城見我醉還癡。

註：鳳城是順德大良、潮州或清遠之別名。但因前句有「粵北風光」四字，所以這裏是指在廣東北面之清遠市。

病中

美景良辰嘆不常，纏綿疾患惹愁傷。神頹怎可迎風立，藥苦難堪入口嚐。已少豪情詩酒力，幸存傲筆著辭章。悲歡離合人間世，那得樽前共話長。

夜泊

夜靜江邊泊客船，饑寒又苦欠文錢。不思嶺表當前事，只憶京華過往年。百代風塵若癡夢，千秋恨史化輕煙。蕭條落拓無歸路，獨聽禪鐘自概然。

園林信步

園林信步聽蟬吟，為避驕陽躲樹陰。午後觀雲天海闊，宵來喜雨澗溪深。氣豪不再仰人色，歲老猶持向道心。詩酒琴棋同樂享，高臺雅閣日登臨。

似水韶華

似水韶華默默流，人間風雨沒時休。千書藏閣何曾讀，二豎纏身屢有愁。未得良方將病減，更無妙策把財謀。夕陽雖好黄昏近，願秉孤檠午夜遊。

思念

白髮蕭疏戶牖空，光陰飛逝已成翁。炎炎夏日需防曬，凜凜冬天要避風。古籍精華藏腹內，良朋美意繫心中。酒闌人散多思念，今夕唯求一夢同。

大俠之路

攀崖登嶺習奇功，秋賞黄花夏聽蟲。日月精華吞我腹，山川靈氣耀吾瞳。一陽妙指三才達，六合神拳八路通。正果修成人莫敵，江湖行俠影隨風。

夜看星河

夜看星河意念飄，牛郎織女兩迢迢。金風玉露魂融合，蜜語濃情魄盪搖。暴雨未來溪起浪，驚雷過去海生潮。神馳不覺天初曉，隱聽晨鐘破寂寥。

平凡

起伏人生似浪潮，自慚處世乏高招。堪嗟囊內無金幣，卻喜腰中掛酒瓢。逐利難將財帛聚，研經可把恨愁消。平凡本有平凡福，理想原來一箭遙。

讀《南海十三郎戲曲片羽》

戒看深宵世界波，輸贏於我又如何。厭親豪富求清賞，愛往高山聽好歌。南海奇人原不少，中華寶典向來多。佳篇捧讀珍而重，反覆精研細琢磨。

註：《南海十三郎戲曲片羽》，編者為朱少璋先生，收《女兒香》完整劇本、口述回憶「梨園往事」及十三郎唱詞摘抄。

孤客

夜色迷離月未盈，荒林草密夏蛩鳴。野狐耍戲穿重木，孤客奔波赴遠程。山徑崎嶇多暗晦，人情險惡少光明。此身知往何方去，世外桃源我自營。

庭前縱步

庭前縱步偶憑欄，環視風光甚可觀。細算時辰方八點，高懸紅日已三竿。才疏學淺常知隘，意靜心寧尚覺寬。獨傍青松思好句，自憐今晝影兒單。

良朋會

香江夜雨濕新鞋，無悔今宵訪舊街。清酒獨斟吾謂苦，元蹄共啖眾稱佳。同檯此夕良朋會，攜手明天險路偕。笑語風花談雪月，心寬喜見友開懷。

讀史

暮色蒼茫日照低，悠然獨坐小樓西。吟風弄月人常樂，品笛調琴律未迷。蕩滌襟懷傾白酒，扶持軀幹靠青藜。忘情愛看春秋史，今夕翻研宋楚齊。

夏日清晨偶作

連天風雨有時停，喜枕松榕看月星。犬馬聲情損人志，詞章學問沐吾靈。三高苦況難言病，四大奇書可比經。自笑晚來心尚野，左圖右史未安寧。

愁

宵來人不寐，擁枕任愁醺。雨點穿簾進，雷聲入耳聞。生涯原幻夢，世事似浮雲。壯志消磨盡，心間有火焚。

風雨之日

三更天未曉，驚夢倍傷神。樂極嗟時暮，年高愧宅貧。肴肥堪作膳，酒綠可為親。風雨飄搖日，填詞效古人。

致酒友青山居士

葡萄樹下品葡萄，夏日炎炎興致高。色澤深紅非綠蟻，單寧柔順是醇醪。酒精平淡人難醉，味道均衡眾易豪。世界不分新共老，三杯落肚有牢騷。

抹劍

流水匆匆逝，青春不再臨。燈紅無足賞，酒綠合常斟。日烈愁天旱，雲深喜地陰。今宵醒復醉，抹劍自高吟。

夢

夜夢登千仞，高峰飛渡閑。青驊橫嶺下，白鹿逐原間。紅綻奇花麗，黃垂異果斑。瓜精穿樹隱，水怪捕魚還。藤蔓藏岩洞，松深蔽月環。晚來風雨急，河澗自潺潺。

午後遊園

養顏每日餐青菜，白飯鹹魚吾最愛。老樹盤根傲疾風，狂生學道忘愁慨。時嗟有酒少佳餚，不嘆無錢餘破袋。午後園林信步行，輕盈如昨知能耐。

朝思午拾

夏日炎炎快告終，人生七十氣猶雄。擬謀財帛嗟無術，試作詩詞愧未工。大戰方城情緊湊，高歌曲苑調和衷。存心正直思清澈，青菜鹹魚樂也融。

詩思

詩思清如水，行吟日夜勤。百年原幻夢，萬事似氤氳。解悶書為伴，強身素作葷。智高人不惑，學淺世無聞。隱宅離風雨，開懷讀雪芹。藏名居小鎮，自樂意忻忻。

隨緣（孤雁出群格）

升完又降降完升，波浪高低理未明。棋局平和無利害，市場上落有輸贏。求田問舍財難及，學道研詩志尚貞。風雨飄搖人意定，隨緣冷暖酒三酲。

難明世態

難明世態自兢兢，朋際交情易化冰。鬥志趨沉因二豎，詩心尚熾賴三蒸。往年陋作人多讚，今歲佳篇友未稱。飄忽迷離秋意近，捲簾似覺冷霜凝。

世態

循環世態是常情，月有圓虧缺後盈。水遇寒時冰頓結，人逢絕處運隨迎。精神倒退生涼意，才力加添獲薄名。眼底江湖多惡浪，不如歸去隱深城。

大暑日回看近事

夏日炎炎逢大暑，輕搖紙扇盼秋涼。青春冉冉隨年逝，芳草離離與日長。藝苑流連情繾綣，詩壇創作志昂揚。難忘七月二十二，一曲悲歌登會堂。

贈淑儀

經年多疾患，人漸耐風霜。面泛雍容貌，身穿淡素裳。品茶邀夜月，繞宅沐朝陽。每羨蝴蝶舞，翩躚天外翔。

讀冒襄著《影梅庵憶語》

佳人才子兩深情，亂世鴛鴦志更貞。花露初調向郎奉，詩詞新就寄琴鳴。闖王犯境傾邦國，清寇侵京滅大明。惡病消磨孤影苦，金甌破碎寸心驚。盈階荒草愁難去，滿目瘡痍恨未平。一縷芳魂歸太上，賸餘憶語記湘卿。

步韻答俊走兄

歲末年初屢發愁，欠茶缺酒使人憂。庸儒笨鈍詞章拙，才俊聰明詩作優。識淺還須研舊學，齡高不復記前仇。三餐菜少懷傷痛，倘有佳餚為我留。

林村隱

世塵混濁隱林村，鑿地開荒引水源。白晝窗前攻四史，良宵月下著千言。春秋經義理通透，戰國風雲事冗繁。仰視星辰人敬畏，心湖有浪未曾掀。

入夜

入夜江河漲，潮高掩石巖。月圓宜試酒，風疾不揚帆。着墨分濃淡，調羹忌苦鹹。深宵聞怨笛，淚落濕青衫。

白首農夫

白首農夫隱舊村，逢人勸飲道桃源。笑談北宋楊文廣，嗟惜東吳陸伯言。氣短凴欄哀歲月，腹饑據案啖雞豚。三杯下肚還思睡，幾許閒愁莫要掀。

註：一．楊文廣（?至一〇七四）是北宋抗遼名將楊業之孫，與其祖楊業、父楊延昭三代俱為名將，號「楊家將」。（正史上並無楊宗保、穆桂英。）

二．陸遜（一八三至二四五），字伯言，三國時吳國著名軍政家，與周瑜（一七五至二一〇）、魯肅（一七二至二一七）及呂蒙（一七八至二二〇）合稱四大都督。

服藥

偶染風寒症，延醫診治忙。悲哀顏易損，失落魄尤傷。坐臥愁無寄，行吟苦漸忘。有心還有力，覓句又尋章。

向天問

聲沙喉痛怎言歌，老去廉頗嘆奈何。偶欲行文無妙筆，屢思策馬乏明駝。五經不解嗟才盡，二豎難擒苦病磨。仰望浮雲向天問，人生為甚恨愁多。

郊道

斜陽古徑冢無名，落木蕭蕭秋意盈。怪石嶙峋苔易長，疾風悽勁草難平。昔年鄉鎮多豪俠，近日江湖盡白丁。郊道甫離回首望，遠天霞采送人行。

失眠夜

陋室空空書滿床，失眠不覺有何傷。蘇辛佳調徐瀏覽，韓柳雄文細打量。松柏難衰長茂盛，年華易逝暗彷徨。挑燈檢閱忘更鼓，喜得今宵夜未央。

深宵棋戰

深宵開戰局，論道作紋枰。角小乾坤大，功深技藝精。中盤頻設陷，末段已收兵。敵手稱降後，捲簾天欲明。

願望

雨雨風風又半年，四時多變物常遷。洞明世故親豪俠，練達人情效聖賢。百事不愁思淡逸，五經深究意精專。和融共合同舟樂，曲苑詩園互競妍。

登臨

爾來偏愛訪山林，搜秘何妨步步深。野澤蕭蕭餘鳥語，荒原寂寂賸蟲吟。繁華市集非吾地，簡樸村居合我心。夕照斜暉無限好，高崖此日喜登臨。

望夫石

登山望遠方，人已天涯隔。苦雨日潺潺，疾風宵索索。經年願化灰，歷劫身成石。偶爾入沙田，遙觀頻嘆惜。

君子

君子日乾乾，終宵有好眠。慎言人木訥，守約志貞堅。自勵翻新卷，同遊賦美篇。謙恭常內省，無咎可為賢。

市場

買賣頻繁運幾何，佣金虛耗志消磨。全憑假訊輸間廠，若靠真知贏一籮。長線投資為正路，短期炒作是初哥。鑽研探究爭朝夕，胡亂跟風實謬訛。

午後作

木訥近仁人可嘉，謙恭處世斂才華。若無學問須勤習，縱有修持勿妄誇。寧共烏龜齊競步，莫親老虎望謀牙。一山還比一山俏，來日何妨一一爬。

孜孜終日

孜孜終日著辭章，舊卷新書放滿床。不以網文充己作，毋將別地認家鄉。輪流季節春秋逝，輾轉生涯甘苦嘗。慵懶時時欠梳理，盼君莫笑我癡狂。

今夕何求

近年殊好學，生活趨純樸。飲酒誦唐詩，彈琴聆粵樂。身軀隱鎮鄉，意念馳河嶽。今夕有何求，良朋同一桌。

讀范石湖憫民詩依韻試和一首

歷劫山河度萬春，屢聞百姓苦悲呻。育民有策民風厚，治國無謀國力貧。安定繁榮應積善，流離顛沛亦懷仁。石湖詩是吾詩句，我作此詩當感神。

附：范成大的原作《民病春疫作詩憫之》：「乖氣肆行傷好春，十家九空寒螿呻。陰陽何者強作孽，天地豈其真不仁。去臘奇寒衾似鐵，連年薄熱甑生塵。疲甿憊矣可更病，我作此詩當感神。」

中庭有樹（孤雁出群格）

中庭有樹老梟棲，巢穩庭深自可居。景物千姿堪入畫，人情百變合題詩。秋風穿戶秋燈暗，夜雨敲窗夜夢癡。俯仰平生懷坦蕩，不愁面相與容儀。

雷雨之晨

雷雨交加睡起疲，菱花攬照少丰姿。難明鐵路沉降事，嗟歎江湖飄渺時。遣興同遊自為樂，爭鋒互鬥實堪悲。地寬人海魚龍集，未遇英賢可作師。

清晨無事試改五柳先生《歸園田居五首》之第一首為五排

少無迎俗韻，性本愛山川。誤入三千界，思來幾十年。池魚思故水，羈鳥念青天。守拙歸園野，開荒墾澤田。柳榆栽宅後，桃李植堂前。曖曖遠人世，依依看夕煙。雞鳴桑樹頂，犬吠巷門邊。陋地十方廣，茅居八所連。戶庭無雜物，家室有閑箋。久在樊籠內，今朝返自然。

註：附上陶淵明原作《歸園田居五首》（其一）：「少無適俗韻，性本愛丘山。誤落塵網中，一去三十年。羈鳥戀舊林，池魚思故淵。開荒南野際，守拙歸園田。方宅十餘畝，草屋八九間。榆柳蔭後簷，桃李羅堂前。曖曖遠人村，依依墟里煙。狗吠深巷中，雞鳴桑樹顛。戶庭無塵雜，虛室有餘閑。久在樊籠裏，復得返自然。」

初秋朗日

白雲朵朵泛藍空，地籟聲聞草匿蟲。幽室覽經迷舊典，名園踱步沐涼風。悠閑野鶴方飛右，溫暖秋陽始到中。萬物多姿人有別，今來古往信無同。

初秋

初秋睡起景蒼茫，持杖徐行步下鄉。北地苔深山徑滑，南園露重菜花黃。昔年小李嗟昏近，晚歲老劉安日長。逸興閑情俱我有，蕭疏短髮咏滄浪。

秋雨

一場夜雨澗潺潺，薄霧輕籠罩水灣。陣陣金風吹綠野，冥冥白晝念紅顏。春愁秋恨何時了，酒債人情那日還。狼籍滿庭殘葉落，難將鬱結化悠閒。

詩曲兼修

聖人愛惜寸光陰，秉燭而遊入夜吟。釣雪無心求獲好，栽花有意用情深。時將舊調齊翻唱，不把新醅獨自斟。詩曲兼修終日樂，與君共賞鳥投林。

註：《鳥投林》為廣東音樂。

排愁之道

千金難買意安寧，抑鬱胡思似坐刑。曹植排愁書好賦，劉郎遣興步閒庭。佳餚滿碟誰能抗，美調繞樑人愛聆。午後方城齊築建，何須惆悵怨高齡。

立秋（孤雁入群格）

炎炎夏日去如風，已屆立秋時節忽。策杖徐行身影瘦，拈杯快飲酒瓶空。仙家歲月無昏曉，塵世生涯有富窮。樂道安貧且為樂，居於陋巷也從容。

秋將至

喜讀紅樓八十回，賞花最愛賞寒梅。涼風送爽秋將至，美酒候君瓶待開。醉裏倚松吟雪月，夢中駕霧上蓬萊。能成妙句忘愁困，那管生涯百種哀。

登臨

爾來自覺如寒鶴，財富不多身子弱。廣覽詩詞弗重專，精研學問還宜約。文章乏采為無才，牌戲難成因缺腳。季節輪流快立秋，登臨頗感風蕭索

觀棋

觀棋松下自悠悠，老者顏容似奕秋。面貌祥和無殺氣，手筋卓越有奇謀。凝神落子功夫顯，着力爭先局勢優。習武修文皆此道，心誠意正有豐收。

註：一．奕秋，或作弈秋，乃戰國時期著名圍棋國手。
二．在圍棋中，「筋」意指棋子間之關係。在所有筋中，效果最好之手法稱為手筋。

沐葦風

爾來靈感趨乾涸，面對棋盤無好著。遊蕩奇峯喜遇賢，覽觀古卷時登閣。茅台性烈勿長斟，腐乳味鹹宜慢嚼。養志修身毒不侵，研經習道人常樂。頻思舊歲意迷茫，偶念紅唇心跳躍。漫步郊原沐葦風，初收暮雨山如削。

旅遊樂

三秋天氣最怡人，共樂同遊意趣真。樹木高昂桉若柱，庭園清靜草如茵。觀光雀躍忙存照，購物龜行怕耗銀。萬里河山文化久，中華大地有奇珍。

秋遊

意懶拋書卷，登山悅鳥嘩。枯枝鋪曲徑，斷木長新芽。亭植古人句，菊垂今歲花。崖高飄白霧，天晚泛紅霞。涉水身猶健，攀岩力不差。遊蹤行處有，勝過井中蛙。

秋日午後

獨坐餐廳內，悠然自逸閑。心馳思世外，興到閱花間。食物雖云美，生涯卻轉艱。黃昏日將落，前路尚多彎。

莫蹉跎

閉門常讀書，有暇時遊玩。世態縱多遷，詩風原一貫。年高髮易蒼，心直情難換。歲月莫蹉跎，未應長喟嘆。

山竹過後

殘枝斷幹臥園中，怪物橫流毀綠叢。林木招風哀厄運，民居受創怨蒼穹。天災難望能消退，人禍還期可止終。癱瘓交通回正軌，今朝喜見日紅紅。

清晨圖書館中作（孤雁出群格）

爾來頗覺寫詩難，搜索枯腸目漸斑。立意從心言懇切，遣詞拗口句辛艱。聯成佳構豪情湧，獨詠愁篇熱淚潸。因有微吟能解悶，苦中作樂也開顏。

閒坐

少歲貪風月，年高莫記齡。得閒刨小說，解悶撳三星。量淺人常醉，情癡夢未醒。怎生排雜念，靜坐閱金經。

拆蟹賞花

陰氣金秋盛，風來易受涼。孤村多斷靄，野木有凝霜。舊友音書少，新寒酒癮常。邀君今夕至，拆蟹賞花黃。

預祝黃學明醫生十月在海明軒展出自藏歙硯成功

國手黃君藏歙硯，劉生敬佩殊欽羨。堅柔溫潤世難求，細膩晶瑩人少見。捲袖揮毫賦采章，埋頭習字書紈扇。呼朋引伴共參觀，杯酒言歡齊晚膳。

笑看江湖

偶然擋駕學螳螂，笑看江湖莫緊張。列子御風還借力，劉生請客盡傾囊。世情易變親疏幻，綱紀難還道義常。屢欲登高瞻遠景，中秋未到盼重陽。

註：《莊子．逍遙遊》中說「列子御風而行，泠然善也」，但不認為列子已達到最高境界，因為他還得靠風不可。

賈似道（孤雁入群格）

半閒堂上有奸臣，宋史翻開厭此人。忌妒英才賢退避，怠疏朝事政因循。縱情作樂殃宗社，怙勢貪財禍國民。自是身名俱破裂，收場慘淡死無墳。

驚雷

驚雷驟響夢醒時，掩耳張惶狀似癡。陣陣狂風穿戶牖，連連暴雨毀花枝。欲瞻遠景登危閣，為解新愁覓小詩。心事莫將和淚說，且憑杯酒化情思。

大橋

大橋高架世稱揚，艱巨工程又一章。東接香江通鬧市，西連珠澳貼新鄉。旅遊自駕與三地，貨運人流利各方。建造九年今啟用，全球居首美名彰。

秋日雜思

滿園菊放態嬌嬈，墨客騷人細意描。秋日悠悠鴻雁蕩，暮雲淡淡采霞飄。欲回華夏乘高鐵，思訪珠城過大橋。君若得閒當伴我，同遊共醉樂今宵。

港人長壽原因（粵韻）

港人長壽世無雙，探究原因道理長。湯水滋陰增力氣，涼茶去火潤肝腸。老人福利趨完善，大眾醫療保健康。氣定神閒茶慢飲，一盅兩件細心嚐。

旅遊

平生甚怕坐飛機，鐵翼凌空我自危。氣滯神頹心失落，唇青口白目迷離。長途疲累難堪走，短線悠閑可暢馳。異國風光何足賞，中華大地最為奇。

記昨晚壽宴

古稀之歲喜來臨，摯友關懷表熱忱。設席聯歡齊暢飲，題詩祝壽共高吟。盤盤美食忻忻上，盞盞清觴慢慢斟。銘感深情慚復愧，歸途半醉汗涔涔。

郊遊

為沾清氣上崖臺，俗慮牽纏笑已呆。林鳥成群枝畔繞，山花結實嶺邊開。臨淵垂顧游魚躍，取酒高斟快意來。日作詩詞三二首，人間名利似塵埃。

生活

行船跑馬要爭先，為食佳餚夜赴筵。問卜求安依八卦，尋歡動樂弄三絃。隨翻古典研秋水，走訪名山趁好天。自喜經書頗通曉，無虧無咎享華年。

註：今本《莊子》共有三十三篇文章，分為內篇七篇、外篇十五篇及雜篇十一篇。《秋水》為外篇其中一篇，思想本《齊物論》，談論認知事物之複雜性，但形式上有更嚴密的推理。

登高

遙遙瞻望水天分，萬里澄空漂白雲。四野蛩鳴千樹靜，孤山雁過一聲聞。同遊觀景人何處，共酌題詩酒幾斤。聚合無常多怨苦，登臨此日倍思君。

讀蔡琰《胡笳十八拍》

文姬歸國別賢王，再返家邦嫁董郎。傳父遺書才黠慧，免夫死罪膽堅剛。紅顏命薄哀難表，青史名高志可彰。夜靜挑燈翻漢典，胡笳十八斷肝腸。

註：蔡琰，字昭姬，晉時為避司馬昭諱而作文姬，蔡邕之女，博學有才，通音律。初嫁於名門之子衛仲道，後丈夫過世，未育子女，歸寧娘家。不久董卓亂京。董卓死後蔡琰為董卓部將所擄，並於東漢興平二年（一九五年）被南下之匈奴擄掠，嫁匈奴左賢王劉豹，誕下二子。建安十二年（二〇七年），曹操遣使以重金將蔡琰贖回，並安排她再嫁同鄉董祀，「文姬歸漢」亦成為中國有名之故事。《古今傳授筆法》記載：「蔡邕的書法乃神人所授，並遺傳給他的女兒文姬。」另一方面，《法書要錄》亦評論蔡文姬工於書法，為人甚為賢明。《胡笳十八拍》乃樂府名詩，古琴名曲，相傳為蔡琰所作。

贈淑儀

年華如水逝，歲月未留痕。心靜無污垢，詩靈具慧根。懷仁明古訓，重孝念親恩。期盼天長佑，平安福滿門。

深秋

飲宴連場體漸肥，朝來又覺力衰微。三千風雨晴天少，七十人生好歲稀。鬧市穿梭難解悶，幽齋覽讀暫忘機。深秋氣候涼如水，坐看西山戀夕暉。

贈伍千榮君

伍子一生何太奇，飄流異國沒歸時。栽花插柳人常倦，論道求根志不卑。立意出家情可敬，傾心演藝事迷離。當年曾拍苗金鳳，舊片重翻惹眾疑。

夜讀韓柳

新書舊典散床邊，秋夜燃燈力鑽研。韓氏雄文超八代，柳生佳構啟千年。諫迎佛骨辭情烈，始得西山意態翩。古句精奇堪賞習，至今猶覺甚清鮮。

註：韓愈（七六八至八二四）及柳宗元（七七三至八一九）乃唐宋古文八大家之二。韓愈曾著《諫迎佛骨表》，表達其反佛立場。柳宗元曾著《始得西山宴遊記》，描寫被貶柳州時，遊賞西山之樂趣。

生趣

喜愛秋來月亮圓，聽歌常憶李龜年。時因嗜食邀良友，偶會修心賦美篇。歲久存詩過千首，日長得句二三聯。尋思欲住江南岸，煙雨濛濛伴畫船。

註：李龜年（六九六至七六二）乃唐朝中期音樂家。安史之亂後，流落四方。

遊河南省登封市嵩山少林寺

嵩山古剎林中隱，坐落登封少室邊。教授功夫功力練，弘揚佛學佛經研。千年立寺青階舊，一葦渡江奇事玄。冬日遊人覽遺跡，大雄寶殿步流連。

註：一葦渡江乃與南北朝高僧菩提達摩有關之佛教傳說。菩提達摩在南朝劉宋間，乘商船到達廣州。後達摩聞說梁武帝好佛，遂北上金陵與他談佛法。雙方終因會晤不契，不歡而散。傳說達摩在繼續上北方傳揚佛法時，用腳踩着一根蘆葦渡過長江。

遊河南洛陽市南郊龍門石窟

伊河西岸有龍門，佛像鑿成千萬尊。碑刻書文皆上品，石雕藝術甲中原。北朝始建多開拓，歷代重修續保存。漫步江濱抬眼望，追思遠古記軒轅。

登華山

關中八景原為首，天外三峯非等閒。北瞰黃河千里水，南通秦嶺萬重山。沉香劈石迎娘返，蕭史吹簫引鳳還。拔地倚天岩似削，今朝登頂路維艱。

註：一・關中八景之說形成於明、清時期。西安碑林中有一塊碑石，用詩畫形式描述關中地區之錦繡河山。這塊碑石刻於康熙十九年（一六八〇）。碑面書、畫、詩為一體，分十六格，一景一畫，即「華岳仙掌、驪山晚照、灞柳風雪、曲江流飲、雁塔晨鐘、咸陽古渡、草堂煙霧、太白積雪」。

二・西嶽華山共有五峰，即東峰朝陽，西峰蓮花，中峰玉女，南峰落雁，北峰雲台。南峰落雁，為華山極頂，海拔二一五四點九米；西峰最險，海拔二〇八二米；北峰最低，海拔一六一四點七米。另外，南峰落雁、東峰朝陽，西峰蓮花，合稱「天外三峰」。

中原古都遊

往悉古都多古勝，北飛陝豫備絨裳。秦陵縱步日初上，唐市閑遊夜未央。寶刹刹前觀老杏，清河河畔覽垂楊。甫離西嶽臨中嶽，便別咸陽抵洛陽。

記中原古都五日遊

先訪西安後洛陽，橫穿二省路平康。高山論劍聲威盛，奇嶽吟詩意氣昂。城外賞花花態艷，林中遊寺寺名彰。千年銀杏迎風立，思古幽情自隱藏。

珍惜韶華

人生最苦老來窮，早晚天寒畏疾風。昔日軀強身矯健，今朝力弱眼迷矇。五羊光景存心內，三晉雲山記史中。珍惜韶華且為樂，廉頗能飯是英雄。

註：東周時，晉國被韓、趙、魏三氏族瓜分。韓、趙、魏又被稱為「三晉」。周威烈王二十三年（前四〇三年），周天子始封三家為諸侯國。此是春秋與戰國之分界。

冬日晚上作

近日人虛弱，頻思吃草羊。秋歸風漸緊，冬至夜偏長。褲破難遮膝，衣單易着涼。今宵求一醉，夢醒見朝陽。

冬日胡思

冬風初起叩窗扉，天暗雲低日色微。地瘠從來兇蟋罕，家貧已慣故人稀。力研漢史知前後，暢習唐詩避是非。靜坐還宜思已過，持盈保泰望增肥。

冬日徐行

徐行萬步過橋西，十里征途路未迷。鷺立蘆花知水淺，蛩鳴草樹覺聲淒。平原渺渺風吹勁，落日遲遲夕照低。好景當前應有句，詩心願與古人齊。

立冬

寒冬轉瞬代涼秋，顧影衣單暗發愁。歲月趨前增悵惘，身心思退擁優悠。懶梳白髮拋菱鏡，盡看青山展睫眸。漂泊江湖何所詣，一生素願盼能酬。

老人求醫

老年抱恙恨愁磨，診治分門有百科。龐大開支因費貴，悠長輪候為人多。貧窮損志哀生計，痼疾傷身怨病魔。晚境淒涼誰願見，有關當局要商磋。

逍遙

乳豬烤熟蘸胡椒，轆轆饑腸似火燎。滋潤還添湯兩碗，消愁未少酒三瓢。強身最好餐肥肉，補鉀何妨吃大蕉。聞道憂煩能致病，安閒願得日逍遙。

生活

面面俱圓不易為，但求萬事莫心虧。修身律己知廉恥，習史觀時守法規。練句必然師杜甫，填詞偶爾效姜夔。劉翁已了騰雲志，只把經書作管窺。

送舊迎新

陽曆新年明日至，流光容易把人催。戲棚冷落無佳劇，股市低迷有重災。倚案愁思疲意起，捲簾喜見早梅開。今宵倒數同迎歲，否極終須轉泰來。

歲末

遙岑遠目白雲浮，歲末天寒未惹憂。一件舊袍能禦冷，滿房古卷可消愁。導航時靠衛星引，趕路還將捷徑偷。園地周年歡慶日，驅車直往樂悠悠。

勉力

勉力研文學，經春又越秋。千金何足道，一意最難求。詩作師元亮，辭章效子由。催人年歲急，拄杖怨江流。

註：陶淵明（三六五至四二七），一名潛，字元亮，世稱靖節先生，乃南朝著名田園詩人。蘇轍（一〇三九至一一一二），字子由，與父蘇洵、兄蘇軾在唐宋古文八大家中佔有三席。作品有《欒城集》等。

旅遊

撫今追昔暗慚羞，為甚才華遜十籌。空有柔情難啟齒，未成佳句枉搔頭。乾坤浩瀚知何及，山水清奇信可遊。美好風光應記述，縱然筆拙把詩酬。

中山遊

聖誕同歡意逸閑，聯群結隊赴中山。木瓜清潤齊分吃，粟米香甜共摘攀。果菜園前留美照，海洋館內覓青斑。輕風拂拭微微冷，束緊衣衫撥鬢鬟。

平安夜

今夕勸君毋倚樓，倚樓添怨又牽愁。詩園淺詠消煩緒，曲苑高歌展玉喉。返老還童忘歲月，窮經究史覽春秋。佳音傳遍平安夜，何不同歡盡幾甌。

心安

寵辱不驚心自安，冬天過半未嚴寒。樓前設宴肴宜美，席上聯詩律要寬。新歲將臨先定計，舊年已了正收官。同遊應盡今宵樂，對酒而歌效老瞞。

註：一局圍棋之進行，分布局、中盤及官子三階段。收官之意思乃指最後確定雙方之邊界。

冬至

紅日高懸照萬方，良朋聚首樂洋洋。澄明氣象風光好，灑落襟懷運勢昌。作句何如師古聖，圍爐正合訴衷腸。今宵冬至同歡慶，喜見肴肥美酒香。

占卦

書生偶爾受人嘲，愛上茶樓品美肴。屢趁良辰尋妙句，時淘寶物用真鈔。乘風泛棹江湖會，問卜求安天地交。小往大來知好卦，三陽開泰喜靈爻。

願望

人生多恨復多災，病患纏身鬥志摧。試制長詞難釋苦，醉撈夜月莫云獃。迎冬未備新衣服，奉友還留舊酒醅。世事匆匆何所望，但求萬眾少愁哀。

金庸先生第一套武俠小說《書劍恩仇錄》中，女主角之一為回族美女霍青桐，外號「翠羽黃衫」。書中稱她為「翠羽黃衫霍青桐」。但這句七字句為拗句。我覺得其外號宜改為「黃衫翠羽」。茲為這位在金庸小說中地位不甚重要之女角作律詩一首：

黃衫翠羽

黃衫翠羽霍青桐，回族之花好武功。麗若春梅初綻雪，神如秋蕙正披風。月窺碧水雙眸炯，霞影澄塘兩頰紅。颯颯英姿誰不慕，三分劍術可稱雄。

註：霍青桐師承「天山雙鷹」之「雪鵰」關明梅，所用之劍術為「三分劍術」。此劍術之特點為每一招使到三分一時，招數便會改變。

讀《六十種曲》其中之《荊釵記》（孤雁入群格）

關門閉戶少沾塵，博覽奇書本本珍。四史篇篇能述古，五經卷卷可修身。凴窗偶看浮雲過，據案時將拙筆掄。捧讀戲文如有獲，丹邱佳構實超群。

註：《六十種曲》為明末藏書家毛晉（一五九九至一六五九）所編之戲曲總集，集中了元明兩代著名作品共六十種。《荊釵記》為其中之一，作者不詳，一說乃元人柯丹邱所著。全劇共四十八齣，叙述王十朋、錢玉蓮之故事。

贈淑儀

霜風凌虐苦花枝，赤子胸襟永未移。時贈華裳施美食，頻書佳句賦奇詩。同遊五嶽山和水，共說三年樂與悲。手寫我心情意切，羨君筆健勝男兒。

蔡德興師傅壽辰

日月如輪轉，蔡師慶壽辰。山河添歲數，額面少風塵。桃李門前植，情懷卷上申。今宵須飽飯，力足氣千鈞。

冬日

清早微寒有陣風，衣單履薄眼迷矇。餐廳多客間間滿，店鋪無人室室空。雖喜殘軀能抗冷，卻憐白首要捱窮。尚餘鈔票添冬服，選購新裝偏愛紅。

四季無憂

空谷還存天籟音，人窮未必慕黃金。烹茶煮酒能為樂，作句吟詩可訴心。暖夏同持小風扇，寒冬共擁薄棉衾。春花秋月何曾缺，四季無憂羡水禽。

餘年

煩惱應除少慮思，花開不折要留枝。因緣際遇依天數，生肖循環用地支。昔日青春貪逸樂，今時白首戀唐詩。餘年尚有追求夢，再上高峰未算遲。

參觀陝西省西安市臨潼區秦始皇陵兵馬俑

始皇陵墓在臨潼，布局規模未有同。兵馬雄奇依陣隊，工程浩大費民工。歷朝文物皆成舊，千古君臣盡化空。遊客穿梭遙望遠，驪山北麓景濛濛。

和蔡德興師傅今早七律，並祝生辰快樂

歲月如流壽數加，顏容氣魄信無差。冬天快意吟江雪，春日怡情賞嶺花。食店經常多探訪，書坊偶爾略巡查。減脂降壓長茹素，靜坐安閑慢品茶。

庸官

庸官政策甚低能，涼薄無情犯眾憎。甩轆濫權居一品，素餐尸位佔高層。分流隧道難言計，貽禍廟堂應受懲。吏治清明民所望，難容問責沒擔承。

午後作

難期人世永無波，二豎頻侵厭病魔。腳痛強撐登北嶽，才疏未敢和東坡。投資失利家鄉遠，打雀輸錢債款多。運滯手機屏幕損，今朝苦被恨愁磨。

港情篇

三隧分流枉用勞，東紅加幅確超高。派錢扶老規章瑣，繞道通車指示糟。政策愚庸應受責，人才短缺實難褒。港情世事多遺憾，解結無方死結牢。

世情

世情百載每多哀，過客匆匆走一回。四季輪流人輒病，三更輾轉夢頻來。江湖闖蕩能招妒，市集流連易惹埃。少歲奔馳疏友伴，晚年退隱欠錢財。已無餘力攀山嶽，尚有閑心究股災。洗滌新愁觀舊劇，昨宵西九賞紅梅。

自況

處世還當要自謙，待人寬厚不從嚴。愛觀海景心中樂，喜啖沙翁口角甜。賞劇挑燈翻白樸，習文伏案閱曹霑。晨風夕照煙霞好，笑納春光慢捲簾。

菜單

擬定菜單迎好年，入廚多載慣油煙。三斤膏蟹薑葱焗，一尾鯪魚豆豉煎。烤鴨片皮皮脆嫩，上湯浸菜菜新鮮。邀朋喚友嚐瓊液，共賦佳餚美酒篇。

時事（孤雁出群格）

春日尚遙春意濃，群山含笑樹葱葱。脫歐方案經投票，訪美玄機待揭盅。今歲埋單盤算罷，來年擬計運籌中。才疏未得成詩聖，學淺還須下苦功。

骨脛酸

睡起方知今日寒，濃雲密罩遠山巒。久乖言笑心情淡，漸減文才思緒乾。入市難求翻數倍，投資只望賺三餐。早梅喚我溪前放，拄杖何堪骨脛酸。

午後雜思

窮經究史欠殷勤，酷愛詩詞好古文。書館盤桓忘歲月，江湖馳騁慣風雲。修身律己毋乖理，協力同心重合群。我縱疏狂明正道，晨鐘暮鼓樂聽聞。

午餐

獨食能肥任影單，瞻前顧後步跚跚。排除俗慮心求靜，創作新詩韻用寒。暢逛商場頻四望，留連書店再三看。行吟處處堪題詠，且喜今朝思未殘。

灣頭

獨立灣頭影子單，遠瞻碧水伏危欄。香江歲月閑中過，祖國山河畫裏看。白髮漸疏牙漸動，雄心猶熱劍猶彈。驅車郊地穿郊徑，日暮卻愁前路難。

冬晨偶拾

冬寒戴帽又披裘，豈畏朔風吹我樓。氣冷垂簾研野史，晝長度曲練平喉。花開院落花姿燦，夕照漁村夕影柔。聞說流浮海鮮美，何妨月內一天遊。

心寬

良辰美景望留停，偶逛書坊為打釘。喜到幽山觀怪石，愁搔白首入高齡。築巢燕子棲樑棟，作繭蠶兒困囹圄。新歲還宜多出洞，心寬體健定康寧。

賀淑儀生辰

一年一度慶生辰，祝賀言辭語句真。彩蝶依依親倩影，華燈閃閃照佳人。心靈泛愛能容眾，意念無邪不染塵。今夕良朋齊勸酒，怡然把盞樂三巡。

偶想

簫琴詩曲遣韶華，小巷穿梭進酒家。兩會行情催市勢，連天霖雨潤園花。書坊蹓躂求孤本，郊野盤桓賞晚霞。放眼寰球看港事，不營木業造長枷。

書生

春始歸來歲未殘，橫財欠奉遣愁難。偶逢失意詩頻作，少遇知音調不彈。社會和諧憑智策，政情敗壞怨庸官。書生無力空搖筆，吶喊唇乾齒亦寒。

新春偶感

半夜敲門向不驚，虧心之事少經營。弄弦偶爾彈中阮，習道終年究大程。已是鹹魚難復活，既為寒士莫爭榮。新春耍樂頻遊戲，笑把狂輸作小贏。

登古原

向晚驅車登古原，夕陽雖好近黃昏。光陰浩渺時飛逝，世界虛無日逐奔。難與前賢談蝶夢，怎偕來者訴心魂。引觴滿酌頹然醉，苦酒高斟慢咽吞。

夜夢

日裏愁多夜夢悠，盡忘冬夏與春秋。時光倒轉回三代，地域穿梭達九州。草澤行吟陪屈子，漆園對話戲莊周。雞聲啼過襄王醒，雲雨巫山枉到遊。

春日

夜覽曲詞思董蔡，朝翻演義閱劉曹。排愁誦詠聲聲慢，遣興謳歌步步高。寧靜仙祠隨我訪，繽紛世界任君翱。佛山三日縱橫到，春暖花開一樹桃。

望江

觀世嗟時亂，探囊怨日貧。出門逢驟雨，繞道遇奸人。地暖繁花早，籬疏雜草新。登臨感風物，俯瞰望江濱。

早春

早春風暢順，木綠草如茵。群鳥鳴山澗，雙鴛濯水濱。登高瞻景物，滌慮遠埃塵。假日閑游弋，吟哦妙趣真。

己亥新年年初一早上

己亥今來日照妍，改弦易轍著新篇。無聊混世元神損，積極求存惡運遷。狗入窮途哀困局，豬臨好歲預肥年。春風吹過詩成就，心境平和樂自然。

記竹戰及晚餐

奸人當道我難逃，作興逢場運不高。獨對三方無斬獲，狂輸八底受煎熬。盤腸苦戰徒身乏，舉債堅持枉氣豪。撤退開餐湯飯上，菜餚豐富有金蠔。

寫在春分後中美第八輪貿易談判前

今歲春天餘一半，美中博弈興猶濃。爭持互損稠雲罩，妥協雙贏積雪溶。判斷精明知取捨，商談坦率化危凶。衝開阻障消千結，勢已當然智者從。

棨木

不甘羈鎖困危樓，愛闖江湖泛艋舟。三月繁花歸我賞，四方絕域任君遊。晨興園內憐棨木，日落灘邊伴白鷗。閒詠詩詞歌小調，清琴濁酒自悠悠。

註：棨木，即木槿，夏天開淡紫色花，其花朝開暮閉。陶淵明有《棨木組詩》，感念衰老將至。

驚蟄後

鼠蟻蛇蟲群出洞，寰球大地瘴千重。華為華府公堂見，仇敵仇家狹路逢。委國平民多困頓，香江政客類愚庸。解愁唯讀書三卷，靜待春風化霧濃。

探險

茂林鳥語送佳音，雨打春溪水漫涔。山徑彎斜三面引，桃源隱閉四方尋。登高自可知原廣，履險何妨搜澗深。大鱷數條河畔伏，豪情突至欲生擒。

黃昏

舊友同檯話語荒，古今上下說端詳。紅霞絢爛天邊掛，綺饌豐盈室內嚐。共憶當年思四化，齊言近歲論三強。美中貿戰高溫降，舉座同歡國運昌。

午後偶成

蹄肥爪膩慢吞嚐，貪有高脂可潤腸。風暖林叢花放豔，雨勻園圃果垂香。時遊異地東西去，為趕新書朝夕忙。乘醉登樓效王粲，詩文未就愧劉郎。

二天遊（平韻仄韻各一）

萬景樓頭逐步攀，太平盛世自悠閒。遠離鬧市遊村外，博覽英華逛館間。御膳堂中餐粥水，清暉園內賞亭山。有情花木生機茂，祈望蒼天護綠顏。

萬景樓頭觀再四，太平盛世無征騎。暢遊鄉鎮逛名山，飽覽風光親大地。御膳堂中美食嚐，清暉園內紅塵避。有情花木滿庭生，祈望蒼天長護庇。

市況

三萬攻防在本週，入場冷靜莫輕浮。寬鬆放貸資金湧，慎重思量策略謀。貿戰風雲將落幕，商機算計類行舟。出爐數據應研習，好淡爭持似蹋球。

萬物

高僧說法每言空，我見寰球物富隆。宇宙遙瞻觀黑洞，江濱閑逛沐清風。經書載義文雄秀，花卉含情葉茂蓬。力習勤耕毋怠惰，無涯學海信能通。

贈淑儀

奇峰敬老獻前堂，聲調柔和繞會場。持杖高歌人豁達，解懷靜坐態端莊。尋師學畫摹佳作，摘韻成詩著美章。春夏之交時令替，嫣然取照立長廊。

聞英超聯賽曼聯以零比四敗於愛華頓有感寄語蘇帥

八場六敗確羞家，不敵拖肥戰意差。鬥志疏鬆堪指責，眼神散漫怎言嘉。進攻乏力無收獲，防守失球如落花。已壞軍心應整頓，英風重振顯才華。

註：愛華頓擁有「拖肥糖」（toffees或toffeemen）這外號，背後有段故事。利物浦市之愛華頓區在十九世紀末擁有兩間出名糖果公司，一間名為Ye Anciente Everton Toffee House，研製出愛華頓拖肥，另一間為Mother Nobletts Toffee Shop，後期創製愛華頓薄荷糖。Ye Anciente Everton Toffee House之生意愈做愈差，老闆娘Old Ma Bushell 想出一個好方法：向愛華頓球會申請，在開賽前到球場派糖。她還派出美麗孫女Jemima Bushell 擔任這重責。她悉心打扮，戴起大帽及拿著籃子到球場派糖，大收宣傳之效。

尖西夜宴

驅車過市詣尖西，良友生辰道賀齊。祝壽自當祈好運，增脂應要啖元蹄。暮春歸去吟梅雨，炎夏來臨棄杖藜。晚歲書多知己眾，何須惆悵夕陽低。

立夏

潮起潮還落，匆匆季候移。閒來研杜律，興至讀蘇詩。問訊人心苦，卜安天意慈。有懷遙祝禱，寄與上蒼知。

立夏日晨風雨偏多有感

夏日來臨氣轉涼，飄搖風雨嘆無常。人生多患愁難免，情緒少歡身怎強？舊作新詩能盡棄，賢徒摯友忍相忘？陰霾縱罩行將散，海廣天寬見艷陽。

夏日晨起作

身閑又覺夏風輕，遠望群山似有情。次韻案頭連句妙，聯詩席上眾心誠。展眸窺鏡姿容秀，縱步看花葉幹擎。且趁餘暉賞霞采，同觀萬象快生平。

次蔡德興師傅韻賀陸羅素園主生辰

羅素多才愛楚騷，臨川不畏水滔滔。安排酒宴迎賓客，慶賀生辰吃壽桃。拍照留真姿態美，言歡放語笑聲高。瓊樓暢聚良朋集，玉液橫飛意興豪。

自勉

成功失敗有原因，莫怨蒼天莫怨人。律己從嚴可容眾，待朋以愛要親仁。惜春常望春光住，好學還求學問新。坐擁金山戒驕躁，家徒四壁也安貧。

進補

美中交手戲連場，間有高潮間局僵。頻發帖文聲暴躁，輕搖羽扇態安祥。股殘自可執平貨，氣弱何妨飲補湯。胆怯夜遊吹哨子，隨機應變甭慌忙。

自況

不爭富貴不爭名，伏案孜孜作筆耕。梳理今文書淺註，究研古典寫詳評。漸知天道酬勤者，始覺沙場利勇兵。黃雨連綿濃霧繞，安心自遣待新晴。

小鳥

小鳥身疲力未窮，整毛拭羽沐柔風。林泉水淺清流足，澗草蛩多美食豐。省視天時先養靜，認明途路再凌空。高飛展翅尋幽勝，翠影無蹤隱綠叢。

寂寞

開卷雖云樂，對書終日呆。腹饑毋擇食，運蹇望投胎。試酒良朋至，尋詩好句來。思君莫能見，落落獨登臺。

夫子設席雲來軒宴請詩園友眾

詩園摯友喜同檯，雅集欣逢實快哉。共論豐年談國是，齊斟佳釀試茅台。放歌無視詞胡砌，作句難容律亂來。酒好茶香人氣盛，環觀左右盡高才。

午後憶夜

夜深雨密屢聞雷，我自埋頭故紙堆。室淺未能安萬卷，意豪尚可飲三杯。人生易老因天運，賭債難償被友催。一闋歡歌將寫就，與君同唱樂多回。

近事

深思開慧眼，過慮碎柔腸。樹綠山呈秀，天藍海泛光。齡增愁日短，夜讀喜宵長。中美瀕臨戰，匆匆要蓄糧。

夏日登山

夏日登山路暢通，遙岑遠目覽城東。旅人身倦休林下，宿鳥聲喧鬧澗中。信步自能尋野果，癡心無計見仙翁。夕陽絢麗丹霞美，共踏歸途沐晚風。

端陽後一日

六月炎暑下，編書兼度歌。朝來頻探討，夜至苦研磨。才淺文章拙，人勤作業多。生而待明日，萬事定蹉跎。

默禱

政經風雨苦飄搖，何去何從惹慮焦。民眾相爭情易損，國邦互戰火難澆。明規察理歧能解，犯法為非禍自招。默禱香江消戾氣，良朋再聚樂通宵。

真假判

假真憑已判，莫被偽言障。力學能增值，盲衝易受殃。時窮方見節，稻熟可聞香。繁盛華南地，難容政客傷！

午後吟

人如廢學易癡呆，作歹為非禍自來。行動無聊徒惹怨，思維不正屢招災。盲衝瞎耍誠愚者，察理明規是俊才。午後吟詩摹困局，聲微但覺歲年催。

大阪G20後中美元首再會

已建邦交四十年，貿經關係重於天。和平互利全民樂，戰鬥俱傷舉世連。管控分歧安列國，移除禁制惠雙邊。一中政策無爭議，立啟磋商莫再延。

仲夏日下午偶成

江湖闖蕩少牢騷，固本培元吃焗蠔。喜寫歪詩成數卷，貪餐美食獲三高。狼毫在手書箋秀，義理傍身氣魄豪。偶有妖風何足慮，安心靜養不操勞。

自況

爾來餸菜喜加油，愛聽京崑與粵謳。微倦身軀多好夢，宿酲狀況沒煩愁。少時無畏朝陽烈，老去深知晚景惆。展讀經書思古聖，筆耕力乏尚悠悠。

芙蓉（孤雁出群格）

外直中通氣益清，不枝不蔓態亭亭。淤泥無染顏容潔，苦雨難傷瓣葉馨。自可遙觀題麗句，不容褻玩插銀瓶。花之君子名傳頌，百卉姿妍斯獨靈。

午後偶成

掠面輕風吹酒醒，推門出戶棄空瓶。觀花但覺花容俏，漫步還知步伐寧。細察天時消悵惘，沉思韻事感溫馨。機心已共泉林靜，愛啖清茶畏肉腥。

密雲

閑看天上密雲過，閱報翻經讀百科。偶習詞章哀後主，力研詩藝效東坡。今時兩地高才少，昔日九州名士多。愧我書生無一用，風檐思古鬢消磨。

養靜

心無罣礙可安眠，正氣充盈自坦然。遠看紅霞飛嶺表，閑穿幽徑步園前。連番惡浪驚炎夏，一眾良朋赴美筵。養靜培元吟好句，知交互愛更相憐。

午後書懷（孤雁入群格）

磨盡青春眼尚明，未能迅步可徐行。閑來究史研曹魏，興到填詞試阮笙。江水奔流秋漸至，年華飛逝學無成。南音一闋瞽師唱，己亥風雲君要聆。

祝《卓敏好友會知音》演出成功

好友會知音，高歌表寸心。抒情憑粵藝，寄意託胡琴。舊調時懷古，新詞可訴今。良朋齊賞讚，快樂此中尋。

遊原

己亥炎陽苦，遊原可寄情。天遙孤雁繞，草密百蟲鳴。作歇偎榕臥，題詩轉瞬成。忽來風陣陣，秋意已分明。

己亥夏日

居高望遠看江流，靜歇松間作小休。倚石環觀千樹翠，迎風笑擁一天秋。襟懷坦蕩人神合，意境澄明物我遊。塵世匆匆今日好，依稀有悟頓忘憂。

大暑日

亥年今大暑，心靜自然涼。美食能醫肚，清茶可潤腸。好天研學問，朗夜著文章。西九聆歌樂，佳音妙韻揚。

夏日

老眼無花看尚明，交通受阻改行程。雲遮南地千山暗，日上中天四野清。解困籌謀終局近，尋歡聚會醴醪傾。輕風過處微涼滲，賞菊啖蛇秋意盈。

吃炸雞有感試作入聲韻一首

愛吃之人無抑鬱，時思豪俠羨紅拂。排除惡習少牽愁，抵抗歪風常說不。擁枕長懷世外源，解憂喜有杯中物。難容害理更傷天，廣結善緣多念佛。

雨止

雨止天仍暗，人勤體更康。逍遙遊市集，自在寫文章。舉箸知肴美，行吟愛晝長。涼風迎面送，連日試秋裝。

戰局

愛閱長門賦，時遊大口環。排愁飲紅酒，訪友赴青山。局急三魂亂，心憂兩鬢斑。棋盤凶戰苦，解困莫連扳。

豆豉頌（孤雁出群格）

江西幽菽早聞名，性態微寒入肺經。發散表邪舒鬱結，疏清內熱保康寧。加鹽落酒能增味，炒蜆蒸魚可僻腥。配用陳皮當更妙，養生益胃甚通靈。

全民撐警

香江有恨市民哀，禍不單行日日來。敵國施謀傳歪道，家邦受創歷凶災。廢青動亂憑財助，勇警拘拿以律裁。違法何能成大義，懲奸儆惡理應該。

感時

南巷東街夜色非，香江冷落客來稀。蒙災旺地風沙暗，帶血殘陽光采微。苦雨敲窗秋漸緊，愁人捲袖筆頻揮。家邦萬里心懸念，佇立樓前看雁飛。

感時

市況蕭條感受多，通衢大道少人過。夏來石獸悲風雨，秋至山精戲薜蘿。港地長城甘自毀，曲壇佳調為誰歌。血流恨種深仇植，堪嘆凡間混惡魔。

感時

仲夏烽煙蔽我城，前途未卜萬民驚。逆權縱暴爭難止，守法依規亂可平。苦雨漸停風轉弱，中秋將至月趨明。同心協作謀良策，解困重興往日名。

卷三：詞集

江南好

心喜悅，月下到長亭。吟誦詩篇求佳句，遠觀萬象以娛情。夜靜滿天星。

臨江仙

唐宋元明清各代，江山代有詞人。詞人佳作究何云。臨風懷故友，話別念親恩。
夜靜憑欄愁聽雨，更傷白髮如銀。春花秋葉倍銷魂。晚來嗟日盡，弄月在江濱。

臨江仙・於炮台山吃早餐有感

早履山台難覓炮，曉天殘月如梳。世間何日偃風波。民歡同一笑，笑語似鳴鑼。
好友圍爐嚐美酒，共餐深井燒鵝。你彈我奏共吟哦。填詞和作對，弄月與研歌。

虞美人

潺潺陣雨樓台外。天海難分界。曉來瑟縮望群山。但見遠山愁困霧雲間。
琴弦已斷難彈奏。只嘆琴空有。無聊唯下一盤棋。棋局全非嗟怨鎖雙眉。

西江月

昨夜愁生癡夢，今朝喜見春陽。撫簫弄笛閱西廂，恍聽鶯鶯低唱。
酒暖堪宜齊醉，肉香正合同嚐。今天要作讀書郎，躲進小樓深巷。

十六字令（三首）

冬。霧掩青山景物朦。樓台上，料峭捲寒風。

冬。耐冷寒梅傲雪風。芳容俏，羞我未從容。

冬。好夢驚回意尚濃。相思淚，欲說已無從。

臨江仙・夜半奇譚

半夜臥牀人未倦，窗外凜凜風聲。三更過後夢不成。推窗尋夜月，展卷對孤檠。耳畔似聞鶯細語，眼前恍見娉婷。相看無語意盈盈。銷魂當此際，伴我閱金經。

十六字令・購書（三首）

哀。無事出街必破財。三千塊，轉瞬去無來。

哀。滿屋皆書實不該。無餘米，惆悵漸癡呆。

哀。寂寂樓前獨托腮。思懷亂，紅酒混茅台。

江南好・廣州遊（三首）

羊城好，漫步上街遊。日出遠山微帶笑，夜來覓食樂忘愁。品酒醉樓頭。

羊城好，暢快把閑偷。越秀公園人越秀，白雲山上白雲浮。詩句再來酬。

羊城好，友伴儘優悠。拜訪名師研粵藝，暢談樂韻意相投。山水望長留。

如夢令

漫步城中深巷。思把舊遊尋訪。春意已三分，但見紅花開放。凝望。凝望。牽起一番懷想。

減字木蘭花・歲晚修車

汽車入廠。修費萬三無價講。急壞劉郎。彈盡糧銷氣概亡。　思量乏計。一步一驚心閉翳。歲晚多愁。躲進西樓酒一甌。

虞美人・情人節

年年歲歲情人節。情侶情懷熱。花前月下影雙雙。妾意郎情同擁賞花香。　齊來共盡三杯酒。你我知心友。今宵暫莫說煩愁。記取浮生閑逸實難求。

菩薩蠻・集東坡句

畫檐初挂彎彎月。孤光未滿先憂缺。枕上夢魂驚。曉來疏雨零。　影孤憐夜永。永夜憐孤影。不見斂眉人。胭脂覓舊痕。

生查子・西安遊

西安六日遊，古地今初訪。新歲喜來臨，雀躍中原往。　古都名勝多，懷古情激宕。舊地現新容，欣喜河山壯。

臨江仙・懷古

乙未西安遊六日，古都懷緬英雄。淮陰功業化清風。漢宮今不見，但見草叢叢。　月下追賢情逝去，蕭何計捕蛟龍。可憐韓信陷深宮。二千年往事，一旦湧心中。

搗練子・上西安

新歲始，上西安。偷得浮生數日閑。南北東西遊玩去，江山錦秀盡新顏。

相見歡

楊妃相伴明皇。影雙雙。太白詩才無敵記沉香。　花解語。深宮處。兩情長。誓約今生今世莫相忘。

江南好・西安遊（七首）

西安夜，馬去接來羊。午夜炮聲聞不絕，恍如烽火起漁陽。身似在中唐。

西安地，雁塔記群英。三藏取經西域往，弘揚佛法志堪驚。萬世永留名。

西安地，懷古在臨潼。六國夷平歸我有，始皇氣概古無同。轉瞬卻成空。

西安地，不見未央宮。炎漢宮庭今渺滅，淮陰功業一場空。到此念英雄。

西安地，懷古大明宮。玄武門樓驚變起，世民繼位氣如虹。畢竟是真龍。

西安地，懷古念玄宗。天寶開元稱盛世，馬嵬風起雨濛濛。嗟嘆竟途窮。

西安好，自古已聞名。秦漢隋唐都在此，民豐物茂運隆興。千載帝皇城。

臨江仙・元宵覓食

獨在影樓觀好戲，散場覓食開餐。炸雞味好卻平凡。思前和想後，意亂又心煩。 佳節元宵應慶賀，何妨宰尾青斑。怎生結數卻為難。劉郎空有志，此日愧無顏。

小重山

又是陰風陣陣吹。窗前寒雨打、景淒奇。宵來有夢醒來疲。深院靜，林外鳥雙飛。 信步下樓西。陰霾盈滿眼、意迷離。懷思夢境步遲遲。思緒亂，情動有誰知。

臨江仙・解愁之道

大小龍蝦來半隻，再加青口檸檬。每逢失意扮輕鬆。酒酣和飯飽，暫可解愁容。 踏步觀塘觀電影，管他暴雨狂風。填詞作句閱金庸。茅台同共醉，樂壞了劉窮。

虞美人・傷別

窗台雨灑無明月。此際傷離別。今宵擁枕不成眠。但見梨花飄落似飛綿。 人生應嘆何其短。此恨無能免。恩情每欲對卿陳。卻道曉星殘月倍銷魂。

臨江仙・順德遊

三月春風輕掠過，四方好友同遊。五湖泛棹永無愁。千山微含笑，萬象意悠悠。 嚐遍佳餚和美食，填詞費煞籌謀。名篇妙句實難求。油詞填寫罷，老友盡搖頭。

虞美人・順德遊

良明結伴同遊探。齊把春光覽。午來美食有蒸豬。萬里暢遊勝似閱千書。河山秀麗民豐盛。大眾同吟詠。今朝紅酒共來嚐。只盼月圓花好永留長。

減字木蘭花

心潮似浪。白霧鎖山人悵愴。節近清明。四野鵑聲怨未停。思懷無緒。堪嘆人間如逆旅。把盞三觴。路穩何妨進醉鄉。

菩薩蠻

良辰美景花如錦。樓頭聚會同歡飲。知己共談心。春愁莫擾侵。人間如逆旅。煩事多如許。紅酒混高粱。傾樽入醉鄉。

漁歌子

野菜煎雞白飯香。關東清煮味芬芳。心暢快，樂洋洋。今餐不用嘆無糧。

減字木蘭花

清晨吃粽。寒冷衣裳存櫃桶。佳節端陽。競賽龍舟志氣昂。樓頭品茗。良友良辰和美景。笑論江湖。古往今來共一爐。

臨江仙・湖南之旅

水口三河遊訪罷，炎陵瞻仰神農。炎黃萬代世昌隆。碑林留刻記，陵畔記康雍。　漫步湖邊觀日落，湖山秀麗玲瓏。輕風拂過有歸鴻。洞庭天下水，今古也相同。

十六字令・書（三首）

書。一本翻來意態舒。明夷錄，細讀醒寒儒。
書。伴讀挑燈有美姝。翻三國，諸葛戲周瑜。
書。萬卷珍藏以自娛。勤研習，卷卷解頑愚。

沁園春・愁

獨步城中，紅日炎炎，力倦腹饑。看茫茫前路，愁無定向，滄桑世事，變幻神奇。人性頑愚，寡情缺義，欲覓賢人世上稀。思懷亂，取酒唯求醉，夢裏忘機。　雲邊孤雁高飛。望天外丹霞眼漸疲。熱風吹髮鬢，心神寒凜，俗塵揚起，五內迷離。步轉踟躕，但求一飽，踱入城東小巷西。傷神夕，一碗陽春麵，取價無欺。

憶秦娥

愁寥廓。西窗獨坐心無托。心無托。橫來陣雨，亂紅飛落。　痛知此日情非昨。恩銷義逝如黃鶴。如黃鶴。三杯肆飲，意迷樓閣。

浣溪沙・大暑

身似無錨不繫舟。風風雨雨使人愁。萬般況味在心頭。
滾滾紅塵臨大暑，炎炎盛夏盼中秋。今宵酒醒在東樓。

望海潮・懷想

思懷風物，忘情經卷，神遊大地河山。天上彩霞，河邊野渡，小橋流水潺潺。踏月愛登攀。見繁星閃閃，萬象悠閑。子夜輕舟，遍尋幽岸與清灣。
秦皇漢帝緣慳。古今多少事，四看三翻。太白杜陵，香山李賀，才誇唐代詩壇。惆悵總凴欄。後主南唐淚，去國難還。千載興亡治亂，無語問紅顏。

破陣子・歲月

五鼓更殘不寐，百般滋味浮游。歲月飛馳如逝水，風雨交侵又近秋。捲簾窗外幽。
書劍無成愧咎，恩情有憾慚羞。夢裏韶華端正好，醒就方知雪滿頭。茫然獨上樓。

念奴嬌・登山（用東坡中秋韻）

登山望遠，看浮雲朵朵，似無仙迹。亭外好花紅遍野，極目叢叢青碧。物外神遊，此中吟嘯，疑在清秋國。蟬鳴鳥語，如圖佳景歷歷。
遙想蘇子當年，中秋題詠，月照多情客。起舞狂歌邀月飲，笑問今宵何夕。便欲乘風，悠然歸去，跨上鯤鵬翼。晚風輕拂，渾如仙女吹笛。

巫山一段雲・神遊

知己同歡慶，人生樂諧和。光陰似箭莫蹉跎。無懼雪霜多。

紅酒香檳好，三杯又幾何。神遊月殿會嫦娥。直闖上天河。

江城子・憶往事

神疲力乏步浮浮。上西樓。氣如牛。小坐寧神，略盡兩三甌。詩未能成人半醉，孤寂寂，有微愁。

知交好友氣相投。昔同遊。轉成仇。已逝恩情，似水向東流。往事如煙猶昨日，花已落，恨悠悠。

如夢令・癡夢

夢訪蓬萊仙洞。一曲和鳴鸞鳳。夢醒別離時，仙子淚流相送。癡夢。癡夢。天上人間情重。

虞美人・立秋

炎炎盛暑今朝了。秋日來時悄。夜觀北斗七星高。隱見雲邊天外有星曹。

立秋首候涼風至。尾伏即將始。近郊遙聽有鳴蟬。似訴寒天將至惹人憐。

卜算子・七夕

秋夜晚風涼，四野環山抱。牛女雙星渡鵲橋，此際銀河灝。　相對兩凝眸，盡把衷腸告。暮暮朝朝永不忘，情與天同老。

八聲甘州・讀柳永詞

對晚天落日已西沉，一片正清秋。見歸鴉陣陣，繁星閃閃，月上西樓。近處蛩鳴蛙噪，萬物盡悠悠。思老兼思佛，釋道同遊。　遙想耆卿落拓，獨倚欄杆日，恨怨難休。嘆天涯路遠，未得買歸舟。好韶華、已隨流水，念佳人、歸思苦難收。傷情際、舉杯牛飲，一醉忘愁。

調笑令・思柳永

傷痛。傷痛。酒醒衾寒憶夢。天涯浪跡無根。心中愧想斷魂。魂斷。魂斷。簾外雙飛紫燕。

調笑令・對月

明月。明月。笑我書空咄咄。深宵索句難求。思量往事淚流。流淚。流淚。杯酒同誰共醉。

燭影搖紅

燭影搖紅，夜已殘，月半彎、愁疏嬾。知音難覓世情艱，人隔天涯遠。　霜雪風雷已慣，悄凴欄、迷茫望眼。一身如寄，兩袖寒酸，清秋深院。

踏莎行

秋雨穿簾，秋風入戶。漫山黃葉高空舞。天涯一角獨沉吟，含愁欲語吞還吐。　美景依然，人生遲暮。放歌一曲無嗔怒。勸君且盡酒三甌，醉鄉橫直千千路。

霜天曉角

心潮若浪。怎把愁思抗。如夢一生惶惑，思量處、人迷惘。　將情懷暫放。悲秋人不爽。紅日漸將西下，當此際、還明朗。

偷聲木蘭花

春風秋雨催人老。落葉飛花愁苦惱。夢醒三更。獨影孤燈暗自驚。　往年已了揮巾送。擁枕傷懷情未凍。心事難陳。犬吠聲中又早晨。

臨江仙

獨在商場人懶散，不如食碗雲吞。食無求飽要斯文。殘陽將欲盡，風捲濁沙塵。　此際心情還可可，思量飲酒三斤。紛紛世事不求真。紅牙連鐵板，歌唱大江濱。

唐多令

惆悵立殘陽。晚來秋氣涼。雨復晴、世道滄桑。消瘦人兒頭漸白，有愁緒，腹中藏。　樓外鳥飛翔。燕鳴好一雙。暫忘憂、細意端詳。喜見月明丹桂現，星閃爍，是天狼。

太常引

人間風浪每重重。轉眼便成空。秋雨灑梧桐。倚欄望、群山漸濛。　醒來復醉，東坡有恨，此日信相同。夜靜苦愁濃。將酒盡，神遊太空。

少年遊

好花飄散，撩人秋雨，無緒暗神傷。登樓凝望，憑欄晚眺，如血是殘陽。　捧酒再將瑤琴弄，人我漸相忘。一曲清商隨風發，梁州調，動愁腸。

朝中措

夕陽斜照晚霞紅。歸雁過長空。秋景怡人堪賞，一湖煙水濛濛。　天涯人遠，愁難遣興，恨也無窮。杯酒應難釋意，且來百盞千鍾。

人月圓

良辰美景齊遊賞，人月慶同圓。金風送爽，丹楓片片，樂在今天。　舉杯邀月，嫦娥伴飲，千里嬋娟。酒酣意滿，泉林獨臥，風月無邊。

水調歌頭・乙未中秋

寂寂小橋畔，靜靜晚涼天。清風浩浩吹我，好月照山前。漫漫柔光灑地，處處鳴蛩聲熾，泉澗水潺潺。芳景若屏掛，萬物韻悠閒。　憶舊歲，思往事，總徒然。中秋近在，銀輪高掛慶團圓。莫把光陰虛送，莫使情懷放縱，好意寄詩篇。寰宇俱無恙，水調頌豐年。

行香子・夜遊

夜靜三更，好月盈盈。庭林外、一片澄明。疏星閃閃，陣陣蛩鳴。漫步風中，清風急，聽風鈴。　人生苦短，虛幻聲名。不如歸、莫再營營。夢魂飄渺，會我卿卿。萬園花放，梨花白，雪花輕。

點絳脣・思夫

夜靜星微，孤燈默對檐前雨。菊凝寒露，欲語無從訴。　長憶楊郎，遙戍天南路。鄉情苦，遠山難渡，隔斷雲和霧。

註：楊慎為明代三大才子之一，因「大禮議」事件，被明世宗謫戍雲南三十年，終生不得還。其夫人黃峨亦為才女。楊慎貶雲南，黃峨則歸兩人故鄉四川為夫婿持家，夫妻雖遠隔，卻時常詩文唱和。後世編有《楊升庵夫婦散曲》。今晨，讀楊峨《羅江怨・寄遠》曲，有感，作《點絳脣・思夫》。

滿庭芳・思婦

隔阻江湖，分飛萬里，想來相見時難。晚風吹面，人老漸無歡。階下霜寒露冷，園悄悄，月缺星殘。憑欄望，清林孤木，愁緒上眉間。

心酸。誰可解，天南地北，孤寂紅顏。苦思獨登樓，只歎時艱。何日重歸舊地，鴛鴦兩，再咏關關。傷情處，一樽痛飲，醉夢越千山。

註：此首是寫楊慎思憶黃峨的。

木蘭花・夜雨

午夜夢迴衾枕亂。風捲幕簾腸欲斷。瀟瀟雨，不饒人，滴滴灑來如淚濺。

倚傍北窗愁落寞。思緒不寧無所託。心頭浪湧似狂潮，魂已蕩遊天一角。

醉花陰・勸友

午後小樓消永晝。琴曲齊諧奏。紅日尚當空，節近重陽，秋色楓林秀。

良朋共話情深厚。道盡今和舊。美酒且傾杯，開展襟懷，但願人長久。

憶舊遊・秋夜思

夜寒秋意冷，極目蒼穹，眉月彎彎。夢醒無神緒，對窗樓寂寂，燭淚乾殘。小園落葉侵徑，風捲漫籬欄。漸萬縷愁情，幽幽活現，現我心間。

遙遙，記前事，念往歲光陰，青鬢紅顏。飲酒長歌樂，看山河飛雪，江海波翻。百年苦爾匆急，流水過千灘。歎滿目煙塵，絃琴欲奏聲韻難。

臨江仙・詩人雅集

九月秋高良夜好，四方詩友相逢。深情款款語由衷。道今還說古，暢快語喁喁。

論盡詩詞歌與賦，笑談李杜笠翁。鑽研詩藝話無窮。齊歡同把盞，共唱樂融融。

風入松・偶感

醒來又已過重陽。日影現西窗。晨風陣陣微微冷，穿幽徑、繞過廂房。好鳥枝頭聲唱，塘中一對鴛鴦。

人生何必歎蒼茫。莫須苦無常。春花秋月年年是，應珍重、此際時光。且把秋深佳貌，解懷品味端詳。

小重山・夢醒

夢醒孤衾有淚痕。殘星猶自在、夜燈昏。追思前夢暗銷魂。樓寂悄，人倦倍無神。

往昔已成塵。光陰如電去、了無因。江湖風雨一寒身。懷舊事，欲語向誰陳。

定風波・庭院

怕聽歸鴉亂噪聲。心煩困頓步前庭。庭院深深人悄寂。愁極。三杯濁酒獨狂傾。

漸晚天涼星閃現。殘倦。清風慰我影孤零。收拾情懷何用躁。無惱。月兒高照一輪明。

十六字令・琴（三首）

琴。慢撫輕揉妙韻尋。佳人賞，對月兩哦吟。

琴。流水高山意趣深。知音曉，並坐共談心。

琴。意亂神狂現殺音。驚飛鳥，群散盡投林。

憶江南・秋日登山（三首）

秋正好，此日喜登山。天上白雲三兩朵，人間友伴笑言歡。溪澗水潺潺。

秋日好，眾友展歡顏。四面茂林風水妙，斜陽夕照樂忘還。何日再重攀。

秋還好，拋卻了愁煩。涉水登山忘俗慮，研詩試酒撫琴彈。此日意悠閒。

定風波・風雨之夕（用東坡沙湖道中遇雨韻）

暴雨狂風入戶聲。出門有傘也難行。車壞未能尋快馬。何怕。隱藏深館快人生。酒醉臥床人未醒。殊冷。今宵月姐未相迎。擁枕獨回孤夢處。前去。夢中雨止正初晴。

定風波・六月雪

望帝傷心託杜鵑。萇弘化碧古書傳。六月飛霜鄒衍事。奇異。感天動地竇娥冤。怒氣一腔如噴火。哀禍。旗鎗八尺血漣漣。大旱三年霖不降。愁亢。漢卿雜劇實佳篇。

江城子・茫

獨立山崖望晚空。景朦朧。困愁重。夕陽殘照，人老已成翁。燕鵲哀鳴冬漸近，魂欲斷，意迷濛。　人生苦恨水長東。太怱怱。去如風。春花冬雪，幻化本無窮。一任世情千萬變，思猶熱，意猶雄。

偷聲木蘭花

夜來幽夢人無緒。秋去冬來時有序。明月如輪。慢捲疏簾獨念君。　念君一去如黃鶴。往事如煙情落寞。淚已凝眸。恨似春江水湧流。

蘇幕遮

逛官塘，愁不展。四處閒遊，腳軟兼疲倦。買得牛肝三大串。添碗雲吞，味道人稱善。　對殘陽，思漸亂。遍地風沙，使我心煩怨。小巷傳來聲片片。莫問原由，覓路回家轉。

一剪梅・午夜琴挑

無數寒星照後庭。寂寂風清。靜靜江城。披衣午夜亮孤檠。月也盈盈。琴也泠泠。　慢撚輕揉曲未成。花有露凝。人有深情。取來美酒兩相傾。迷了湘卿。醉了劉伶。

十六字令・勸友戒煙

煙。日食三包實費錢。君應戒，體健更延年。

相見歡

宵來月冷風清。影孤零。憶念風華佳歲倍傷情。　深院悄。恨牽繞。露珠凝。暗嘆人生煩擾幾時停。

生查子

午後有閒愁，漫步城中去。品茗上茶樓，購物尖沙嘴。　轉瞬又黃昏，喜與良朋聚。美酒醉千杯，笑說人間趣。

浪淘沙・鄉夢

午夜月朦朧。四野清風。竹籬幽處有鳴蟲。思緒悠悠鄉路往，穿越時空。　獨步返樓東。景物迷濛。庭園寂寂草叢叢。河水滔滔潮浪捲，冷冷深冬。

散天花・獨孤求敗

橫劍江湖傲四方。孤高求一敗，未能嘗。青城山下壓強梁。聲名驚九省，震三江。　遊走天涯伏丐幫。風雷全不懼，未張惶。龍門客店酒三觴。夕陽無限好，夜涼涼。

蝶戀花・暮

暮夜郊林風慘厲。遍野寒涼，惡犬窮途吠。濃雲密遮天幕閉。深冬一片愁無際。　暫把襟懷來解慰。美酒傾樽，自會生豪氣。歲月無情人志毅。獨吟好句聲柔細。

訴衷情・夢到秦淮

宵來冷月掛東窗。寂寞對空房。秦淮舊地河畔，遺世有孤芳。　穿曲徑，過橫塘。訪紅妝。此生何幸，知己同心，樂也洋洋。

少年遊・楊關折柳

征人遠走別家山。折柳在楊關。灞陵橋畔，連天飛雪，苦矣有紅顏。　牽衣淚向檀郎問，何日再回還。孤雁哀鳴，琵琶聲碎，魂斷此時間。

臨江仙・聖誕

聖誕花開冬日暖，普天同慶今天。佳音傳報誦詩篇。良朋齊聚首，把盞意綿綿。　細語喁喁言樂事，與君相對欣然。平安喜悅在心田。席終人不散，笑說未來年。

西江月・梅

暗暗幽香浮動，盈盈玉貌堪憐。風侵雪掠苦交煎。未有絲毫嗟怨。　松竹相陪為伴，國花名立留傳。歲寒三友志貞堅。傲骨終無更變。

鳳凰臺上憶吹簫・冬日攀山

冬日攀山，午前登頂，遠空霧靄瀰瀰。見綠林紅葉，意趣忻忻。溪澗潺潺水響，魚躍跳、好鳥聲聞。回頭處，遲來友伴，氣喘頻頻。　怡人。了無掛慮，揚棄俗煩憂，斬卻愁根。漫步談風月，情重言真。諸葛周郎俱在，誰可及、高見紛陳。黃昏至，丹霞抹天，盡染層雲。

雨霖鈴・良辰佳節

良辰佳節。夢迴今夕，衾冷如鐵。樓空獨坐無緒，憑窗眺望，殘餘星月。寂悄幽幽對影，此情向誰說。記舊事、飛逝年華，已斷恩情了還絕。　柔腸每每多交結。困心胸，寸寸愁重疊。煙波千里人遠，當此日，老懷猶熱。好景無常，偏只、淒風苦雨相接。夜漸曉、難解煩憂，且把葡萄啜。

憶江南・新年好（三首）

新年好，早起見朝陽。海闊天高山翠綠，桃紅李白趁梅香。花影過東牆。

新年好，習習有清風。萬象澄明雲片白，群峯挺秀映霞紅。嶺外見飛鴻。

新年好，展卷意輕舒。經史助吾通古道，詩篇添趣樂何如。書內有鴻儒。

攤破浣溪沙

月落星殘夜漸涼。孤燈挑掛影高長。愁捲重簾憔悴客，苦滄桑。　新曲寫來情妙美，慢詞填就調清揚。眸掩淚花何所寄，望空房。

鷓鴣天·夜靜樓前

夜靜樓前望晚空。風寒露冷景朦朧。叢叢樹影峯巒暗，點點漁燈水浪紅。　茶數盞，酒三盅。栽花弄月且從容。人生恨事年年有，醉倒逍遙意未窮。

十六字令

濛。紫氣沖天景物融。山峯外，雨止泛霞虹。

江南春·筵散

寒夜冷，疾風吹。樓前筵席散，江畔柳絲垂。歸鴉飛盡濛濛雨，愁上眉頭知念誰。

滿江紅·風雨日

風雨相侵，寒日裏，苦懷交結。山外看，黑雲灰霧，水天何別。拈筆慨嗟文采少，詠吟每嘆詩才拙。意迷迷，步上小樓西，愁重疊。　酒滿盞，深一啜。情已冷，思猶熱。顧殘燈獨影，困煩難脫。來歲但求多朗日，今宵卻怨無明月。夜漫漫，滋味湧心頭，憑誰說。

木蘭花

慢把綺琴輕撫弄。音韻且隨弦外送。消永晝，訴衷懷，與爾共歌凰求鳳。　坐對夕陽愁渾噩。霞霧漫天風霍霍。搖紅燭影現東窗，驚覺美人情不昨。

三字令・月下盟心

寒夜裏，案頭前。展詩箋。成一首，學青蓮。弄瑤琴，傳雅意，韻悠然。　情脈脈，兩心堅，訴心田。歌樂奏，舞翩韆。共伊人，齊拜月，訂良緣。

減字木蘭花

連天苦凍。冷冷寒風晨夕送。暮靄沉沉。獨上樓頭作苦吟。　力殘咳喘。無計尋歡眉不展。美酒傾壺。醉聽深山一鷓鴣。

畫堂春・中山遊

良朋結伴上中山。浮生兩日悠閒。天寒氣冷雨潺潺。舉步維艱。　彩傘張開明艷，豪情未畏風翻。暢遊歡聚笑開顏。樂也忘還。

漁家傲・迎春

踏遍江湖人未老。不求富貴無煩惱。展卷研經研易數。聞啼鳥。聲聲叫喚時光好。　遙望遠山雲在抱。深深庭院青青草。此日苦寒冬冷酷。明天道。江南應是春來早。

浣溪沙・年初二

紅日高昇萬丈光。微風和暖入廂房。田園明秀換新裝。　燕子銜泥林外過，花兒吐艷院中香。捲簾凝望樂洋洋。

如夢令・記夢

午夜夢迴思夢。曾共佳人吟誦。淺笑意盈盈，手把玉簫吹弄。情動。情動。簾外夜風輕送。

天仙子・霧

午夜夢迴良夜永。擁枕欲眠人漸醒。早春濃霧閉青山，如幻境。田園靜。風緊露寒芳草盛。　步上小樓思復整。往事逝流猶記省。絃琴何日再重彈，齊共聽。同吟詠。此際卻愁孤獨影。

臨江仙

夜靜風涼房悄寂，捲簾默數殘星。宵來小雨灑園庭。階前芳草綠，巷後賣花聲。　新歲迎來新氣運，良朋寄語溫馨。人間有義有深情。舉杯忘煩慮，詩酒樂生平。

定風波・驚夢

月下卿卿笑語盈。絃琴輕撫慢調聲。曲韻飄揚情欲吐。思慕。滿園春意隔簾屏。　風雨驟來驚夢碎。疑醉。擁衾凝聽寺鐘鳴。步轉前廊尋影倩。難見。樓房冷寂倍孤清。

西江月・賀淑儀快樂生辰

淑德賢良聰穎，儀容嫻雅端莊。才能詠絮眾稱揚。高義柔情堪仰。　喜閱詩書經典，閒歌小調梆黃。雙眸黠慧蘊靈光。壽比天齊永享。

太常引

東風輕拂送溫柔。春意正悠悠。踏步逐溪流。繞曲徑、環山暢遊。　人間閑逸，忘情去慮，美景且勾留。灘外羨群鷗。倚花畔、詩篇醉酬。

偷聲木蘭花・霧

濃濃白霧重重罩。迷鎖樓臺春意鬧。遙望群山。山在虛無飄渺間。　早春猶覺風微冷。往事成塵猶念省。人世無求。卻愛清宵夜夢遊。

註：「春意鬧」三字，引自宋祁《玉樓春》「紅杏枝頭春意鬧」句。「山在虛無飄渺間」一句，見於白居易《長恨歌》。

采桑子

宵來陣雨清風凜，難耐嚴寒。無奈無歡。落寞情懷怎去瞞。　憑闌遠顧疏林冷，寂寂幽山。孤鳥聲喧。似訴人間苦恨連。

臨江仙・讀《楓橋夜泊》

月落烏啼霜雪冷，姑蘇城外人單。寒山寺畔晚來閒。江楓漁火下，過客有愁顏。　夜半鐘聲傳入棹，張生意亂心煩。天涯落拓意闌珊。寄情書七絕，訴恨此時間。

虞美人

去年三月齊吟弄。舊事猶如夢。今年三月病頻多。只歎寒天暑月有風波。　思懷各地知心友。思念情長久。今朝應把樂來尋。慢把洞簫吹奏撫瑤琴。

卜算子

颯颯曉風吹，花放前庭院。正是春分節令時，好鳥枝頭現。　有意去尋芳，暫把閒愁遣。卻苦天寒未轉晴，有負鶯聲囀。

南鄉子

小立傍寒窗。霧雨凄迷氣亦涼。眼底春光無足道，茫茫。蝶怨花愁意慘愴。　年少總疏狂。萬首千篇意未央。疾風暴雷驚夢碎，徨徨。苦酒頻添苦自嚐。

清平樂

計來春半。漫步怡情玩。山後杜鵑聲叫喚。楊柳青青河畔。　凴闌莫說煩憂。平生不覓封侯。眼底風光無限，心間自已悠悠。

醉花陰

遠看平湖風正好。四面環山抱。煮酒論高賢，怪論奇譚，盡去愁和惱。　翠堤蝶戲繁花草。更有鶯啼早。幽徑且留連，惜取當前，莫待春情老。

鷓鴣天・詩友同遊

詩友同遊意興濃。詩詞歌賦各稱工。詩才卓越情如火，詩意清新氣若虹。　詩百首，酒千盅。詩人今夕語喁喁。詩篇書就葡萄盡，詩作留傳記網中。

清平樂

玲瓏詞譜。盡把心聲訴。清韻妙文才氣露。一曲如嗔如慕。　憐才贈錦慇慇。怡紅魂夢銷魂。情劫館娃淒苦，山塘煙雨愁人。

註：《白兔會之憐才贈錦》、《怡紅魂夢會金釧》、《情劫館娃宮》及《山塘煙雨》為黃光巧老師所撰之粵曲。

搗練子

天上月，耀寒空。朵朵紅梅傲晚風。庭院夜涼人俏立，隔牆花影過檐篷。

漁歌子

已過清明正暮春。子規啼遍野山墳。雲淡淡，水粼粼。相思無計倍銷魂。

相見歡・春遊

杜鵑爛漫山紅。趁春風。又喜鶯鳴蜂舞水淙淙。　鴛鴦對，良緣配，兩情濃。但願月圓長照美人容。

鵲橋仙・遲暮（用秦少游韻）

玉箏不響，絃琴調亂，花月良宵獨度。杜鵑聲斷草萋萋，望眼處、殘紅無數。　愁腸交結，愁眉深鎖，酒醒南環東路。人逢老去總難堪，更怕見、黃昏日暮。

憶江南

春欲去，杜宇後園啼。夜雨潺潺花樹暗，曉風習習霧雲低。獨臥小樓西。

憶江南

春欲住，煙雨罩平川。綠柳條條懸翠岸，黃鸝兩兩飲清泉。萬物也悠然。

江城子

夜涼風靜月兒圓。未成眠。記情牽。飛花逝水，歲歲又年年。簾外清幽簾裏客，心寂寂，意連綿。　捲簾對月誦詩篇。李青蓮。杜樊川。佳詞妙語，千古永留傳。願把情懷憑句訴，心默默，念嬋娟。

最高樓

春歸未，風靜夜眠遲。對月愛尋詩。星河閃閃燈花暗，青山隱隱霧雲奇。撫瑤琴，舒素手，唱柔詞。　且莫問、千般煩與恨。且莫問、千般愁與憤。閒觀萬物怡情性，偶填數闋展才思。記今朝，人漸老，意猶癡。

虞美人

春殘花落情惆悵。歲月隨風往。鷓鴣聲裏雨迷濛。又聽笛音淒苦恨重重。　人間困頓何能免。難把愁眉展。勸君且醉好葡萄。忘卻江湖千叠浪和濤。

西江月・立夏

喜習亂彈崑調，愛翻詩賦辭章。閒來邀友醉三觴。對月低吟高唱。　春去夏來天淡，花殘蝶怨時傷。斜陽夕照話滄桑。獨立風前凝想。

註：亂彈，泛指崑山腔以外之各種戲曲声腔，例如京腔、秦腔、弋陽腔、梆子腔等。

眼兒媚

春去人間百花殘。無語倚樓欄。東風力乏，落紅遍野，意倦愁翻。　一壺濁酒湖邊盡，湖影鬢斑斑。垂絲千縷，情思串串，此恨漫漫。

憶江南

春已去，夏雨灑田園。季節循環人共老，良朋暢聚意同連。詩酒記華年。

木蘭花

陣陣夜風吹不定。三鼓已敲樓悄靜。星淡淡，月朦朧，擁枕夢迴人似病。　取酒獨傾求一醉。愁去恨消無怨懟。人生莫說苦和悲，同唱共遊終此歲。

采桑子

宵來輾轉難成寐，摘句尋章。莫道滄桑。簾外瀟瀟陣雨涼。　懷人每在無眠夜，寂寂樓廊。冷冷西廂。不盡相思欲斷腸。

浣溪沙

為譜絃歌慢撫琴。清宵對月酒頻斟。宮商角徵律高吟。　萬種柔情憑我訴，千般況味俟君尋。曲成不覺夜深沉。

人月圓

夜來愛月風前立，把酒詠詩篇。清宵寂寂，幽齋小小，幻見神仙。　腰如約素，飄香羅襪，氣若幽蓮。明眸皓齒，含情欲語，一笑嫣然。

少年遊

夜來幽夢忽還鄉。入室喚爹娘。青春歲月，少年遊伴，互逐過溪塘。　星移斗轉流年逝，萬事總無常。願效淵明，一聲歸去，種豆在山陽。

南歌子

皓月終宵掛，繁星徹夜明。山前隱聽夏蛩鳴。更喜銀塘蟾影意盈盈。　飲酒三杯醉，吟詩七步成。新詞書就有深情。但願人間無憾永和平。

如夢令

久矣心湖無浪。此際思潮飄蕩。皓月正當空，直照海棠開放。凝望。凝望。幻見小紅低唱。

如夢令

人世如同癡夢。中有歡娛傷痛。把酒且高歌，彼此釋懷珍重。相共。相共。詩柬唱酬傳送。

霜天曉角

橫風折柳。恨事尋常有。牽記舊年新歲，花間蝶、杯中酒。　埋愁還抖擻。田園千樹秀。遊樂放情詞曲，西江月、連環扣。

註：《連環扣》為廣東音樂。

卜算子

冷月伴疏星，人渺樓清靜。酒過三巡夜已闌，獨對孤零影。　有憾未能舒，有怨何曾罄。欲寄詩箋句語難，愁聽風聲勁。

卜算子．江上琵琶

江上聽琵琶，音調情深遠。慢撚輕揉抹復挑，如泣還如怨。　淪落在天涯，聞曲愁腸斷。司馬歌娘此夕逢，何必曾相見。

臨江仙．午夜

午夜暴雷聲欲裂，醒來未及三更。夢殘莫續恨盈盈。篷窗還滴雨，心緒意難平。　展卷披衣燈下坐，愁聆遠寺鐘鳴。詩詞未就酒難停。浮生無所託，此際倍孤零。

青玉案・春日（用辛稼軒《青玉案・元夕》韻）

晨風輕掠青蔥樹。田野外、微微雨。曲徑迴環花滿路。黃鶯聲囀，紅梨香放，蝶戲蜂飛舞。　河傍垂遍楊絲縷。湖岸留連秀峰去。佳趣尋求千百度。驟然凝想，魂縈夢繞，曲徑通幽處。

鵲橋仙（用秦少游韻）

少時不再，青春飛逝，大好韶華已度。花開花落倍匆匆，對晚景、愁思難數。　研詩搜句，尋幽懷古，再踏昔年舊路。殘垣敗瓦惹唏噓，又已到、黃昏日暮。

朝中措（用歐陽永叔韻）

白雲片片泛藍空。鳥語綠林中。佳景怡人欲醉，愁思散盡隨風。　詩園行樂，騷人共聚，暢飲千鍾。此夕還須賦詠，同遊莫待成翁。

憶江南・荷花（三首）

炎日下，最合賞荷花。花色粉紅黃雪白，中通外直瓣無瑕。淡淡展風華。

池塘裏，出水有芙蓉。萬竅玲瓏香氣遠，亭亭淨植美姿容。百節盡疏通。

荷花艷，花葉互相親。此葉此花長映照，卷舒開合任天真。夏日透芳芬。

附：第三首參考了李商隱七言古詩《贈荷花》：「世間花葉不相倫，花入金盆時作塵。惟有綠荷紅菡萏，卷舒開合任天真。此花此葉長相映，翠減紅衰愁煞人。」

漁家傲·舊地重遊

五十五年風景異。街前躑躅懷愁意。熱浪困人人不喜。風驟起。黃沙撲面神疲累。　東蕩西遊觀仔細。兒時足跡猶能記。似水韶華休再計。唯嘆喟。巷邊小憩眸深閉。

蘇幕遮

水連天，雲映水。海上無波，三面環山翠。風物怡人人俏媚。把酒言歡，暫卻愁和累。　展詩箋，尋律對。佳句難求，此際還思睡。美景當前宜一醉。便隱湖山，心願今朝遂。

臨江仙

嶺上蒼鴻飛掠過，白雲碧水藍天。輕舟破浪踏波前。河山千代秀，江海萬年妍。　信步閒遊觀物事，人間風月無邊。愁煩怨苦未應纏。舉杯同一醉，好夢到桃源。

巫山一段雲

冷月高高掛，涼風習習吹。江湖夜雨歲頻催。蠟炬漸成灰。　大富添新釀，家貧賸舊醅。良朋勸飲各三杯。落日有餘暉。

《南歌子》詞牌，本為唐教坊曲，二十六字，三平韻，例用對句起。宋人喜用同一格式重填一片，謂之「雙調」。《巫山一段雲》亦為唐教坊曲，雙調，四十四字，前後片各三平韻。試比較雙調之《南歌子》及《巫山一段雲》，前者只多了八個字，結構分別不大。現將前作《巫山一段雲》加多八個字，擴展成雙調《南歌子》。

南歌子（雙調）

冷月高高掛，涼風習習吹。江湖夜雨歲頻催。愁睹窗前蠟炬漸成灰。　大富添新釀，家貧賸舊醅。良朋勸飲各三杯。喜見黃昏落日有餘暉。

訴衷情

青春歲月了無痕。往事化煙雲。人生如夢如幻，疑假卻還真。　嗟此夕，苦酸辛。意難陳。徬徨迷惘，身似孤舟，渾若癡人。

高陽臺

夜悄風柔，波平海闊，月明漫照深灣。靄靄園林，清溪流水潺潺。亭臺曲徑無人到，夏蛩鳴、四野幽閒。意悠然、寂寂南樓，隱隱東山。　忘情去慮逍遙覽，任風吹翠苑，雪擁藍關。慢撫瑤箏，相思訴寄弦間。清商曲調飄飄送，透重簾、樂韻翩翩。望遠空、盼見朝陽，盼去愁煩。

憶江南・月夜讀書（二首）

清月夜，展卷習詩騷。宋玉悲秋懷鬱結，靈均愛國志清高。萬世記英豪。
清月下，讀史氣如虹。武穆雄才逢黑獄，文山正氣震蒼穹。取義也從容。

減字木蘭花・講座

黃昏講座。畢集群賢齊上課。意興翩翩，古典詩詞眾習研。　弘揚文化。教授金針原不假。共飲清觴，今夕良朋共話長。

如夢令

午夜星河明亮。月照東廂西巷。夢醒倚樓欄，思憶美人模樣。情蕩。情蕩。怎把襟懷舒放。

臨江仙・夜讀

縱酒狂歌非我志，清宵愛習書經。幽幽月影印簾屏。柔風吹髮鬢，白首試詩情。　秋意相迎良夜永，倚欄默數繁星。小樓一角意盈盈。孜孜人不倦，不覺漸天明。

漁家傲

寂寂小樓消永晝。秋風驟起涼初透。窗外清幽園木秀。懷故舊。新詞一闋才書就。　秋思春愁人漸瘦。攀花折柳韶華溜。簫管琴絃聞日奏。思翠袖。瓶空囊罄眉頻皺。

浣溪沙・贈黎教授

學術艱深待發微。鵬程將展倚天飛。襟懷磊落志難移。　秋近江頭飄落絮，春回心底見明暉。講壇詩國力奔馳。

醉花間・美景

山明秀。水明秀。花好人長壽。絃管樂和諧，角徵宮商奏。　平湖風物茂。月下涼風透。良朋共唱遊，同醉葡萄酒。

望江東

秋水春山本無異。總都惹、濃濃意。夜殘每愛憶前事。舊夢遠、何須記。　挑燈喜讀經史誌。漸生起、悠悠思。天明拂曉鳥聲至。捲簾處、風光媚。

望江南

翻舊史，頁頁已封塵。才子佳人隨浪去，老來唯嘆宅寒貧。韻事化煙雲。

采桑子

浮雲出岫秋山秀，獨立斜陽。日照荷塘。野鶴閑飛過水鄉。　清宵寂靜銀河亮，漫步迴廊。月透紗窗。庭院深深樹有雙。

憶江南

朝陽好，燦耀照樓前。遙望藍天雲淡淡，試吟新作意綿綿。戀戀惜流年。

《漁家傲》乃北宋流行歌曲，雙調，六十二字，上下片各五仄韻。《蘇幕遮》乃西域舞曲，雙調，亦為六十二字，上下片各四仄韻。范仲淹《漁家傲》及《蘇幕遮》詞，均用「支微」韻。今試將其《漁家傲》改寫為《蘇幕遮》。

蘇幕遮（將范文正公《漁家傲》詞改寫為《蘇幕遮》）

晚秋來，風景異。雁去衡陽，總也無留意。四面邊聲連角起。縷縷長煙，落日孤城閉。　酒三杯，家萬里。未勒燕然，苦矣歸無計。羌管悠悠霜滿地。白髮將軍，滴滴征夫淚。

附：《漁家傲》……范仲淹：「塞下秋來風景異。衡陽雁去無留意。四面邊聲連角起。千嶂裏。長煙落日孤城閉。　濁酒一杯家萬里。燕然未勒歸無計。羌管悠悠霜滿地。人不寐。將軍白髮征夫淚。」

漁家傲（將范文正公《蘇幕遮》詞改寫為《漁家傲》）

雲碧葉黃天與地。連波秋色寒煙翠。山映斜陽天接水。遙望裏。無情芳草斜陽外。　黯鄉魂追旅思。除非好夢留人睡。明月樓高休獨倚。人已醉。醇醪化作相思淚。

附：《蘇幕遮》……范仲淹：「碧雲天，黃葉地。秋色連波，波上寒煙翠。山映斜陽天接水。芳草無情，更在斜陽外。　黯鄉魂，追旅思。夜夜除非，好夢留人睡。明月樓高休獨倚。酒入愁腸，化作相思淚。」

憶秦娥

中秋節。絳河綠霧溫柔月。溫柔月。一天秋色，漫江清澈。　梅花三弄聲猶切。金風吹捲金黃葉。金黃葉。情思寸寸，向天言說。

南歌子・詩心秋月

夜靜觀書史，人閑閱酒經。絃琴輕撫慢調聲。佇立風前柳底道枯榮。　擁枕思前事，憑欄望遠亭。詩心秋月兩牽縈。今夕良朋共聚說幽情。

十六字令・秋（三首）

秋。玉兔蟾蜍動客愁。風清冷，獨酌泛孤舟。

秋。歲月奔流永不休。菱花裏，霜染少年頭。

秋。對酒當歌莫慮憂。君須飲，共樂把詩酬。

浪淘沙

午夜步清園。佇立籬邊。秋風颯颯水涓涓。庭院深深無俗客，我自悠然。　花影印簾前。俏艷堪憐。月明星亮美華年。快意輕揉彈好調，慢撥琴絃。

試用《憶江南》詞牌填兩首情緒不同的小詞：

憶江南・秋情（兩首）

涼風起，草木漸殘凋。落葉侵階紅不掃，梧桐夜雨倍蕭條。獨坐更無聊。

金風爽，好月伴良宵。簾外清幽簾內暖，小樓一角自逍遙。品茗聽琴簫。

南歌子

夜靜山風疾，秋深菊影黃。一彎眉月照寒窗。古史今文共讀細思量。　詩作傳情意，文章道主張。明心見性樂尋常。願把一懷愁緒棄滄浪。

御街行・鄉思

飄飄落絮因風起。靜悄悄、欄斜倚。山前啼鴂叫聲喧，濃霧層層天蔽。鳴蛩四野，秋林清冷，愁處誰能會。　三杯濁酒人微醉。默默念、鄉千里。寒流霜雪苦相侵，嘈透無眠滋味。天涯孤客，宵來凝想，心事難傳寄。

偷聲木蘭花・樂事

管絃諧奏笙歌起。曲韻悠揚君解未。秋月嬌妍。詩酒琴棋趁好年。　閒庭信步情懷放。斜倚紅闌心演漾。風露清涼。醉擁孤衾入夢鄉。

浣溪沙

醉臥西廂陣陣涼。巫山一夢意如狂。醒來猶覺枕留香。　夢裏鴛鴦游綠水，眼前孤影對長廊。瀟瀟夜雨灑寒窗。

浣溪沙．遊

大地縱橫任我遊。低吟輕唱楚江秋。白雲碧水兩悠悠。　花艷月明宜把酒，風清景秀合登樓。人生苦短莫煩愁。

畫堂春

憑欄無語向寒江。西風漫滲窗房。夢迴無緒夜方長。月照前廊。　秋去庭園枯寂，冬來樓閣幽涼。眼前景物惹愁傷。意也徨徨。

《定風波》為平仄韻錯叶格之詞。上片三平韻，錯叶兩仄韻，下片兩平韻，錯叶四仄韻。上下片共有八句七字句，三句二字句，共8×7+3×2=62字。作為文字遊戲，我們可以試將一首七律改為《定風波》。蘇東坡也曾將杜牧一首七律略加修改，成為他所寫七首《定風波》其中一首。現在，我試將七律《香江即事》改為《定風波》。

定風波．香江即事

閃爍燈花吐艷光。香江佳地聚華洋。錦簇花團星月燦。堪讚。新詞舊曲韻悠揚。　把酒言歡消鎖困。無憒。解懷釋怨靠磋商。放下紛爭天海廣。明朗。圍爐夜話語深長。

附：七律《香江即事》：「閃爍燈花吐艷光，香江佳地集華洋。花團錦簇星河亮，舊曲新詞韻調揚。把酒言歡排鎖困，解懷釋怨靠磋商。紛爭消弭天空闊，今夕圍爐夜話長。

試將宋代詩人林逋的一首七律《梅花》，改寫為《定風波》。

定風波・梅花

為見梅花輒入詩。吟懷長恨負芳時。雪後園林才半樹。方遇。水邊籬落忽橫枝。紅艷人憐多也俗。炫目。清香天賜似緣私。堪笑胡雛知妙味。同氣。解將聲調角中吹。

附：《梅花》……林逋：「吟懷長恨負芳時，為見梅花輒入詩。雪後園林才半樹，水邊籬落忽橫枝。人憐紅艷多應俗，天與清香似有私。堪笑胡雛亦風味，解將聲調角中吹。」

日前將一首七律改為《定風波》。現試將一首《定風波》改為《臨江仙》：

臨江仙

月照紅欄花弄影，風吹紫氣成煙。朝寒晝暖可人天。山明風景秀，暢樂自悠然。偶作一篇更漏子，情懷盡託詩箋。醉眠松畔月當前。忻忻人有夢，快意到桃源。

附：《定風波》：「水秀山明樂自然。朝寒晝暖可人天。日照紅樓花弄影。園靜。風吹綠野霧成煙。偶作一篇更漏子。情綺。閒吟數闋鷓鴣天。獨枕松榕聆鳥語。愁去。忻忻有夢到桃源。」

臨江仙・夢中遊

白日浮雲同作伴，夢中飄蕩乘風。人間天上水晶宮。少年齊戲樂，老者共和衷。欲訪蓬萊迷路徑，且隨鳳鳥凌空。蒼穹盡處映霞紅。繽紛通仙界，妙漫景玲瓏。

臨江仙・觀史

午夜挑燈觀舊史，西風漫捲簾篷。星稀月暗霧迷濛。房中人未倦，窗外有鳴蛩。戰國春秋無義戰，梟雄互伐相攻。山河大地血流紅。歷朝興替事，百姓苦俱同。

憶江南

齊歡頌，聖誕又來臨。祝願親朋康且健，良辰共慶樂同尋。淺詠復高吟。

這幾天來，用同樣意思及差不多語句，先後寫了兩首詞（《一剪梅》、《浣溪沙》）及一首七律。今早，再將之改為《定風波》詞。

定風波

病榻纏綿嘆寂寥。相思無計苦寒宵。草木凋殘枝尚勁。高挺。容顏乾竭貌何憔。愁緒牽縈憑酒解。無奈。韶華流逝化煙消。夜月迢迢西嶺外。明麗。唏嘘顧影志傾搖。

浣溪沙

病榻纏綿嘆寂寥。相思無計苦寒宵。花殘木落月迢迢。　愁緒牽縈憑酒解，韶華流逝化煙消。瀟瀟夜雨意難描。

一剪梅

病榻哀鳴嘆寂寥。午夜風飄。花已殘凋。相思無計苦寒宵。落木蕭蕭。好月迢迢。　一夕愁情以酒澆。醉也無聊。醒自心焦。韶華流逝似狂潮。雨打芭蕉。此意難描。

蝶戀花・人在天涯

美艷嬌娥青素面。獨倚紅欄，手撥輕羅扇。思念難安腸百轉。伊人已去天涯遠。　樓外青山還望斷。點點柔情，化作愁連串。空有誓詞千百片。綿綿恨緒無從算。

鷓鴣天

喜愛郊林綠草茵。繁囂都市總多塵。紅燈處處炫人目，濁氣層層損我神。　愁陣陣，病頻頻。盼能抹盡舊啼痕。培元養氣期春日，丁酉雞年萬象新。

定風波

夏雨冬霜日復年。寒檐夜讀憶先賢。覽鏡未愁鬚鬢白。孤魄。捲簾愛看蔚藍天。　世道無情多熱火。風簸。還宜歸去把經研。淺酌低斟迎酉歲。微醉。今宵彎月掛窗前。

註：「風簸」一詞，引自唐朝詩人劉禹錫《浪淘沙・九曲黃河萬里沙》詩。全詩如下：「九曲黃河萬里沙，浪淘風簸自天涯。如今直上銀河去，同到牽牛織女家。」

訴衷情

和風喚召百花妍。柳綠兩堤邊。鶯鳴蝶戲人艷，信步踏郊原。　雲淡淡，水涓涓。意綿綿。滿山青翠，萬象皆春。我自悠然。

註：《訴衷情》乃雙調小令，四十四字，上下片各三平韻。龍榆生之《唐宋詞格律》只收平仄韻錯叶格，雙調平韻格未收。但，平韻格流傳較廣，宜為定格。

虞美人

濃情蜜誓情絃扣。絕色顏容秀。情人妝罷下層樓。細看眉如春柳有閒愁。　豐肌玉骨情千種。種種郎懷送。不知今夕是何年。但願兩情相悅永相憐。

漁家傲

不戀繁華思引退。山中豹隱忘年歲。青鳥為親時一對。無怨懟。野蔬充膳甘長醉。　偶與鄰翁言句配。田園風月風情最。冬日寒涼高枕睡。研經萃。還留三徑通朋輩。

惜分飛·大地春回

大地春回風物茂。湖海河山明秀。蝶舞人前後。春梅插罷香盈袖。　萬紫千紅如錦繡。此景宜詩宜酒。不許韶華溜。黃昏日照光如畫。

減字木蘭花·祝淑儀生日快樂

春花盛放。燕語鶯鳴齊頌唱。慶賀生辰。摯友良朋聚一群。　絃琴諧弄。音韻飄揚隨律送。萬事寬心。福壽康寧喜到臨。

江城子

韶光流逝苦無常。日慌惶。夜淒涼。今夕心思，何故總情傷。落寞愁懷應歛盡，拋掛慮，解愁腸。　鶯鳴燕語蝶飛翔。百花香。美朝陽。雲白風和，水暖鴨遊江。信是人間春正好，林密茂，氣清揚。

漁歌子

雨後新枝發嫩芽。蛙鳴鵲噪小蟲爬。河畔草，菜田花。同歌共讚好年華。

久別演出舞台已有十九年。上次演出日期為上世紀一九九八年，在大會堂演出，曲目為風腔名曲《幾度悔情慳》。後日重上歌臺，和徒兒淑儀演唱《十繡香囊》，有些胆怯。先作一首《滿江紅》定定驚。

滿江紅・十繡香囊

交頸鴛鴦，才三日、分離在即。從母命、往京華去，隻身他域。唱唱酬酬人悵惘，悲悲切切情悽戚。望天涯、前路也茫茫，傷孤寂。　陽關道，途未識。思折桂，蟾宮覓。喜梨渦雖淺，愛情深植。十繡香囊憑此夜，雙飛紫燕哀今夕。待來年、高中狀元郎，愁全滌。

定風波・驚夢

月下怡然弄玉簫。伊人笑把七絃調。曲韻飄揚情欲醉。緣配。滿園春意兩魂銷。　風雨驟來驚夢醒。樓靜。擁衾凝聽寺鐘遙。步轉前廊尋影嫋。茫渺。檐前水滴夜迢迢。

江城子・春日思懷

怡然開卷意優悠。早春秋。晚紅樓。經史雄文，暢攬自神遊。獨伏案前思古哲，懷好問，閱中州。　園林漫步過溪流。喜無憂。更無愁。春景邀人，亭畔倚韆鞦。陣陣和風吹額面，青嶺上，白雲浮。

醉花陰

陣雨潺潺疑屋漏。點滴檐間透。節令近清明，粉蝶翻飛，愁絕黃昏後。　綺琴不復重彈奏。慨歎人消瘦。此夕苦孤零，長夜漫漫，擁枕雙眉皺。

漁歌子

冷冷寒天衣錦絨。江湖遊走傲霜風。天可畏，道難窮。人情練達自融通。

攤破浣溪沙・貴州遊

訪翠尋芳四月中。黔南靈地景青葱。溶洞穿梭舟共泛，若游龍。　百里繁花山幻彩，千尋飛瀑水生虹。朋伴結緣同作樂，樂無同。

浣溪沙・貴州遊

黔地蠻驢技有窮。貴州初訪沐春風。龍宮溶洞水淙淙。　百里杜鵑山幻彩，千尋瀑布水生虹。同遊同樂樂無同。

臨江仙

日落微涼花影動，林間暢步悠然。亭前寂悄鳥聲傳。青葱原上草，淨植水中蓮。　邁上崖邊觀四野，遠山高聳連天。臨風凝望晚霞煙。解懷忘俗世，冥想化神仙。

漁家傲（用范文正公韻）

霧障煙籠山色異。午前午後人隨意。伏睡案頭因夢起。庭院裏。樓房寂悄門深閉。　遙看神州千萬里。飄搖風雨愁難計。落絮如棉鋪蓋地。宵無寐。書生老去青衫淚。

漁家傲

夜雨潺潺難入寐。梨花慘淡如沾淚。步上危臺魂欲碎。愁凝睇。無聊自苦人憔悴。　春去夏來時令替。乾坤運轉何方計。盟約不空三世裏。原無悔。良宵還覺思情最。

南歌子

對月時邀酒，臨風輒弄簫。願將愁緒化煙消。花好莫忘勤把水來澆。　夜靜聞天籟，晨興理豆苗。南山遁隱自逍遙。愛聽潺潺陣雨打芭蕉。

如夢令

笑看人生多變。雪雨霜風常見。簫鼓且留連，醉臥廣寒宮殿。休怨。休怨。明日路長難算。

如夢令

偷怨世情如幻。病患相纏尋見。正喜有朝陽，卻轉疾風磨碾。思亂。思亂。得失怎生清算。

滿江紅

暮靄沉沉，長天暗，瀟瀟雨落。鴉歸急，直飛斜闖，東樑西角。一種思情思不盡，幾番愁緒愁無託。寄小樓、夜讀撫經文，身如鶴。　神忐忑，心跳躍。花似舊，人非昨。看山河雖好，屢遭風掠。既是難消塵俗苦，何如逕赴桃源約。隱泉林，長嘯復彈琴，多歡樂。

江城子

朝陽東上露珠乾。伏欄看。自悠閒。蝴蝶穿花，戲舞木林間。綠水青山依樣好，忘俗慮，斂愁顏。

清平樂

倚松斜臥。自笑人疲惰。孤雁橫空飛掠過。只惜音書無個。

西山白霧茫茫。堪憐隻影孤長。歸鳥聲喧噪晚，薰風漸轉清涼。

西江月

夜靜頻翻經史，日深每弄辭章。歌臺舞榭賞名腔。喜趁潮高逐浪。

愛聽古琴今樂，不愁暴雨寒霜。花前獨酌灌清觴。睡到三竿日上。

虞美人

宵來又灑蕭蕭雨。花落污泥處。抱衾欲計怎消愁。忽想平湖觀月蕩輕舟。

挑燈夜讀情難遣。憾事無能免。直須把酒上樓東。醉聽山前流水響淙淙。

浪淘沙

昨夜醉樓邊。夢到桃源。繁花茂草滿平原。女織男耕童戲樂，萬象悠然。

夢醒再無眠。漫步廊前。檐篷水瀉似流川。秉燭捲簾窗外看，密雨連綿。

菩薩蠻

當年未曉相思苦。悠然愛唱相思譜。早晚每憑欄。遙觀山外山。　年華隨水逝。花落人憔悴。濁酒兩三升。念伊愁獨傾。

調笑令

歡笑。歡笑。雨後陽光普照。何妨淺酌高斟。同遊那管夜深。深夜。深夜。齊醉歌台舞榭。

西江月

惆悵中天無月，歡欣高桌多螯。人窮每愛發牢騷。朝夕長嗟常惱。　從未揚名興業，早經隱姓封刀。良朋時聚樂淘淘。不覺年華漸老。

念奴嬌

登崖望月，見冰輪皎皎，吳剛當值。蟾吐寒光飛宇內，浩瀚海空無極。玉殿迢迢，銀河耿耿，身似逍遙客。清秋中夜，臥觀天象歷歷。　舉盞招手嫦娥，凡間再訪，試飲瓊瑤液。同舞共歡花底下，度此良辰佳夕。或可乘風，遨遊仙地，恰似鵬張翼。日高人醒，愁將歸路尋覓。

西江月（聞蔡師傅取消中史講座）

有志精研經史，無端高掛風球。人生無奈又多愁。仰視蒼穹搔首。　雖則不能開課，幸而未有添憂。逍遙自在意優悠。樂享簫琴詩酒。

清平樂

夜來癡夢。此際情猶痛。愁緒傷人難自控。醒就霜飛露凍。　堪憐弱絮飄零。風侵雪掠心驚。捲袖書懷寄意，終宵隻字難成。

長相思

朝相思。暮相思。朝暮相思難自持。斷腸沒個知。　西風吹。北風吹。西北風吹烏鵲飛。寂寥月上時。

西江月

春暖堤邊觀柳，秋涼嶺上尋芳。宵來看月在西廂。每愛沉思幻想。　有意才登樓閣，無情莫賦文章。不貪綠蛙戀茶香。珍惜花妍月朗。

西江月

冷冷冬風吹面，絲絲寒意侵人。夜來幽夢會親親。語語溫馨在近。　歲月如輪旋動，思潮似浪流奔。今朝把酒對浮雲。難覓佳詞妙韻。

定風波

萬里澄空幾片雲。南園睡起懶腰伸。舒眼遙觀山下景。寧靜。擁衾猶念夢中人。　阮氏途窮悲道盡。愁困。劉郎囊罄苦身貧。漫步庭前風料峭。吟嘯。深知聚合有緣因。

浣溪沙

萬里澄空幾片雲。南園睡起懶腰伸。擁襟猶念夢中人。　阮氏途窮悲道盡，劉郎囊罄怨身貧。迎風漫步倍傷神。

鷓鴣天

萬里澄空幾片雲。南園睡起瘦腰伸。捲簾遙看山中景，擁枕猶思夢裏人。　悲道盡，苦身貧。願將餘力習經文。迎風漫步無寒意，為有棉袍共頸巾。

攤破浣溪沙

瑟縮街頭面色淒。冬風清冷月兒低。常恨無能餐乳鴿，吃燒雞。　昨日徘徊紅磡北，今宵遊蕩九龍西。歡聚小樓同夜話，說南齊。

虞美人

冬風凜凜窗簾透。晨起雙眉皺。曉來意欲弄琴棋。又覺神思難定力殘疲。　迎風小立忘愁痛。思古懷唐宋。再尋宮調譜新篇。便把千般心事付詞箋。

武陵春

知己同歡應暢飲，今夕醉還醒。置腹推心兩意誠。細說細叮嚀。　互助互扶同守望，共樂共溫馨。愛惜晨曦愛晚晴。記取此時情。

破陣子

驟至寒流心怯，無端好夢魂銷。伏案念卿卿影遠，對月觀花花貌憔。深宵樓寂寥。　漏盡銀河漸隱，風吹綠幹輕搖。皓首窮經全力赴，禿筆書情細意描。愁思以酒澆。

浣溪沙

日暮懷人獨自吟。微風細雨景陰森。歸鴉聲噪各投林。　孤寂絃琴悲調送，蕭疏院落冷霜侵。樓房隱閉盼春臨。

釵頭鳳

寒風嘯。冰輪照。影搖花動登樓眺。思情結。柔腸熱。憑欄斟酒，舉杯邀月。啜。啜。啜。　幽林悄。淒鴉叫。此生餘幾誰能料。言辭倔。文章劣。恩深難了，怨濃難說。拙。拙。拙。

浣溪沙

滿地落紅步怎前。梨花帶雨最堪憐。後山幽徑聽啼鵑。　淡志時甘餐藿食，深情暫可託琴絃。春歸自苦夜難眠。

畫堂春・惜春

落紅掩地步難前。梨花慘淡堪憐。後山幽徑聽啼鵑。聲也悽然。　無意放蹄縱馬，多情只付琴絃。斜暉殘照晚來天。惆悵春完。

行香子・詠荷

華實齊生。淨植亭亭。塘中發、影俏身玲。卷舒開合，莖葉相擎。趁薰風暖，迎風挺，納風輕。　疏通百節，意態盈盈。濂溪頌、君子為名。不枝不蔓，姿采分明。勝梨花白，桃花艷，李花馨。

鷓鴣天

願泛平湖共小舟。桃園笑逐更無愁。歡欣春暖肥紅杏，不怨霜寒染白頭。　忘憾事，了煩憂。夏荷賞罷慶中秋。來年好景同卿看，作句酬詩宴翠樓。

生查子

雨後有新晴，人事無時了。寂寞望天涯，慨嘆歡娛少。　春去百花殘，夏至孤山峭。把酒復長吟，一曲新詞妙。

憶秦娥

天邊月。圓圓亮亮光柔潔。光柔潔。終宵俯照，萬年無別。　從來情事難言說。思卿夜夜愁腸結。愁腸結。滿園殘卉，漫山啼鴂。

小重山

春去還餘百草芳。黃鸝鳴綠澗、樂朝陽。白雲朵朵映河塘。風暖暖，研墨寫詞章。　笛奏韻悠揚。呼朋同引伴、試新腔。萬般幽怨願遺忘。人對對，含笑盡清觴。

蝶戀花

好夢連宵人睡醒。日上三竿，窗外橫花影。遠看雁鴻飛絕嶺。白雲天外江河靜。　舉步出遊經野徑。水秀山明，溪澗清如鏡。自在逍遙觀美景。迎風笑把歌兒咏。

卜算子

霖雨自潺潺，展卷研詩聖。案牘辛勞有所成，得句趨新穎。　雜念合疏通，亂緒宜重整。收拾心情踏遠途，四季多豐盛。

卜算子

夏日苦炎炎，火炙人頭頂。萬卷詩書放在旁，且啖光酥餅。　憎見鼠橫行，厭看人爭勝。樂作高歌或淺吟，一曲邀君聽。

卜算子

不喜鎮城喧，只愛江河靜。泛棹溪流過小橋，穿越幽山徑。　同作九州遊，共酌千杯勝。同是多情失意人，一飲先為敬。

虞美人

春歸夏去時光迅。轉眼秋冬近。夜來冷月照寒蘆。隱聽隔溪林內有啼鴣。　樓臺景物依然俏。落落無人眺。捲簾遙望遠山青。幻見女神輕舞態盈盈。

西江月

飲酒三杯尋醉，吟詩千步難成。才疏未得獲功名。日日狂歌遣興。　偶共高僧談佛，時偕曲士言經。江湖落拓隱南屏。夜聽紅魚青磬。

行香子

愛踏平原。喜釣清淵。怕聞聽、夏末鳴蟬。情思放任，意緒無牽。看河中鴨，林中雀，水中天。

悠悠廣宇，萬類爭妍。百花艷、美態堪憐。風光正好，步履翩躚。羨塘邊鶴，嶺邊雁，澗邊猿。

臨江仙　聚散

萬里澄空雲片白，山高遠隔凡塵。遙遙瞻望水天分。蛩鳴千樹靜，雁過一聲聞。

無常多怨苦，登臨此日思君。題詩觀景意難申。同遊愁沒伴，共酌與誰人。

蝶戀花　秋晚

回首人生多妙趣。詩友同遊，作樂和諧處。漫寫篇章憑意緒。談天喜有知心侶。

園林凝白露。踏月觀星，心願朝天許。不畏宵寒長立竚。煩愁已被風吹去。

臨江仙　過盡

躑躅踟躕傷夜冷，涼風吹醒劉伶。悽清尋路力難勝。天邊秋月淡，眼底巷燈青。

繁華詩友少，交遊零落堪驚。三年境況在心凝。韶華難永久，人世盼長平。

畫堂春・秋日遊雲浮市新興縣象窩山

良朋結伴上雲浮。天涼已近深秋。遠山近水在前頭。庭寂園幽。　背倚欄杆情暢，面朝院落心悠。象窩山上兩天遊。此樂難求。

玉蝴蝶

深秋清苑蕭條。詩酒漸無聊。沒計把愁澆。花殘木半凋。　登臨開視野，雲樹把人招。心悃半塵消。晚天霞采飄。

鷓鴣天・讀金庸

書劍恩仇起浪洪。射鵰塞外論英雄。飛狐俠客精而簡，白馬鴛鴦短亦工。　思郭靖，記黃蓉。黃衫翠羽霍青桐。挑燈夜讀連城訣，笑傲江湖樂也濃。

小重山

風雨經年志未殘。卻嫌炎夏苦、喜清寒。無情疾患減歡顏。藏香茗，奉友共齊乾。　傲骨未求憐。遣愁常作句、樂琴弦。傷懷不慣與君言。人歷練，髮鬢自斑斑。

虞美人

晨風輕拂天初曉。街巷行人少。無情江水慣東流。我自元龍高臥意優悠。　昨宵有夢曾同醉。見減傷情淚。莫教明鏡惹塵埃。已備葡萄蹄爪俟君來。

玉樓春

濃雲掩閉天邊月。愁緒盈懷腸扭結。深深庭院夜清涼，往事堪哀難解說。　前途能少風和雪。且喜餘暉猶未絕。詩莊詞媚總藏情，語句言心呈熱血。

江城子

昨宵小雨灑樓廊。上西廂。閱文章。試作詩詞，語句慢思量。才拙頻頻參舊卷，人倚案，意翻牆。　數年物事已滄桑。嘆無常。怎能忘。白首窮經，頁頁盡灰黃。酒債偏多行處有，鬚漸短，髮難長。

玉樓春

樓前燈影明還滅。欲撰曲詞靈感缺。催人歲月老青衫，劣作歪章床畔疊。　爭鋒好勇徒流血。苦酒思量難下咽。不貪權勢懶謀財，直當黃金如爛鐵。

卷四：戲曲評論集

蘇東坡夢會朝——粵劇與粵曲

去歲末，在新光戲院觀「文千歲藝術專場」之《蘇東坡夢會朝雲》一劇。文千歲先生雖然已不年輕，但演中、老年的蘇東坡，揮灑自如，扮相依然倜儻，腔音蒼勁沉實。曾慧演朝雲一角，「芳腔」也見功力。有幾個腔雖然收得不順暢，但「反線中板」及「反線二王」均韻味十足。反線二王結句拉腔，贏得滿場掌聲。（資深的粵劇觀眾會在適當的段落拍掌叫好。正如在京劇《四郎探母》中，四郎楊延輝一段「西皮快板」，最後一句「扭轉頭來叫小番」，必定贏得滿場喝采一樣。）

戲劇不是歷史，編劇家大可自由創作。但，蘇東坡及朝雲均為歷史人物，在可能的情況下，創作時應大致忠於歷史。歷史沒有記載的，可以創作，但正史上記得清清楚楚的，我不同意肆意改動。畢竟戲劇除了娛樂觀眾之外，也有「教化」的作用。如果任意篡改歷史，誤導了觀眾，使觀眾「以假作真」，以訛傳訛就不好了。

我想提出值得商榷的有以下數點：

（一）在首幕中，一出場的蘇軾在朋友秦觀，佛印的稱呼中，已是「東坡」了。按，蘇軾於宋神宗熙寧四年至熙寧七年（一〇七一至一〇七四），通判杭州時，尚未號稱「東坡」。烏臺詩案（一〇七九）後，蘇軾被貶黃州。在神宗元豐四年（一〇八一），居黃州時，他在州門東面開荒耕種。白居易被貶為忠州刺史時，曾作《東坡種花》詩。白居易是蘇軾的偶像。蘇軾將自己開發的耕地取名「東坡」。從那一年開始，他才自稱「東坡居士」。

（二）在首幕中，朝雲已是成年女子。蘇軾和她初會便將她納為妾侍。如果我是蘇夫人，我也會極不高興呢。按，朝雲是在熙寧七年在蘇夫人王閏之憐惜下，買下作為侍女的，當時朝雲約十二歲。多年後，蘇軾被貶黃州時，才將朝雲收作妾侍。

（三）劇中的蘇夫人王玉佛，是編出來的。她在劇中對朝雲刻薄怨毒，又貪慕虛榮。最後，在蘇軾被貶往海南島前，下堂求去。按，蘇軾前後有兩位夫人。第一任夫人王弗，是青神縣鄉貢士王方之女。蘇軾於仁宗至和元年（一〇五四）和她結合。她為蘇軾生了長子蘇邁。英宗治平二年（一〇六五），王弗病逝，年二十七。這位夫人，聰慧有識，蘇軾在《亡妻王氏墓誌銘》中，寫得很清楚。十年後，即熙寧八年（一〇七五），蘇軾知密州時，寫下了千古傳誦的悼亡詞《江城子·乙卯正月二十日夜記夢》，追思這位夫人。「十年生死兩茫茫，不思量，自難忘。……料得年年腸斷，明月夜，短松崗。」千載下來，人們普遍認為這首悼亡詞比唐朝元稹的三首悼亡七律《遣悲懷》更情真意切。蘇軾於熙寧元年（一〇六八）續娶王弗的堂妹，王介的幼女閏之為妻。這位夫人，也是賢淑、體貼、善解人意的。她為蘇軾生下了次子蘇迨及三子蘇過。哲宗元祐八年（一〇九三），王閏之卒於京師，年四十七。在《祭亡妻同安郡君文》中，蘇軾表達了沉痛的哀思：「婦職既修，母儀甚敦。三子如一，愛出于天。從我南行，菽水欣然。……曾不少須，棄我而先。孰迎我門，孰餽我田。」蘇軾的弟弟蘇轍在《祭亡嫂王氏文》中，寫道「貧富感忻，觀者盡驚。嫂居期間，不改色聲。冠服肴蔬，率從其先。性固有之，非學而然。」蘇軾在元豐五年（一〇八二）所作的《後赤壁賦》中，記述了王閏之的一件事。時在初冬，霜露已降，有兩位朋友和蘇軾共叙。蘇感歎「有客無酒，有酒無肴，月白風清，如此良夜何？」歸家與夫人商量，夫人說：「我有斗酒，藏之久矣，以待子不時之須。」請看，這是多麼的體貼！趙德麟《侯鯖錄》中說有一次在元祐七年正月，王夫人說：「春月色勝如秋月色，秋月令人悽慘，春月令人和悅，何如召趙德麟輩來，飲此花下。」蘇軾大喜，說：「吾不知子亦能詩耶，此真詩家語耳。」於是，召來了趙德麟，詩酒言歡。蘇軾寫了兩首《減字木蘭花》，由此看來，蘇夫人也是很有情趣的。前後兩位蘇夫人和劇中的蘇夫人相比，真像是芳豔芬和李香琴（所演的人物）的分別呀！

（四）劇中，朝雲病逝，蘇軾與她夢中相會後，次天便上路往海南島了。按，朝雲於哲宗紹聖三年（一〇九六）七月，在蘇軾貶居惠州期間病逝。蘇軾之後還在惠州繼續經營「白鶴新居」，紹聖四年二月建成後，住至四月才離惠州往海南島的。

談完了《蘇東坡夢會朝雲》這套粵劇後，我還想繼續說說陳笑風先生的一首名曲，名字也是《蘇東坡夢會朝雲》。「風腔」沉厚醇深，這曲的曲辭也寫得精鍊。曲中，用了頗多蘇軾的詩詞名句，如禿頭反線中板的「癡情已逐曉雲空，不與梨花同夢」，取自《西江月．梅花》，將「高情」改為「癡情」。乙反中板的「人似秋鴻來有信，事如春夢了無痕」，取自《正月二十日與潘、郭二生出郊尋春，忽記去年是日同至女王城作詩，乃和前韻》。後詩雖與朝雲無關，但用來亦算合適。可商榷處在於：

（一）朝雲魂返，與蘇東坡相會，東坡說：「最慘是幼子喚娘親，終日淚珠來洗面。」朝雲說：「忍聽夫哭兒啼，苦恨朝雲命短。」她說想「為幼子來多親餵哺，讓佢多溫暖。」按朝雲於一〇八三年生子蘇遁，這便是蘇軾的《洗兒戲作》詩中所說的「但願生兒愚且魯，無災無難到公卿」的幼子了。可惜，蘇遁於次年便夭折了。朝雲十二年後才辭世。

（二）夢會朝雲時，東坡說要「填平那水千頃，讓長堤快建，來往孤山，湖水不濺。」按「蘇堤」是蘇在第二次知杭州時，在元祐五年（一〇九〇）疏導西湖，用挖出的污泥堆積而建的。這是一項水利工程的「副產品」，當時朝雲還活在蘇軾身邊。

（三）曲詞中，蘇有一句「恨朝廷降旨，我將再度南遷。」按，蘇軾是忠臣，《宋史・卷三三八》中記載他「自為舉子至出入侍從，必以愛君為本，忠規讜論，挺挺大節，群臣無出其右。」蘇軾在連連被貶都樂觀豁達，隨遇而安，自己開解自己。在弟弟蘇轍被貶雷州而他被貶海南時，尚有「莫嫌瓊雷隔雲海，聖恩尚許遙相望」之句。在惡劣的環境下，他也能夠做到「此心安處是吾鄉」，所以用一個「恨」字不太適宜。我提議改為「嘆」字。

《宋史》說蘇軾「渾涵光芒，雄視百代」，清朝趙翼《甌北詩話》說他「才思橫溢，觸處生春，胸中書卷繁富，又足以供其左旋右抽，無不如志。……此所以繼李杜後為一大家也。……李詩如高雲之游空，杜詩如高嶽之矗天，蘇詩如流水之行地。」他留下的作品有詩二千七百多首，散文四千三百多篇，詞三百三十多首。他也是著名的書法家，畫家。這樣的大文豪，我們應該尊重敬愛，對他的作品應該珍重研究和欣賞。

原載《戲曲品味》二〇一一年四月號

好戲連場——觀上海京劇院的演出

六月是觀劇踏入高潮的一個月，京崑粵等劇種好戲連場。我在七、八、九這三日內連觀上海京劇院於尖沙咀文化中心的演出，看得很暢快。我是京劇中級票友，看了三晚，也有少許話想和大家說說。

七號那一晚的《徐策跑城》，是南派京劇代表周信芳先生（一八九五至一九七五）擅演的劇目之一。余生也晚，未曾親睹周先生在舞台上的演出。觀陳少雲先生的演出，也可望梅止渴。此劇的唱段全是「高撥子」，源於徽調中的撥子腔。它有梆子腔高亢的特點，但旋律帶有悲蒼的感覺。陳少雲先生開口唱的「忽聽得家院報一信，言道韓山發來兵，……」一段是搖板，「忽聽得家院一聲稟」一段是導板，「老徐策，我站城樓，我的耳又聾……」一段是垛板，「湛湛青天不可欺，是非善惡人盡知。……」一段是原板。陳先生的是麒派高手，我收藏了很多他的唱段。京粵版的《霸王別姬》，主要是看這個「京粵同台」是否能擦出火花。感覺上，羅家英先生十分努力，但他的唱詞與字幕幾乎句句有些不同，使人覺得有些不夠嚴謹。不知怎的，他一開口唱，我附近的觀眾都在笑，可能覺得這種結合很新穎吧。劉健榮先生領導的拍和，追腔不夠貼切。這個回合，我看是「京」方佔優些吧。

八號晚，先上《挑滑車》。武生奚中路先生依然出色賣力。他年紀不輕，五十多歲了，是昔年四大鬚生之一的奚嘯伯先生（一九一零至一九七七）的孫子。自八十年代起已擅演《夜探浮山》、《挑滑車》、《八大錘》、《四平山》等劇，功底扎實，文武不擋。

次演的《斷橋》，梅派兼尚派青衣李國靜小姐的唱腔更上了一層樓。（二零零九年二月曾看過她演《失子驚瘋》。）《凰還巢之醜洞房》是孫正陽先生配蕭潤年先生。孫先生已是高齡八十了。上次看他約在兩年前，演出《櫃中緣》，至今依然寶刀不老，不愧是一代名丑。蕭潤年先生乃蕭長華先生（一八七八至一九六七）之孫，與孫正陽先生的合作，分量匹配，不作他人之想。《打嚴嵩》是看尚長榮先生配陳少雲先生。尚長榮先生是四大名旦之一的尚小雲先生（一九零零至一九七六）的第三子，現為中國戲劇家協會主席。他已年過七十，但嗓音依然寬亮。尚先生銅錘、架子均長，年前看他的《廉吏于成龍》，嘆為觀止。《打嚴嵩》一戲，以做工口白見勝，唱段不多，只有一些西皮。陳少雲的鬚生加上尚長榮的淨，可謂是昔年周信芳先生配裘盛戎先生之後的一個一時瑜亮的組合。

第三晚（九號）上演全套《法門寺》，感到驚喜的是還加上了《拾玉鐲》這一場，使觀眾又可再看到孫正陽先生的演出。希望孫先生最低限度九十歲前不要退休，或甚至超越我們的羅品超先生，演到一百歲。這劇看的，除了孫先生配史依弘小姐的《拾玉鐲》之外，還要看尚長榮先生與蕭潤年先生及嚴慶谷先生的類似相聲的一呼一應。史依弘小姐所飾的宋巧姣的大段西皮慢板「尊皇太與千歲細聽奴言：小女子家住在眉鄔小縣……」，何澍先生所飾的趙廉的西皮二六板「又誰知孫家莊起下禍根，孫玉姣習針黹在門前坐定……」，陳宇先生所飾的劉彪的西皮流水板「母親不必珠淚掉，孩兒言來聽根苗……」，王盾先生所飾的劉公道的西皮流水板「劉公道在大街珠淚相拋，尊一聲二公差細聽根苗……」等唱段，均是觀眾聽完之後必定大聲喝采及鼓掌的唱段。劉彪的唱段本來很長，這次的演出，刪短了很多，使人有些不甚滿足。

這三晚的演出，十分緊湊，還是那一句話：好戲連場！但，皮黃皮黃，今回欠了些「黃」，很少聽到二黃的腔調。希望下次可以挑選些有大段二黃的劇來演，調整一下觀眾的情緒，這樣觀眾必定更加心滿意足。

原載《戲曲品味》二〇一一年七月號

談《夢斷香銷四十年》

六月十八日，在高山劇場觀賞了由本刊《戲曲品味》主辦的「紀念編劇家陳冠卿專場」：《夢斷香銷四十年》。此劇是卿叔的名作，寫得十分好，主題曲《鸞鳳分飛》、《怨笛雙吹》、《沈園題壁》、《殘夜泣箋》及《再進沈園》均悅耳動聽，無論由那一個劇團演出，只要平平穩穩，已經可以打動觀眾。這一次由佛山粵劇院李淑勤、林家寶等的演出亦頗為出色。但，我覺得多年前看羅家寶拍羅艷卿及梁漢威拍陳慧思的演出，更有感染力。

筆者有歷史癖，在觀劇時每每也會看重劇情是否與歷史相符。如果發覺有所不合，始終會「心有戚戚然」。現在我想和大家談談《夢斷》一劇及有關的歷史。

先看看歷史，本事。陸游，字務觀，號放翁，宋朝越州山陰（今浙江紹興）人，生於北宋徽宗宣和七年（一一二五），卒於南宋寧宗嘉定三年（一二一零），享年八十五。

千年以來，國人已普遍接受陸游和他的原配夫人唐氏有姑表關係，但事實並非如似。最早記述《釵頭鳳》一詞本事的是南宋陳鵠的《耆舊續聞》卷十及劉克莊的《後村詩話續集》卷二，但兩者均未言及陸、唐有姑表關係。至宋元之際，周密的《齊東野語》卷一有《放翁鍾情前室》一則，說「陸務觀初娶唐氏，閎之女也，於其母夫人為姑姪。」後人多接受這個說法。但，經學者考證，此說並不成立。陸游的母親乃江陵（今屬湖北）人，是北宋名臣唐介的孫女。唐介的男孫，即陸游的舅氏共六人：唐懋、唐愿、唐恕、唐意、唐愚、唐憑，均以「心」為字底命名。陸游原配夫人唐氏乃山陰（今浙江紹興）人，祖父唐翊，進士出身，於北宋宣和年間官至鴻臚少卿，而父親唐閎曾做過鄭州通判、江東運判等官，有弟閌、閱，名字均以「門」字為框。陸游的舅父中並無唐閎其人。可見，陸母與陸妻一為江陵唐氏，一為山陰唐氏，不存在甚麼姑表關係。周密的「姑表說」可能是因為看見劉克莊在《後村詩話續集》中所說的一句話：「某氏改適某官，與陸氏有中外。」某氏指唐氏，某官即趙士程。這句話的意思是說唐氏再婚，嫁了趙士程，趙與陸氏有表親關係。後人考證到陸游與趙士程是同輩分的表兄弟。劉克莊並不是說唐氏與陸游有表親關係，周密誤解了劉克莊的話。

在《沈園題壁》一場，陸游初進沈園，「長二流」唱詞說「才難展，馬難前，獻策平戎官數貶……」。據《耆舊續聞》所說，《釵頭鳳》一詞題於辛未三月。辛未年為公元一一五一年，陸游廿七歲。《齊東野語》則謂當年乃乙亥，即公元一一五五年，陸游卅一歲。這些年間，朝政為秦檜把持。秦檜忌才，陸游在秦檜生前從未為官。秦檜於一一五五年死去，遲至紹興二十八年（一一五八），陸游才被任為福州寧縣主簿，首進官場。所以在初進沈園的日子前，不可能已「官數貶」。在同場，陸游「合尺花」的唱詞說「昨曾上書虞丞相，求臨戰地勇揚鞭……」。按虞允文（一一一零至一一七四）乃紹興二十四年（一一五四）進士，在秦檜當權時，未受重用。遲至孝宗乾道八年（一一七二），他才出任左丞相兼樞密使。所以在初進沈園的日子前陸游亦不可能曾「上書虞丞相」。

陸游於初進沈園後，何時再進沈園？據陸游的詩集《劍南詩稿》卷二十五的一首作於光宗紹熙三年（一一九二）的詩《禹跡寺南有沈氏小園四十年前嘗題小闋壁間偶復一到而園已易主刻小闋于石讀之悵然》來看，他是在這一年秋天再進沈園的。當時陸游才六十八歲。陸游老當益壯，深懂養生之道，身體情況一向不錯，七八十歲時，一樣耳聰目明，牙力十足。《劍南詩稿》卷八十五有《自笑詩》，作於嘉定二年（一二零九），透露第二齒脫落。已是八十四歲了，才脫落第二隻牙，真難得！所以，我想他再進沈園時，應該還是身強力健的，不應像今日我們在舞台上所見老態龍鍾的樣子。據上述《禹跡寺南……》詩所說，以前在壁間所題的《釵頭鳳》亦應已另刻於一石上了。傷感的陸游寫道，「林亭感舊空回首，泉路憑誰說斷腸！」

再進沈園這一曲中，引用了很多陸游在不同時期所寫的詩詞，但沒有一首是他於六十八歲前後寫的。在「二流」段所唱的「憑高酹酒，此興悠哉」出自陸游在孝宗乾道八年（一一七二），四十八歲時所寫的《秋波媚》（見《渭南文集》卷四十九）。另外，「斜陽畫角哀」、「沈園非復舊池台」、「傷心橋下春波綠，曾是驚鴻照影來」、「此身行作稽山土」，出自在寧宗慶元五年（一一九九）七十五歲時所作的兩首題為《沈園》的七絕（見《劍南詩稿》卷三十八）。第一首是「城上斜陽畫角哀，沈園非復舊池台。傷心橋下春波綠，曾是驚鴻照影來。」第二首是「夢斷香銷四十年，沈園柳老不吹綿。此身行作稽山土，猶弔遺蹤一泫然！」後人考證到唐氏大概是於一一五九年去世的，所以在一一九九年，四十年之後，陸游寫出了「夢斷香銷四十年」之句。

陸游有沒有三進沈園、四進沈園？歷史上未有記載。但他在晚年還寫了很多有關的詩。在寧宗嘉泰元年（一二零一）七十七歲時有《禹寺》一詩：「暮春之初光景奇，湖平山遠最宜詩。尚餘一恨無人會，不見蟬聲滿寺時。」（見《劍南詩稿》卷四十五。）在寧宗開禧元年（一二零五）八十一歲時有《十二月二日夜夢遊沈氏園亭》一詩：「路近城南已怕行，沈家園裏更傷情。香穿客袖梅花在，綠蘸寺橋春水生。」（見《劍南詩稿》卷六十五。）在寧宗開禧二年（一二零六）八十二歲時有《城南》一詩：「城南亭榭鎖閑坊，孤鶴歸飛只自傷。塵漬苔侵數行墨，爾來誰為拂頹牆？」（見《劍南詩稿》卷六十八。）在寧宗開禧三年（一二零七）八十三歲時有《禹祠》一詩，內有「故人零落今何在？空弔頹垣墨數行」之句。（見《劍南詩稿》卷七十。）在寧宗嘉定元年（一二零八）八十四歲時有《禹寺》一詩：「禹寺荒殘鐘鼓在，我來又見物華新。紹興年上曾題壁，觀者多疑是古人。」（見《劍南詩稿》卷七十五。）在同一年，有《春遊七絕四首》，其中第四首說「沈家園裏花如錦，半是當年識放翁。也信美人終作土，不堪幽夢太匆匆。」（見《劍南詩稿》卷七十五。）

陸游一生雖然官場不如意，但著作等身：有《渭南文集》五十卷，其中包括《入蜀記》六卷及詞二卷（一百四十三首）；《劍南詩稿》八十五卷，收古近體詩九千一百三十八首；《放翁逸稿》二卷；《南唐書》十八卷；《老學庵筆記》十卷；《家世舊聞》八則；《齋居紀事》三十六則等。失傳的則有《孝宗實錄》、《光宗實錄》、《聖政草》、《山陰詩話》、《陸氏續集驗方》、《放翁詩說》等。

陸游一生希望可以光復中原，但南宋朝廷多年來以「求和」為主流，使這位在二十歲時已立下「上馬擊狂胡，下馬草軍書」之志的愛國詩人「才難展，馬難前」。《劍南詩稿》最後的一首《示兒》，可說是千古絕唱：「死去元知萬事空，但悲不見九州同。王師北定中原日，家祭無忘告乃翁。」可悲的是在陸游去世六十多年後，宋室不但不能光復河山，反而亡於蒙古的鐵蹄之下。陸游的孫子陸元廷於宋亡時悲憤而卒，曾孫陸傳義絕食而死，玄孫陸天騏在廣東崖山蹈海殉國，另一玄孫陸天驥於宋亡後一生杜門謝客，……可見陸門的「詩教」是如何的深遠！梁啟超先生有詩讚陸游，說：詩界千年靡靡風，兵魂銷盡國魂空；集中什九從軍樂，亙古男兒一放翁！（見《飲冰室全集》卷四《讀陸放翁集》）

原載《戲曲品味》二〇一一年八月號

粵曲的調式

粵曲的撰曲者在撰作一首粵曲時，除了要考慮題材、曲式外，還要考慮各唱段的調式。普遍來說，他們會選擇用正線、乙反線、反線、尺五線或士工線。我想和大家談談其中的樂理。

粵曲和西樂不同體系，相信大家都無異議。但彼此有一個共通點：各種唱段都有一個調（key）。假若我們將粵曲伴奏的音樂以西樂的C調作為我們的正線（或稱合尺線，以G＝合，D＝尺）的調，那麼乙反調式也是C調的，而反線（或稱上六線，以G＝上，D＝六）即是G調，尺五線（以G＝尺，D＝五）即是F調，士工線（以G＝士，D＝工）即是Bb調。為甚麼上六線稱為反線呢？因為頭架的二胡定弦由合尺變為上六，音高不變，但前者內弦唱名變為後者外弦唱名，所以用一個「反」字來表示。京劇中的「二黃」及「反二黃」也是分別用合尺線及上六線的。

本刊第一二八期區文鳳小姐的文章《粵曲曲式的應用之一》（四）說反線等同於西樂的G Minor（即G小調）。這是不對的。反線等同於西樂的G Major（即G大調，簡單來說，就是G調）。按，小調有三種，分別是自然小調（natural minor）、和聲小調（harmonic minor）及旋律小調（melodic minor）。自然小調的音階結構是67123456，和聲小調是將自然小調第七級的「5」升高半音而成。旋律小調是上行時將自然小調第六級的「4」及第七級「5」升高半音而成，下行時多半用自然小調形式，但有時也升高。這三種小調均以「6」音為主音（tonic）。G Minor自然小調組成的音為G A Bb C D Eb F G，主音G是要唱作「6」

的。G Major組成的音為G A B C D E F# G，主音G是要唱作「1」的。文章又說「正線和反線都是最適合人類演唱的「線」，不知如何有這結論？一首歌曲無論是用甚麼調來寫的，只要照顧到高低音的安排，都適合人類演唱。有些反線小曲和正線小曲因為音高，分別改用尺五線及上工線反而會更加適合一般唱家。「大喉」歌多是正線的，但因為音高，一般唱家都唱不起。

區文鳳小姐的文章說反線較為「高亢」。同樣，一首歌曲無論是用甚麼調來寫的，只要用上高音，都可以是高亢的。「反線二王」中經常出現的高音其實並不是很高的。反線的「伬」只不過相當於正線的「五」音吧了。正線的「大喉」唱段往往比一些高音的反線唱段更高亢。反線有時也可以很低沉。文章又說「二王」用反線唱是加倍地苦，「中板」用反線唱有一種「逼切的苦」的感覺。我的意見是一個唱段是否苦，並不以它的調式來決定。只要唱詞唱情淒苦，聽者便會感到「歌者苦」了。「反線中板」有時也可以表達一種高興的情緒的。例如在李居明先生所編的《蝶海情僧》一劇的第一幕《南湖驚變》中，主角真如所唱的那一段「反線中板」「有一首寄情箋，頌讚桃花面，傳遞在童巾裏，訂交在繡谷前……」。真如唱時，情緒是很歡快的。《胡不歸之慰妻》全曲用正線，卻是苦曲之經典。

其實，只有「乙反」調式的唱段才一定是表示苦或抑鬱的。我不同意區小姐所說的「乙反小曲和乙反調式的梆王都是屬於正線的」這一個概念。我們可以說「乙反二王」是「正線二王」嗎？正確的說法是乙反小曲、乙反調式的梆王、正線小曲和正線的梆王都是用C調的。文章說「把樂音『工』、『六』提高半度，變成『乙』、『反』兩音。」這一句相信是筆誤，應該說「把樂音『士』提高一個音，把『工』提高半個音，變成『乙』、『反』兩音。」已故編劇家葉紹德先生所撰的《魂斷水繪園》內有一首「乙反柳搖金」便是用這個技巧寫成的。

文章提到潮州箏曲《寒鴉戲水》，又謂很多潮州曲用於粵曲中都被改為反線演奏。就以《寒鴉戲水》這首人稱為潮州的「州曲」來說，出現最多的高音才不過是「五」，如用反線或尺五線，全曲會顯得很低沉，所以用正線或士工線較佳。在《西樓記之病中錯夢》中《寒鴉戲水》是用士工線的。《玉梨魂之剪情》中的《潮調昭君怨》是用正線的。

文章又說一般音樂師傅會改變小曲的「正線」或「反線」以還就演唱者的唱腔音域。我覺得這一句有些語意不明，不知是否指將正線的小曲改為反線，或將反線的小曲改為正線，或是將小曲的調式作其他的轉變？除了偶然將一些反線的小曲改低用尺五線之外，音樂師傅很少會將小曲的調式更改。為了還就演唱者的唱腔音域，他們大多只會將伴奏的線口稍作調整，例如將正線用C#調來演奏。

一些初學曲藝的朋友很多時會問「反線高音些還是正線高音些？」這是不能一概而論的。無疑，由G調至C調，是提升了一個純四度（perfect fourth），即升了二又二分一個音數。但，在一般的情況下，我們不會將一個反線的梆王唱段用正線去唱，也不會將一個正線的梆王唱段用反線去唱。在一首粵曲內，正線與反線的音域是差不多的。或問「同一首小曲，用反線去唱高音些還是正線去唱高音些？」這也是不能一概而論的。我用《秋江哭別》這首古曲來舉例。在《帝女花之庵遇》中，《秋江哭別》是用反線的，唱到「寧以身殉博後評，我寧以身殉不向玉女再求情」一句時最高。在《合兵破曹》中，《秋江哭別》

是用正線的。以「你將東風借萬分理想」一句最高。唱到「能助我火攻謝幫忙，憑你虎威定膽寒」，已要唱低了。所以，一首小曲以反線去唱或是用正線去唱，高低位各有不同。只要掌握到「對沖」的技巧，撰曲者用甚麼調式都不會對演唱者構成問題。《紫鳳樓》一曲中的《四季相思》一般是用反線的，但陳笑風先生在這裏却用正線去唱，很技巧地避過了一些高音，揮灑自如。但若問「尺五線與反線又如何？」因由F調去G調只是一個大二度（major second），相差的音數為1，所以，一首小曲以尺五線或反線去演奏，高低位大致上不變。有些唱家喜歡將一些反線的小曲用尺五線去唱，認為這樣會比較舒服，這點我同意，不過要留意唱段在接駁上是否順暢。例如在《樓台泣別》一曲中，很多唱家會將其中的《秋江哭別》用尺五線去演唱。但這唱段最後一句「我曾密約，中秋候你家中再奉茶」，收「六」音，如果用反線唱，伴奏樂師即可「食」住這個「六」音，以「工六五生六六六五六反工尺上」起反線中板的序。這樣的處理更理想。

原載《戲曲品味》二〇一一年九月號

從粵曲的上下句說起

從結構上來看，粵曲好像詩詞一樣，有一些固定的規律，其中一項是分上、下句。一般的梆黃、南音、口古等，都有上下句之分。上句收仄聲，下句收平聲。每一首粵曲都以上句始，以下句終。小曲一般不分上下句。（有些撰曲家主張小曲也應要分上下句。）梆黃上下句的結束音是固定的，且平喉與子喉的結束音也有一定的準則。平時操曲，如果不熟曲，拿起曲紙便唱，很容易拉錯腔。多年前，聽龍劍笙操曲，唱《碧血寫春秋之三召》，在士工慢板上句的第一頓收錯了腔。發覺唱錯後，她自己也笑了。

我想用幾個例子來談談上下句拉腔的問題。梁天雁先生早年所撰的《湖山盟》，由鍾雲山、嚴淑芳主唱。在「長句二王」一段，鍾雲山唱到「此乃份所應為，徒令我抱慚靦覥」，完了上句，輪到嚴淑芳唱。唱到「但願蒹葭依附，偕老年年」，應該要收腔完成下句了，但嚴淑芳沒有收腔，一直唱至「船過柳蔭，心似萬千柳線」才收腔。這樣，鍾與嚴兩人連續都唱了上句，是一個失誤。後來，梁天雁將此曲重新編寫，成了《蘇小小組曲》之《游湖》，親自和嚴佩貞合唱，將錯誤更正了。

再看另一例子。陳小漢和李敏華唱《亂世佳人》，在「士工慢板」上句的首頓「聆嬌一席話，李靖茅塞頓開」，陳小漢拉了「上」音。這其實是應該要拉「尺」音才對的。後來的演唱者大都跟隨了B哥的唱腔。

在《牡丹亭驚夢之倚鞦韆》一曲中，子喉起唱《追信》引子「倚鞦韆，花間聽杜鵑」，之後唱小曲《花好月圓》，接着唱「士工滾花」，唱到「小立銀塘驚影艷，閒穿芳逕碎金蓮」時，很多演唱者會拉腔作下句來唱。但因《追信》為小曲類，所以這裏不應該拉腔，應要在唱到「迴欄九曲折蠻腰，倦倚牡丹亭，不覺沉沉夢遠」時才拉腔，作為整曲的開始時的上句。同樣，我們來看一看《摘纓會》下卷。它有兩個版本。一個以《追信》開始，唱詞是「保江山，軍威喪敵胆」，唱到「長句二王」「不願作金鈴十萬，去憐惜花落花殘」時，不應拉腔，要唱到「護花自有東皇，莫求助於沙場鐵雁」時，才完成上句。另一版本以「倒板」開始，唱詞是「烽煙瀰漫」。因為「倒板」屬梆黃類，所以這短短的一句，已是這曲開始時的上句了。在唱到「長句二王」「不願作金鈴十萬，去憐惜花落花殘」時，應該拉下句腔了。

在新馬師曾與崔妙芝所唱的《風流天子》中，崔妙芝的角式是女扮男奘的酈丞相，但她全曲都唱子喉，這個演繹方法有些奇怪，但問題不大。今日在演唱會上，演出者大部分都唱平喉了。不過，很多演出者在唱平喉時，竟然跟了崔妙芝在唱片中的子喉腔來唱，做成了失誤。

何非凡與鳳凰女所唱的《重台泣別》是社團名曲。其中，「士工慢板」板面托白是「行行重行行，與君生別離。相去萬里餘，各在天一涯。」若照唱片中何非凡的唸法，則連續四句均以陽平聲結束，是不合格律的。這四句本來是《古詩十九首》中第一首《行行重行行》的前四句，第三句應是「相去萬餘里」，收仄聲，這才符合格律。但在演唱會上，幾乎所有演出者都跟着錯誤的曲紙來唸了。

作為中國人，我覺得要略懂中文的平仄並不困難。一個以中文寫作的作家，不曉得平仄，是不可思議的。但，很奇怪，獲得二零零零年度諾貝爾文學獎的高行健，居然好像對平仄及對聯的規格也不懂似的。他的代表作《靈山》無疑是一部出色的小說，但在小說開始不久，竟然出現了兩副所謂「對聯」。第一聯是「歇坐須知勿論他人短處　起步登程賞盡龍山秀水」，第二聯是「別行莫忘耳聞萍水良言　回眸遠矚勝覽鳳裏靈山」。姑勿論這兩對對聯對得好不好，單看其表面已經出現了嚴重的問題。第一聯上下聯都收仄聲，第二聯上下聯都收平聲，這是不合格的。一般來說，所有上聯均須收仄聲，所有下聯均須收平聲。即管有人說上聯可收平聲，未必一定要「仄起平落」，但也必須做到「平起仄收」。（例如「無情對」「五月黃梅天　三星白蘭地」是「平起仄收」的。）看來是高行健是在抄寫那個有「飛檐跳角」的涼亭上四根柱子上的兩對楹聯時抄錯了。其實第一聯應是「歇坐須知勿論他人短處　別行莫忘耳聞萍水良言」，第二聯應是「起步登程賞盡龍山秀水　回眸遠矚勝覽鳳裏靈山」。雖然，即使抄對了，這兩對對聯也並不是甚麼佳作，但起碼「合格」了。

在今年七月的書展中，買了一本「金學」大師楊興安先生的近著《金庸小說與文學》。書首有一嵌名聯「射雕張弓文壇光耀百世名號漆金　逐鹿勒馬讀者猶遍九州不論賢庸」，將金庸的名字嵌於上下聯的聯尾，作為「韻腳」。作者似乎很欣賞自已這對對聯，不但將之贈與金庸，又將這聯印於書的封面。但這聯的對仗不甚工整。「猶遍」怎可對「光耀」？「不論」怎可對「名號」？「賢庸」怎可對「漆金」？特別是「金」、「庸」二字，無論用粵音或普通話去唸，都是一為陰平聲，一為陽平聲，嵌於上下聯的聯尾，違反了最基本的「仄起平收」或「平起仄收」原則。

名學者金開誠先生（一九三二至二零零八）在一篇題為《聽戲經歷漫談》的文章中，

述及昔年在上海看著名武生兼老生蓋叫天（一八八八至一九七一）演出《賀天保》，見舞台兩邊掛着國畫大師吳湖帆先生（一八九四至一九六八）寫的一副對聯：「英名蓋世三岔口　傑作驚天十字坡」。蓋叫天原名張英傑，其代表作是《三岔口》及《十字坡》。這副簡單的聯嵌字巧妙，語句自然而對仗工切，才是嵌名聯的典範呢。（見研究京劇文化及京城文化的徐城北先生選編之《梨園集》。）這副聯今已書於杭州西湖丁家山麓蓋叫天墓前的門樓上。

所以，我們應該要認識中國文字的「平仄」，這樣，不但在唱曲時會少些出錯，還可以提升我們欣賞中國文學的能力。

原載《戲曲品味》二〇一一年十一月號

中國民族音樂的宮調

很多研究中國戲曲及民族音樂的學者、專家，頗多都有論述「宮調」這個問題。特別是在研究「元曲」時，學者不能不觸及這個歷來都很困擾人的範疇。

國學大師王國維（一八七七至一九二七）在他的名著《宋元戲曲史》的自序中說：「凡一代有一代之文學：楚之騷，漢之賦，六代之駢語，唐之詩，宋之詞，元之曲，皆所謂一代之文學，而後世莫能繼焉者也。」本來，單從文學的角度來看，元曲的文字和唐詩、宋詞一樣，是「韻文」，我們可以細意欣賞，甚或高聲朗誦，不必理會甚麼《天淨沙》是「越調」的，《山坡羊》是「中呂」的這些有關「宮調」的問題。但，元曲畢竟是「曲」，所以在宮調的問題上稍作研究，也是很有意義的。例如在「度」一首粵曲時，我們不會只留意那些文辭、平仄問題，必也會探究各個唱段的調式。

元曲和中國各地的民族音樂，都很着重曲的「聲情」。不同的宮調代表不同的聲情。然則，「宮調」的來龍去脈究竟是怎樣的呢？

元朝的散曲家周德清（一二七七至一三六五）在其代表作《中原音韻》中說：「大凡聲音各應於律呂，分於六宮十一調，共計十七宮調。仙呂宮清新綿邈，南呂宮感嘆悲傷，中呂宮高下閃賺，黃鐘宮富貴纏綿，正宮惆悵雄壯，道宮飄逸清幽，大石風流醞藉，小石旖旎嫵媚，高平條拗滉漾，般涉拾掇坑塹，歇指急併虛歇，商角悲傷宛轉，雙調健捷激裊，商調悽愴怨慕，角調嗚咽悠揚，宮調曲雅沉重，越調陶寫冷笑。」他對每種宮調的聲情都只用四個字來形容，我不相信有人可以完全理解。況且，他也未有定義甚麼是宮調。

其實，周德清這段文字是從元初燕南芝庵的《唱論》中抄出來的。明代戲曲作家兼曲論家王驥德（生年不詳，卒於一六二三）在他的《方諸館曲律》中說：「宮調之說，蓋微眇矣。周德清習矣而不察，詞隱語焉而不詳。」他接着長篇論述何謂宮調，解釋得也有些含糊。

著名語言學家王力（一九零零至一九八六）在其著作《曲律學》中，暢論曲韻、補字和字句的增損、入聲和上聲的變遷、曲字的平仄等問題，但關於宮調，他只解說了一句：「北曲共分為十二個宮調（大概說來是十二類的調子）。」

由朱承樸、曾慶全兩位編著的《明清傳奇概說》，將明清傳奇的淵源、發展、主要作家和作品、劇本編寫、舞台演出、影響等各方面解說得十分詳盡，是一本很有價值的學術著作。但在第四章談到宮調問題時，說「宮調」的意思等於我們常說的「調子」，俗稱「調門」，如西樂的C調、D調之類。這是不確的。對於傳奇所用的九個宮調：正宮、中呂、南呂、仙呂、黃鐘、越調、大石調、雙調及商調，作者說：「這九個宮調經過幾百年的變化，到底相當於今天那些調子，雖不盡準確，但經專家考訂，是差可近似的。由於問題很複雜，這裏就姑且不論。」

國學大師兼曲學大師吳梅（一八八四至一九三九）在他的著作《顧曲麈談》中說：「宮調究竟是何物件，舉世且莫名其妙，……余以一言定之曰：宮調者，所以限定樂器管色之高低也。」但，之後他的解說也是不清楚的。他很坦白說：「古今論律者，不知凡幾，求一明白曉暢者，十不獲一。余于律呂之道，從未問津，苟以一知半解，而謬謂洞明古今之絕學，自欺欺人，吾不能。」《顧曲麈談》一書是吳梅大約三十歲時的作品，相信當時他還未充分了解宮調的細微。多年後，他在《詞學通論》及《曲學通論》中，才將音律及宮調問題解釋透徹了。

從以上所提及的例子可見，「宮調」的確不是一個簡單顯淺的問題呢。

中國民族音樂有所謂「五聲」：宮、商、角、徵、羽，相當於簡譜的1、2、3、5、6。中國的「南曲」，多是用五聲的。五聲之外加上變徵（4）及變宮（7），就是「七聲」了。（在古書中，變徵和變宮有時稱作半徵及半宮。變徵亦可稱為清角。）中國的「北曲」多是七聲的。中國民族音樂很注重曲終之聲，稱之為「殺聲」。若曲以宮音殺，則該曲的調子為「宮調」，若以商音殺，則為「商調」，若以角音殺，則為「角調」。其餘依此類推。這裏所說的「調子」並不是西樂的「調式」（key）。例如《國歌》是宮調的，《春江花月夜》是商調的，《妝台秋思》是羽調的。有些較長的曲可能分幾段，而各段的調子是不同的。有些曲的調子是甚麼，不能一概而論。例如山西民歌《綉荷包》，若用2256212，523216̣5̣，6252316̣5̣，116̣5̣632 為譜，是商調的。若以 551̇2545，1̇565421，251̇56421，442126̣5̣ 為譜，則是徵調了。還有，以宮音殺的調子稱為「宮」，以其餘六音殺的調子稱為「調」，統稱「宮調」。

宮、商、角、徵、羽這些音是「相對」的音高，不是「絕對」的音高。中國音樂有所謂「十二律呂」，由低至高分別是黃鐘、大呂、太蔟、夾鐘、姑洗、仲呂、蕤賓、林鐘、夷則、南呂、無射、應鐘。這些有美麗名稱的律呂究竟與西方「十二平均律」的十二個音C，C#，D，D#，E，F，F#，G，G#，A，A#，B如何掛鈎呢？其實，不同朝代有不同的黃鐘音高，不一定像吳梅所說等於西方的C。因此，十二律呂音高雖然相對固定，但從整體歷史來說則並無絕對。日本音樂家林謙三（一八九九至一九七六）考證到在日本明和五年（一七六八）刊行的《魏氏樂譜》的黃鐘音高為今天的「A」。

若以黃鐘音為宮音，配合七種「殺聲」，可以產生一宮六調，合成七個「宮調」。同理，以十二律呂其他任意之一為宮音，均可產生一宮六調七個宮調。所以，理論上來說，總共的宮調有12×7=84個。這八十四個宮調，其中有十二個是宮，七十二個是調。每一個宮調都有它的俗稱及正名，例如俗稱為「大石調」的正名是「黃鐘商」，即以黃鐘為宮音的商調。俗稱為「仙呂宮」的，正名是「夷則宮」，即以夷則為宮音的宮調。馬致遠的「越調」《天淨沙·秋思》，是「無射商」，即以無射為宮音的商調。喬吉的「雙調」《水仙子·尋梅》，是「夾鐘商」，即以夾鐘為宮音的商調。張養浩的「中呂」《山坡羊·潼關懷古》是「夾鐘宮」，即以夾鐘為宮音的宮調。這些正名及俗名當然只有專家才可以一口說出了。

明代戲曲家魏良輔（一四八九至一五六六），是改良崑曲的第一人，可以說是崑曲的「曲祖」。他所著的《曲律》內有一條說：「曲有三絕：字清為一絕；腔純為二絕；板正為三絕。」在崑曲的演唱方面，這是人人認同的。其實，不論是唱那一種曲，這都是重要的。我認為如果能夠對所要唱的曲的調式掌握得好，那也是一絕呢！

原載《戲曲品味》二〇一二年一月號

馬連良紀念系列觀後感

一代京劇大師馬連良（一九零一至一九六六）於一九零一年二月廿八日誕生，今年香港藝術節四十周年，邀請到北京京劇院帶來三場經典馬派劇目，紀念馬老誕辰一百一十一周年。這次演出的總策劃馬龍乃馬連良之嫡孫，藝術總監張學津乃馬連良的親傳弟子。演出的項目是兩齣大戲及一枱折子戲。演出的日期分別為二月十日、十一日及十二日，地點是香港大會堂音樂廳。主要的演員有李宏圖、朱強、陳俊傑、姜亦珊、韓勝存、黃彥忠、黃柏雪、馬小曼、高彤、穆雨等。其中朱強、高彤及穆雨三人均為張學津的弟子。馬小曼為馬連良的幼女。

十號晚，上演《趙氏孤兒》全劇。這是一齣古典名劇，最早有兩個版本，一個是元雜劇《趙氏孤兒大報仇》（作者為紀君祥），一個是南戲劇本，名為《趙氏孤兒報冤記》。明朝人根據南戲又改編為傳奇《八義記》，近代京劇的《八義圖》，又名《搜孤救孤》的即據此改編。馬連良的《趙氏孤兒》，是為了迎接祖國建國十周年，於一九五九年根據馬健翎的秦腔同名劇本，由王雁改編而成的。這一套新劇藝術水平甚高，當初演出時，由馬連良演程嬰、譚富英演趙盾、張君秋演莊姬公主、裘盛戎演魏絳、張洪祥演屠岸賈、譚元壽演孤兒趙武、馬長禮演韓厥、馬富祿演晉靈公，等等。主角及配角都是最佳人選。全劇共有十四場，馬連良的程嬰佔了八場。他的演出贏得了高度的評價。是晚的演出，由高彤、穆雨及朱強先後飾演程嬰。三人的演出均十分出色，「馬味」十足。朱強在《繪圖說破》一場所唱的一段著名唱段「反二黃散板」「老程嬰提筆淚難忍，……」轉「反二黃原板」「晉國中上下的人談論，……畫就了雪冤圖以為憑證，以為憑證！」使觀眾拍掌，滿堂叫好。姜亦珊演莊姬公主，在《盜孤》一場唱的「二黃散板」「我的兒莫啼哭隨恩公前往，娘與你你與娘天各一方。」拉的高腔令觀眾動容，全場鼓掌。李宏圖演的孤兒趙武，聲腔亮麗，不愧為葉派小生的表表者，是晚也贏盡了觀眾的采聲。

十一號晚搬演了三套折子戲，分別為《遇龍酒館》（選自《胭脂寶褶》）、《殺驛》（選自《春秋筆》）及《二堂捨子》（選自《寶蓮燈》）。一九三六年秋，馬連良把傳統折子戲《遇龍館》和《失印救火》連貫起來，編成了一齣首尾兼顧，唱念並重的《胭脂寶褶》。一九三九年初次演出，由馬連良演永樂帝、葉盛蘭演白簡、馬富祿演金祥瑞、劉連榮演公孫伯、茹富蕙演閔江。是晚的演出，由穆雨演永樂帝、張璡演白簡、周璞演閔江。演出了全劇二十四場中的第九場至第十三場。為了方便交代劇情，把第九場和第十場先後調換了次序。觀眾的反應也很熱烈。穆雨所演的永樂帝一出場唱的「二黃三眼」「老王爺登大寶一統天下，人稱讚比堯舜半點不差。……」已經立即能夠把握到觀眾的情緒了。《春秋筆》是馬連良於一九三九年排演的，這戲是吳幻蓀根據山西梆子《渾儀鏡》改編過來的。劇情很錯綜複雜，當年由馬連良前扮張恩，後扮王彥丞、張君秋演王夫人、劉連榮演檀道濟、葉盛蘭演差官程義、馬富祿演驛卒。全劇共十七場，今次演出第十場至第十一場。由高彤演張恩、李宏圖演程義、黃柏雪演驛卒。由於本事曲折，在折子戲中要在唱、白中交代劇情，頗有難度。但這齣折子把張恩殺身成仁的精神也算表達得清楚、動人。《二堂捨子》雖是《寶蓮燈》中的一折，亦經常單獨演出，有梅、程二派的演法，有時演出沒有《鬧學》及《打堂》。中國各地很多劇種中都有《二堂放子》一齣，例如漢劇、楚劇、河北梆子、桂劇、粵劇等。今次的演出由朱強演劉彥昌、馬小曼演王桂英。馬小曼為梅派傳人，演得端莊雍容，出場時唱的一段長長的「二黃慢板」「後堂內來了我王氏桂英。……」轉「二黃散板」「莫不是二奴才把禍生？」盡顯梅派青衣的唱功，贏得了「滿堂好」。

十二號晚上演《十老安劉》全劇，共十二場。此劇包括《賺蒯徹》、《淮河營》、《監酒令》、《盜宗卷》及《呂后焚宮》五個折子，其中《監酒令》和《盜宗卷》是傳統戲。《盜宗卷》是譚鑫培、余叔岩、馬連良三代老生的代表作。馬連良知道在《盜宗卷》之前本有《淮河營》這齣戲，起初卻找不到劇本。後來借到了漢劇《淮河營》的劇本，又從老伶工王德全處知道了《焚漢宮》的情節。編劇吳幻蓀又參考《前漢書》，在翁偶虹、景孤血二位編劇家的協助下，用了三年時間，編成本劇。唱腔的設計由著名琴師徐蘭沅負責。馬連良前扮蒯徹，後演張蒼、袁世海演劉長、葉盛蘭演劉章、馬富祿演欒布、李洪福前扮李左車，後演陳平、李玉茹演呂后。這一套戲是馬連良四十年代的代表作。馬派弟子如馬長禮、張學津、馮至孝、安雲武及今日的再傳弟子朱強等均會演這戲。這晚的演出，由朱強先演蒯徹，後演張蒼、李宏圖演劉章、黃彥忠演劉長、馬小曼演呂后、陳俊傑演李左車、黃柏雪演欒布、韓勝存演陳平、倪勝春演田子春，等等。雖然人物眾多，但劇情交代得很清楚，各人的演出均揮灑自如，觀眾看得津津有味，非常投入，不斷喝采。第五場李宏圖演的劉章，先來一句「內嗩吶二黃導板」「微風起露沾衣銅壺漏響，」轉「回龍」「披殘星戴斜月巡查宮牆。」轉「嗩吶二黃原板」「站立在金水橋舉目觀望，……」再轉「西皮原板」「憂國家只覺得神魂飄蕩，……」最後「西皮二六板」「用張良與韓信登台拜將，……」簡直是響遏行雲！觀眾真是大飽耳福了。

三晚的演出，大會堂音樂廳都幾乎滿座，尤以第一、二晚。有很多外國的朋友都來了捧場，見他們也看得眉飛色舞，鼓掌頻頻。不過，英文字幕時有時無，且也頗為「袖珍」，美中不足。

原載《戲曲品味》二〇一二年三月號

怎樣唱好一首粵曲

筆者很喜歡粵曲，對於每一首自已想唱的曲，也會在唱前研習一番，思想怎樣才能把這首曲唱好。

唱好一首粵曲其實牽涉到很多因素。上世紀九十年代初，筆者與勞韻妍老師一起應市政總署之邀，在高山劇場一項粵曲比賽中出任為評判。決出名次後，主辦單位邀請勞老師與我上台說些「評語」。勞老師對我說，「劉先生，我們分工，我說叮板問題，你談音準問題。」的確，要唱好一首粵曲，叮板及音準是兩大要素。

先談談叮板。在京曲方面這稱為「板眼」。京曲的「一板三眼」代表4/4的節奏，粵曲則稱之為「一板三叮」。不論演唱或演奏任何曲種，總離不開要掌握好該曲的節奏。紅伶老倌在正式演出中，很少有「撞板」的情況，但業餘愛好者則較容易出錯。

多年前，在一次演唱會上，伍艷紅與陳慧思唱《洛水夢會》。開始時她在「乙反南音」一段時已經出錯。最後在唱「夢醒芳魄無處覓，……」竟然完全跟不上音樂的節奏，失誤極大。可能在當年，《洛水夢會》還是新曲，伍艷紅不甚熟曲吧。

如果熟曲，一般來說，叮板問題較易掌握。但音準問題很複雜。有些人天生較有音樂感，耳朵又靈敏，不會或很少有「走音」的問題。但亦有不少人在這方面有困難：所謂「五音不全」者。如果屬於後者，唯有多些鍛煉、多唱，慢慢去改善了。不論任何歌曲、樂器，音調的準與穩都是一些基礎的問題。在粵曲方面，很多業餘愛好者較易失準，尤其是在「清唱」時（例如木魚、龍舟、長花）。舉例，在《幻覺離恨天》一曲中，生唱

「乙反木魚」「妹妹呀，卿死已無堪戀棧……」，再輪到旦唱「寶哥哥，悲金悼玉原是幻，……死後餘灰再續難。」之後生要禿唱「乙反南音」。經過了這麼長的乙反木魚後，很可能某方或雙方都唱離了調，以致禿唱乙反南音時也只能待伴奏的樂音重起時才能糾正過來。

大多數的紅伶老倌，很少有在音準方面有缺失。陳笑風是我的偶像。「風腔」細膩婉轉，吐字清晰。但，他在後期所唱的《錦江詩侶》、《山伯臨終》等曲時，在拉腔時已不太穩，有些失準了。阮兆輝在灌錄的唱片中，有一曲《離鸞秋怨》，是以「豉味腔」為其專長的李向榮（一九零八至一九六六）的代表作之一。阮在唱到最後一段「合尺花」「莫論是妹妳忘情抑或是郎薄倖」時，明顯的走了音。李向榮另一名曲《雲雨巫山枉斷腸》起初「打引」後唱「枉斷腸」時的拉腔是些甚麼音，初學者也較難掌握，因為這個腔是清唱的。唐健垣早年對李向榮的唱腔已很有研究，在他輯錄的《唐氏粵曲唱本》中，將這個腔的工尺訂為反線的「六反工尺上尺乙士合尺工六五反工」，是不對的。在沈秉和所著的《豉味縈牽四十年》一書後面所輯的曲中，在這裏用了「五六工尺上尺乙士合伬合士尺上乙」是對的，但說是反線的，也錯了。這裏應該是用正線。接着的唱段是「反線二王板面」「自愧無妙計……」的工尺是反線的「工六尺工六……」。打引之後拉腔至正線的「乙」，與〈反線二王板面〉的首個音「工」，是同一個音。如果正線是C調，這個音是B。但李向榮的正線是降B調的，因此這個音是A。後來，楊子靜模仿《雲雨巫山枉斷腸》一曲，寫出了著名的「風腔」名曲《山伯臨終》。這一曲在打引後所唱的「兩吞聲」的拉腔是反線的「六生生五六工尺上士上合尺工六五反工」。

多年前，名伶新馬師曾有一次與吳君麗唱《樓台會．憑欄》。這應該是一首悽怨的曲，但新馬師曾唱得不認真，不斷在搞笑，「玩」得過份了。唱到禿頭《雙聲恨》時，偏離了應該用的正線，唱了半句，伴奏音樂加入時才修正了。

名曲《洛水夢會》有一段由旦唱的「乙反花上句」「你應知菩提無樹鏡非台，莫怨苦海浮沉難靠岸。」在唱後半句時，很多旦都掌握不到音準。我試過問她們這一句的工尺時，大多都不甚了了。其實這一句的工尺是「反六六上上上尺反六工尺上，乙尺工工乙士士尺乙尺，六五反六工尺上尺」。如果想準確的唱好這一句，對其工尺應該要有認識。

要唱好一首粵曲，還涉及很多其他的學問。將一首粵曲唱好後，我們還要學習如何去欣賞粵曲。有空再和大家談談。

原載《戲曲品味》二〇一三年八月號

談怎樣唱好粵曲的「字」

明朝戲曲家，崑曲的「曲祖」魏良輔（一四八九至一五六六）的《曲律》第十二條是「曲有三絕：字清為一絕；腔純為二絕；板正為三絕。」他將「字清」列為第一絕，但沒有再解釋下去了。後來戲曲家王驥德（？至一六二三）著有《方諸館曲律》，長達四十章，分為四卷，對戲曲的曲源、宮調、平仄、陰陽、用字、用韻、修辭、劇本寫作方法等等，作了深入的論述。他談的雖然是崑曲，但對一切要「唱」的曲其實也適用，我們可以用來參考、借鏡。王氏對「三絕」的探討，以「字」方面用力最多。在卷二中有《論須識字》一節，詳盡講述他的見解。「識字」這裏指的是辨義識音，因漢字往往有一字兩音或多音的，不同音則義亦有別。他說：「至於字義，尤須考究，作曲者往往誤用，致為識者訕笑。」他批評了梁辰魚的《浣紗記》、湯顯祖的《還魂記》（即《牡丹亭》）、施惠的《拜月亭》等，指出該些作者的錯誤。這些作者都是「大師」級的呢。

「字」為甚麼這樣重要呢？因為「字」是要用人的聲音來表達的，而「人聲」比樂器的聲音更為優勝。中國最早說出「聲樂」比「器樂」優勝的人是東晉的權臣桓溫（三一二至三七三）。《晉書．孟嘉傳》記載說「桓溫問：『……絲不如竹，竹不如肉，何也？』孟嘉答：『漸近自然。』」這裏所說的「肉」便是人聲了。唐代音樂家段安節在《樂府雜錄》中說：「歌者，樂之聲也，故絲不如竹，竹不如肉。」元代的燕南芝庵在《唱論》中說：「取來歌裏唱，勝向笛中吹。」明末清初的文學家、戲曲家李漁（一六一一零至一六八零）在《閒情偶記．吹合宜低》中說：「絲竹肉三音……三籟齊鳴，天人合一，……但須以肉為主，而絲竹副之，……始有主行客隨之妙。」到了清朝，精通天文、地理、音律、技擊及醫術的徐大椿（一六九三至一七七一）在《樂府傳聲　歸韻》中說：「簫管之音，雖極天下之良工……斷不能吹出字面……況字真則義理切實……若字不清，則音調雖和，而動人不易。」以上各人都認為人的聲音比一切絲竹管絃的聲音都要優勝。

南朝宋齊梁間的史學家、文學家沈約（四四一至五一三）說「宮商之聲有五，文字之別累萬；以累萬之繁，配五音之約，高下低昂，非思力所舉。」（見《南齊書．陸厥傳》）明末曲學大師沈寵綏著有《絃索辨訛》及《度曲須知》二書，前書指出一些容易犯錯的字音及唱念口法，後書提出「頭、腹、尾」共切的切音方法。在《度曲須知．字母堪刪》中，他說「精於切字，即妙於審音，勿謂曲理不與字學相關也。」

曲學大師的理論也許深奧了些。但基本上，於「字」方面我們要做到的只有三點：不要讀錯字、要發音收音準確及要唱出感情。

我再舉一個例子說明「字」的重要。在《春江花月夜》一曲中，首句的音為「五五五生伬五六」，可以填上不同的字作為曲詞。例如在《紫釵記之劍合釵圓》中填上了「霧月夜抱泣落紅」；在《鏡花緣之贈荔》中填上了「夜夜為你不願眠」；在《十二欄杆十二釵》（任劍輝、南紅版本）中填上了「月下看佳人」；在《蘇東坡夢會朝雲》中填上了「蝶在戀花前」；在《琵琶行》中填上了「話舊事半生嘆浮沉」。單只有樂音，我們判別不出該段樂音究竟要表達些甚麼。但，填了字後，我們就知道了。

現在談談一些錯讀的例子。林家聲唱曲時，咬字、發音、收音都很清晰及有感情。但在與馮玉玲合唱的《題紅記》中，在唱〈醉酒〉一段時，將「好一闋梅花弄」的「闋」字讀成「愧」字，是讀錯了。正確的讀音應該是「決」。葉紹德生前也說林家聲犯這個錯誤是很可惜的。同樣，在新馬師曾與鄭幗寶合唱的《琵琶行》中，鄭幗寶在《錦城春》的唱段中，把「清歌一闋你可願聞」的「闋」字也是唱成「愧」音。另外，林家聲與吳君麗合唱的《碧血寫春秋之三召》在「反線中板」中，將「披髮佯狂」的「佯」字讀作「祥」，其實應該讀成「羊」音。彭熾權也在唱這一曲時犯上同樣的錯誤。陳小漢與李敏華合唱的《同時天涯淪落人》中，將詩人白居易的「易」字讀成「亦」。白居易有弟白行簡，也是唐朝有名的文學家。兩兄弟的名字合起來是「居易、行簡」，也許是他們父母的人生哲學呢！所以我們應該相信「易」字在這裏應讀作「義」音。因本刊有很多關於這方面的論述，所以我在這裏不再舉例了。

關於收音有些問題的，我也想舉些例子。「骨子腔」唱家鍾雲山的腔口也很細膩，可惜他不大着重咬字。早年，名唱家冼幹持曾在報上撰文對他這點作出批評。例如在他和冼劍麗合唱的《玉梨魂之剪情》起初一段《皈依佛》中，唱到「枉作刻舟求劍」的「劍」字，唱成「嘅」音。在他和嚴淑芳合唱的《湖山盟》的「士工慢板」中，將「湖光獨佔」的「佔」字唱作「置」。有些唱者唱某些字時有「懶音」，例如將「庚」字唱成「斤」字、將「崩」字唱成「奔」字、「岸」字唱成「戇」字、將「朋」字唱成「貧」字，等等。又有些唱者唱不準「閉口字」，每以「侵」為「親」、以「監」為「奸」、以「廉」為「連」。

有時聽曲，發覺有些文字不甚合理。名劇《帝女花》在《庵遇》一場時的《秋江哭別》其中一段的歌詞是「靈台裏，嘆孤清，月照泉台靜。」我想應是「泉台裏，嘆孤清，月照靈台靜。」不知為甚麼出現了這個錯誤。有時一些錯誤的出現是因為填詞人填錯了字。例如在《十二欄杆十二釵》的《春江花月夜》中，有一句歌詞是「書中句語閃爍甚」。這一句的工尺是「五生六六五生伬工」，填詞者錯將「爍」的讀音作為「礫」，不知這個字的讀音是「削」。

關於「唱出感情」，這已是另一境界了。在這裏願與大家分享一段戲曲家李漁在《閒情偶記．演習部》所寫的文字：「唱曲宜有曲情。曲情者，曲中之情節也。解明情節，……則唱出口時，……悲者黯然魂消而不致反有喜色，歡者怡然自得而不見稍有瘁容。且其聲音齒頰之間，各種俱有分別，此所謂曲情是也。」李漁在戲劇的理論貢獻大大超過了他其它作品的成績。《閒情偶記》是崑曲表演藝術的全面總結。

有些曲的文字不甚協律。例如在《山伯臨終》一曲開始時的「反線二王序」中的「淚似簾外雨點滴到天明」一句，「點滴」的工尺是「五六」，這是不協律的，應唱成「五工」才協律，但這樣唱又改變了「反線二王序」的工尺了。明朝時，以戲曲家沈璟（一五五三至一六一零）為代表的「吴江」派和以湯顯祖（一五五零至一六一六）為代表的「臨川」派曾經有過一段時間在爭論究竟戲曲的文字以其合於格律者重要些還是以其文字優美重要些。沈璟曾說：「怎得詞人當行，歌客守腔，大家細把音律講」。（見《詞隱先生論曲》）他主張「寧協律而詞不工」。湯顯祖則着重美麗的辭藻，當時有戲曲家認為他的《牡丹亭》不協律而去改動其文字時，湯氏強烈反對。他說寧願拗折天下人的嗓子也不會改動文字去遷就格律。當然，能夠兩點都做到是最高境界了。

原載《戲曲品味》二〇一三年九月號

談怎樣唱好粵曲的「中板」

要唱好一首粵曲，我們要掌握好叮板、音準及該首曲的「字」。除了這幾點，還有甚麼其他的因素呢？

普通一首粵曲，大多有中板、二王及小曲。今期和大家談談中板的「斷句」問題。這裏的「斷句」，不是指將中板的上、下句區分，而是我們應該怎樣將中板的每一句找「頓位」。在粵曲上，中板一般用來「訴情」，用喜、怒、哀、樂的情緒去抒發、表示處境及狀況。幾乎所有中板，無論是士工中板、反線中板、乙反中板、七字清中板、點翰中板等，都會涉及到「斷句」這個問題。可以討論的例子俯拾即是。我舉一些經典的例子和大家研究。

在《紫釵記之燈街拾翠》的一段「士工中板下句」中，李益自報身世，唱詞是「我原是隴西人，適作長安客，願折蟾宮桂，來伴玉瓶花。」這一句中板下句應該怎樣唱才能準確的傳情達意呢？任劍輝的唱法是「我原是隴、西人，適作長、安客……」。在任姐唱這曲的年代，歌者對於頓位不大重視，但求唱得舒服。但如果要準確的傳達歌詞的意思，應要唱成「我原是、隴西人，適作、長安客……」，這樣才是「露字」的唱法。除了這兩種唱法，還有一種折衷的唱法是「我原是隴、西──人」，這方法是在「隴」字之後，過一底板，在下一叮未到時提早唱出「西」字，拉至叮位（即這個叮位是一個「鎚叮」），然後將「人」字作為板位。這種唱法對初學者來說有少許難度，唱者要把握好叮板的時間值。很多唱家間中會採用這唱法，但大多數的唱家是用第一種方法去唱的。我主張用第二種方法去唱。

在《李後主之去國歸降》中的「反線中板下句」中，唱詞是「花逐雨中飄，曲隨廣陵散，感時知有恨，惜別悄無言。」任姐的唱法是「花逐雨、中……飄，曲隨廣、陵散……」。在唱「花逐雨中飄」這小句時，是用第三種唱法的。如果採用第二種唱法，則是「花逐、雨中飄，曲隨、廣陵散」。

在新馬師曾的獨唱曲《啼笑因緣》中，有一「乙反中板」唱段，唱詞是「一念到女兒心，恰似垂絲柳，一任那風雨，飄搖。」新馬的唱法是「一念到女、兒心，恰似垂、絲柳……」。這是第一種唱法。如果用第二種唱法，可以唱成「一念到、女兒心，恰似、垂絲柳……」。

在《紅樓夢之幻覺離恨天》中，整段「乙反中板」的唱詞是「未盡萬千言，可奈相逢無一語，我才華尚淺，何竟痛緣慳。有淚哭瀟湘，無夢到怡紅，一對好鴛鴦，慘受無情棒。物在痛人亡，三尺花鋤坭土蓋，嘆惜花人去後，誰後葬花殘。金獸懶添香，塵封綠綺琴，絃斷曲終，猶似廣陵散。遺物尚留存，獨餘詩稿今何在，心血隨火化，不留痕跡在塵寰。」這裏，今時幾乎所有唱家都會用第一種唱法，即唱成「未盡萬、千言，……有淚哭、瀟湘，無夢到、怡紅，……物在痛、人亡，……金獸懶、添香，塵封綠、綺琴，……遺物尚、留存，……」我主張應用第二種唱法，即「未盡、萬千言……有淚、哭瀟湘，無夢、到怡紅，……物在、痛人亡，……金獸、懶添香，塵封、綠綺琴，……遺物、尚留存，……」。

在《帝女花之相認》中，有一段「乙反中板」，唱詞是「貯淚已一年，封存三百日，盡在今時放，泣訴別離情。昭仁劫後血痕鮮，可憐夢覺剩空筵，空悼落花，不見如花影。難招紫玉魂，難隨黃鶴去，估不到維摩觀，便是你駐香庭。」任姐是用第一種唱法的，即「貯淚已、一年，封存三、百日，……難招紫、玉魂，難隨黃、鶴去，……」我覺得應用第二種唱法，即「貯淚、已一年，封存、三百日，……難招、紫玉魂，難隨、黃鶴去，……」。

在《玉梨魂之剪情》中，有一段「七字清中板」，唱詞是「到死春蠶絲不斷。織成恨繭苦纏綿。今世孤淒無恨怨。癡心期待再生緣。」鍾雲山的唱法是「……織、成恨繭苦纏綿。今、世孤淒無恨怨。癡、心期待再生緣。」我主張唱成「……織成、恨繭苦纏綿。今世、孤淒無恨怨。癡心、期待再生緣。」

麥炳榮、洗劍麗唱的《文姬歸漢》中有一段「點翰中板」，唱詞是「因漢帝特命欽差，將旨降……。」麥炳榮的唱法是「因漢、帝特命欽差，將旨降……。」自從他這麼唱後，我從未聽過有任何唱家不是這樣唱的。但，在「漢」字之後的一頓是無須的，亦不好聽。為甚麼不唱成「因漢帝、特命欽差，將旨降」呢？

因為唱中板可以這樣將叮板移上移下，所以增加了唱者的自由度。這也是唱者在度曲時的樂趣之一呢！有時，在唱二王時，也可以這樣玩玩，例如何非凡在唱《狄青夜闖三關》時的「長二王下句」時，便大大玩了這技巧，唱得很有特色呢！

原載《戲曲品味》二〇一三年十月號

談粵曲的工尺譜

學習任何種類的音樂，必須接觸到樂譜。學習古典音樂，演奏鋼琴、小提琴等樂器，大家要認識五線譜。學習中國民族音樂，大家要認識簡譜，有時也需要五線譜。學習粵曲，大家要認識工尺譜。當然，要做一個全面的音樂人，最好三種譜也能夠掌握。

今次和大家談談粵曲的工尺譜。認識工尺譜有幾種層次。最基本的當然是要知道那些「上尺工反六五亿生」等工尺譜上的樂音如何唱出來。如果我們認識簡譜，就可以將這些樂音唱成「1234567i」了。如果可以做到這點，我們就可以將粵曲曲紙上的工尺譜唱出來。這樣，我們很快便可以學識一首新曲。我們也不用把新小曲視為一種障礙了。

第二種層次是我們要做到能夠將自己識唱的唱段用工尺譜唱出來，不論是梆王、南音、小曲或其他唱段，也不論是何種調式。當然，如果有需要，也應該可以將這些唱段的工尺寫出來。和大家談一些經典的唱段。我相信大家都聽過由梁醒波及鳳凰女唱的《光棍姻緣》。起初的那一句「擔番口大雪笳，充生哂認經理」大家都識唱。那麼這一句的工尺是甚麼？這是廣東音樂《青梅竹馬》的第一句，工尺是「五生工六五，生五六工六五生六」。白燕仔的名曲《夜戰馬超》開始很有氣勢的「蛇矛丈八槍，橫挑馬上將」是廣東音樂《賽龍奪錦》的第一句。你知道這一句的工尺嗎？答案是「尺上工六五，尺五反工六」。要達到這層次，我們要多些唱工尺譜。筆者很喜歡在一個人散步時將一些樂段用工尺譜唱出。例如我會唱唱各種南音的板面，或者「反線二王」，或者各種小曲等。有時我甚至將一些古典音樂的旋律用工尺譜唱出。相信很少人會好像我這樣做吧。

下一個層次是甚麼呢？粵曲一般用的調式（線）有合尺線（包括正線及乙反線）、上六線（反線）、尺五線及士工線。假設合尺線是C調，那麼上六線便是G調、尺五線是F調、士工線是降B調。合尺線的合尺兩個音、上六線的上六、尺五線的尺五及士工線的士工為相同的音。這點很重要。我們要了解各種調式的工尺譜彼此之間的關係。你知道合尺線的「生」音和上六線的「仜」那一個較高嗎？我曾經將這問題及同類的問題問過一些唱了很多年曲的曲藝愛好者。能夠說出正確答案及道出其「所以然」的很少。有些人起初還不明白我的問題呢！《重台泣別》一曲中有一段《餓馬搖鈴》，其中有一句「多感嬌容」，那個「多」字，是要唱到正線的「生」的。《斷橋》尾段小曲《焚稿詞》的一句「笑擁月裏仙」的「仙」字是唱到反線的「仜」的。兩者均是高音。那一個較高呢？答案是正線的「生」。正線的「生」相當於高音C，而反線的「仜」是B。這兩個音的「音程」是一個「小二度」，兩者相差半個音數。再來一個問題。正線的「五」音也頗高，這個音相當於反線的甚麼音呢？答案是「伬」，兩者均是A音。

讓我們再做一些習作。粵曲上有時用一些樂音來模擬清早的雞啼聲音，表示天曉了。《艷曲醉周郎》一曲起初一段「士工慢板」前便有這個音效。粵樂名家林浩然的《村曉》一曲，也用了這個音效。其工尺是正線的「亿工尺尺，亿尺，工五六六，工六」。來一個深一些的問題。如果我們要用反線來奏出這個音效，音的高低要和前者一樣，工尺是甚麼呢？答案是「工五六六，工六，五伬生生，五生」。王粵生所作的一曲《懷舊》是反線的，工尺是「伬伬生伬五五生伬，反六五生六五反工尺……」。如果用正線去演奏，要和前者的高低一緻的，工尺是甚麼呢？答案是「五五六五工工六五，上尺工六尺工上乙士……」。

一般來說，在粵曲中的小曲多數是合尺線或上六線的。有些小曲可以用合尺線或上六線，例如《春江花月夜》、《秋江哭別》、《四季相思》等等。用士工線或尺五線比較少。但，為甚麼《絲絲淚》老是用士工線的呢？在粵曲上，《絲絲淚》多是用來連接上一段合尺線收「尺」或「合」的唱段。我們看三個例子。在《幻覺離恨天》一曲中，旦唱完一段「乙反木魚」後，有一段音樂托白，工尺是合尺線的「六生五六反六工，工六尺工尺上乙士上尺，尺六反六尺六反六工尺六工尺」，是收「尺」的。這個音與士工線的《絲絲淚》的首句「工—工尺上尺工尺上尺工」的首個音「工」是同一個音，所以連接得很順暢。同一個原因，在《雷鳴金鼓戰笳聲》中，生唱完一句收「尺」音的「合尺花」「又怕未成曲調已魂銷」，緊接着的《絲絲淚》「哀今朝……」，連接得也天衣無縫。在《沈園會》中，《絲絲淚》是用來連接一段收「合」的「乙反滾花」「沈園一別會無從」的。這個音和士工線的《絲絲淚》正式唱段「士上尺工尺上士，合仜伬仜合士，反工尺上乙士」的首個音「士」是同一個音。這個連接也很自然。

熟習工尺譜使我們更容易學習一首粵曲。明白了各種調式的工尺譜彼此之間的關係，我們便能知道一首粵曲各種調式是如何組織起來的，這樣，將會大大提高我們對粵曲的欣賞力。

原載《戲曲品味》二〇一三年十二月號

沈三白與芸娘

沈三白與陳芸娘是名著《浮生六記》中的一對夫婦。《浮生六記》的作者是清朝的沈復。沈復，字三白，蘇州人，生於乾隆二十八年（一七六三）。他逝世的年份歷史上沒有記載。後人根據他的第四記推斷，他大概於嘉慶十二年（一八零七）之後的某年逝世。俞平伯（一九零零至一九九零）作了一個沈復的年表，也衹能寫到嘉慶十三年。陳芸娘與沈三白同年出生，比三白長十個月。他們在十八歲時結婚。在他們二十五歲時，生下女兒青君。再兩年後，生下兒子逢森。他們的婚姻維持了二十三年。陳芸於四十一歲時病逝。他們的兒子在十八歲時夭亡。三白的總角之交石韞玉聽聞他們父子永訣，為之浩歎，贈以一妾，使他可以「重入春夢」。

沈三白一生窮愁潦倒，鬱鬱不得志，雖然能文善畫，但文章書畫不值錢，而且他們夫婦又失歡於老人家，被逐出門庭，所以生活上大多數時間都很困苦。《浮生六記》是一本寫實的生活錄，不是小說。內容中所有人物都是真有其人，真有其事的。林語堂（一八九五至一九七六）曾說芸娘「是中國文學上一個最可愛的女人」。他們夫婦倆雖然貧困，但滿有生活情趣，彼此在患難中相敬相助，相親相愛。如果沈復沒寫這本書，他們的事跡將會像蘇東坡所寫的一首詩其中一句：事如春夢了無痕。林語堂曾想往蘇州找他們的墳墓，供奉跪拜禱祝於兩位清魂之前。不知他有沒有去呢？

浮生六記的六記是《閨房記樂》、《閑情記趣》、《坎坷記愁》、《浪遊記快》、《中山記歷》及《養生記逍》。（有學者指第六記應是《養生記道》。）「浮生」二字，想是取自李白的《春夜宴桃李園序》的「浮生若夢，為歡幾何」。名著《紅樓夢》（一百二十回版本）的後四十回是不是由高鶚「狗尾續貂」的是「紅學」的一個課題。同樣，有學者指《浮生六記》的後二記是偽作。他們說後二記的文字風格與前四記不同。亦有人指第六記與曾國藩「頤養方面的日記，很是相似」；其中「幾與曾國藩己未到辛未間的十餘條日記，一字不差」。但亦有研究者說後二記因為記述的內容與前四記的性質不同，所以文字不像前四記；而所謂「抄襲」，經翻閱影印《曾文正公手書日記》的全部日記，發覺並無其事。平心而論，「六記」的文字都十分優秀，內容令人心醉，有學者指出其兼有李漁《一家言》、徐弘祖《徐霞客遊記》、冒襄《影梅盦憶語》等書的內容。《浮生六記》之能感人，在於它的文字及真情的實寫。沈復甚至將他「半年一覺揚幫夢，贏得花船薄倖名」的一段冶遊經歷寫下！

早年，盧雨岐將《浮生六記》的部份內容改編成電影《芸娘》，由珠璣執導。演員方面，由任劍輝演沈三白、白雪仙演芸娘、靚次伯演三白的父親稼夫公、半日安演三白的母親、蘇少棠演三白的弟弟啟棠、任冰兒演三白的弟婦、蕭芳芳演青君、馮寶寶演逢森。《浮生六記》還有很多人物，所以電影中我們還見到很多「甘草演員」，如李鵬飛、黎雯、檸檬、張生等。電影的前半部和原著的內容差不多，當然加上了一些藝術上的修飾。但半日安所演的角色是「後母」，卻並非原著中所說的。三白的弟弟及弟婦亦不是電影中所演的反派。但各演員各司其職，演技無懈可擊。蕭芳芳演的小女兒青君很入戲，在電影中唱了一首思念雙親的曲子，真摯感人。當年，馮寶寶年紀還小，但已很「精靈」可愛。電影以大團圓結局，反面人物都沒有好的下場。這是符合當時粵語片觀眾的願望的。

在一九七九年，名作曲家楊石渠先生作了《沈三白與芸娘》，分上下卷，由林家聲、陳好逑演唱。楊先生有很多作品，如《紫鳳樓》、《樓台泣別》、《花田錯會》、《紫釵憶夢》、《司馬琴挑》、《金枝玉葉》、《渭橋哭別》、《倩女回生》、《蘇三贈別》、《琵琶抱月明》、《夢斷櫻花廿四橋》、《牡丹亭驚夢之倚鞦韆》等，真是首首名曲。《沈三白與芸娘》更是出類拔萃之作。這一曲結構嚴謹，文句優美。林家聲為這曲所度的唱腔亦細膩動人，和陳好逑一起，把三白芸娘這一對患難夫妻演繹活了！這一曲在一九九五年被選為「全港我最喜愛粵曲選舉」的第一名。

沈三白與芸娘等《浮生六記》的人物均是歷史上真有其人的。他們的經歷、際遇都是真有其事。祇要依足《六記》所述的而作曲，已可感人，實不必再篡改作品的內容。歌曲中提及三白為了生活，於「曉霜天」趕出門、沒有寒衣、吃粥、妻女淒涼相送等上卷的情節，都是原著中所有的。在下卷中，芸娘奄奄一息時，說夢見先人在奈何橋上招手，又勸三白在她去世後續絃，三白則回以「曾經滄海難為水，除卻巫山不是雲」，最後，芸娘在告別人間前斷斷續續的說了幾句「來世」，也是原著中最感人的情節。但，在上卷中寫三白在臨出門前才知道芸娘為了生活，私下決定將青君送去王家作童養媳，使他感到有如晴天霹靂，這卻並不真確。事實上，將青君送去作王家的童養媳是兩夫婦商量之後的無可奈何的選擇。青君所許配的「王郎」，名韞石，是三白表兄王蓋臣的兒子，芸娘說：「聞王郎懦弱無能，不過守成之子，而王家又無成可守；幸詩禮之家，且又獨子，許之可也。」三白也同意這個決定。在下卷中有王郎早夭，青君選擇「淒涼守節奉高堂」的情節也是不真確的。我不同意楊先生這樣「無中生有」。當然，這樣寫的話，更催人眼淚。

但，無可否認，《沈三白與芸娘》是一首很出色的粵曲。這一曲的寫作技巧很高明，可以欣賞的地方很多。

原載《戲曲品味》二〇一四年三月號

評李居明先生編撰的《情話蘇東坡》

情話蘇東坡一劇，是李居明先生「振興粵劇」的第十三個「戲寶」（按：「戲寶」兩字，取自李先生的《編撰人的話語心聲》）。我看的是二〇一四年四月二十六日演出的那一場。

李先生說在撰寫此劇之前，「差不多把蘇東坡一生的著作都草草看了一次」。蘇東坡一生著作豐富，先談他的詩。他存留下來詩有二千七百餘首，是其「渾涵光芒，雄視百代」的各體文學作品的重要組成部分。他的詩集共有五十卷，我書櫃中有兩套。一套是清朝馮應榴輯注、黃任軻及朱懷春校點，上海古籍出版社出版的，分六冊，共二千七百多頁。另一套是清朝王文誥輯註、孔凡禮點校，中華書局出版的，分八冊，共二千八百多頁。其次談他的詞。他存留下來的詞約有三百三十多首。我擁有兩套他的詞的全集。一套是清朝朱孝臧編年、龍榆生校箋、朱懷春標點的《東坡樂府箋》，上海古籍出版社出版的，只一冊，四百八十多頁。另一套是鄒同慶、王宗堂合注的《蘇軾詞編年校注》，由中華書局出版的，分三冊，共一千一百多頁。由於蘇東坡是文學全才，除了詩及詞外，他還寫了大量的文章，是「唐宋古文八大家」之一。《蘇軾文集》有七十三卷，存各體散文約四千篇。我有的一套是孔凡禮點校、中華書局出版的，分六冊，共二千七百多頁。如果要將蘇東坡的一生著作「草草看一次」，大家認為要用多少時間？我對李先生的「速讀」能力十分佩服。

李先生說「記得一次去日本見到一本難能可貴的《蘇東坡詩詞集》，要將整整廿多本其他詩人的書一起購買才可擁有，結果我的弟子為我一人一本的帶回了香港。」其實，能和蘇東坡「平起平坐」，擺在一起的詩人的著作，一併買了下來也是好的。將來也許有用呢。我不知李先生平時可有空去逛逛香港的書局。我所有有關「蘇學」的書，都很輕易的在香港便可購得，我相信一定比李先生所購得的便宜。不必在日本買，不必「禮失求諸野」。在香港的某書局三樓，我見到有一套二十冊的《蘇軾全集校注》，由張志烈、馬德福、周裕鍇合編、河北人民出版社出版。全套書原價四四八〇元，減售三八〇三元。由於我已有齊「坡仙」的作品，所以也不必再要添置一套他的全集了。（除非日後再有大幅度的減價！）

有關「蘇軾研究」的書有很多很多，使我這個視蘇東坡為偶像的寒生在每次想購買時都要翻揭檢查一輪，去判別「是書是否佳作」。即管如此，我也買了不少。愛屋及烏，他的父親蘇洵、弟弟蘇轍、幼子蘇過的著作我也見一本買一本，反正書的價錢也算相宜。如果有蘇小妹的著作，我也一定會買，可惜蘇小妹是「子虛烏有」的。其實，為了節省時間，李先生在撰寫有關蘇東坡的戲劇時，本不必要讀蘇東坡的全集。與其「草草」翻全集，不如慢慢精讀一些好的選集。但，在寫有關蘇東坡的戲劇前，除了要看他的作品外，有關他的歷史、生平的書也一定要參考。由孔凡禮撰、中華書局出版的《蘇軾年譜》，長達一千四百多頁，很有參考價值。林語堂、康震等都寫過詳實的蘇東坡傳記，也可一讀。他的弟弟蘇轍的著作也要看。蘇軾說過弟弟的文章寫得比自己的好呢。從蘇轍的著作中，我們也可以找到大量有關蘇軾的素材。

看看《情話》一劇吧。演員是出色的，但整劇的問題實在太多了。一般的粵劇觀眾見到了有詩、詞、對聯、荔枝、東坡肉、舞劍等的情節，已頗容易滿足，眉飛色舞了，何況黎駿聲、陳韻紅、彭熾權、李秋元、孫業鴻等演員都很努力，交足功課，唱做俱佳呢。於是，散場時，這些觀眾自然沾沾自喜地離場，認為對蘇東坡這個歷史人物，又知多一點點了。但，只要是對蘇東坡這個人物稍有認識的，都會覺得戲劇堆砌過甚、張冠李戴、沒有文學常識、歪曲歷史，等等。先說一些較容易修理的問題。劇中的反派章惇，歷史上真有其人，但全劇的唱詞說白中，這個人變成了「章敦」。這是一個馮京馬涼的問題而已，但不知為何會有此一錯。有一段字幕說是「十板南音板面」，但臨場奏出的是「八板南音」。全劇中，詩、詞、賦、對聯不分。《念奴嬌．赤壁懷古》本是詞，卻屢說是詩。又將這詞稱作《赤壁賦》，不知蘇東坡的《前赤壁賦》及《後赤壁賦》乃是散文而不是這首詞。在劇的後半中，又有稱對聯為詩的。希望在再演時起碼能將這些「小錯」改正過來。

談到有關歷史這個大問題了。當然，戲劇不等同歷史，編劇家大可發揮自己的創意去寫劇本，但最好還是不要篡改過甚、歪曲事實、誤導觀眾。畢竟，戲曲除了提供「視聽之娛」外，還有「教化」的作用。元代的劇作家、《琵琶記》的作者高明說過一句語重心長的話：「不關風化體，縱好也徒然。」一般知識水平不甚高的觀眾很容易被誤導，以假為真。數年前，我曾經在一本曲藝刊物上寫過一篇文章，批評了一套由文千歲、曾慧等演出的《蘇東坡夢會朝雲》，指出其內容嚴重歪曲了歷史，對陳笑風的同名粵曲，也揭示了其不符歷史的毛病。有朋友曾對我說：「戲劇多是這樣的，何必批評？」但，亦有和我有同感的朋友，認為我應該批評，「以正視聽」。我有些覺得奇怪，難道編劇家、作曲家不歪曲歷史，就寫不出好作品？我覺得歪曲歷史之風，的確不可長了。於一九二九年，京劇大師馬連良先生灌錄《甘露寺》一劇的唱片，將「漢壽亭侯」唱作「壽亭侯」，少了一個「漢」字，他也要作回收唱片之舉。他對自己的要求是多麼嚴格呀！他的要求是在歷史方面絕對不能出錯。

李先生今回寫蘇軾和馬盼盼，說「蘇東坡與年齡差了一大截的朝雲戀愛故事，也有人寫了。」但，蘇軾和朝雲之間的戀愛，是實在的事，並不是故事。他們年齡相差廿多年，但不妨礙彼此間有真愛情。李先生為甚麼要強調「年齡差了一大截」這回事呢？歷史上沒有記載蘇軾和馬盼盼之間有過一段愛情關係，劇作家用想像力去創作一個故事，這一點我不反對，但也要說得合情合理，要能夠自圓其說。有一點我想順便指出的是蘇軾是在「烏臺詩案」（一〇七九）後，被貶黃州，在那裏躬耕東坡，在神宗元豐五年（一〇八二）才自號「東坡居士」的。作《念奴嬌．赤壁懷古》、《赤壁賦》、《後赤壁賦》亦是在這一年的事。至於創製「東坡肉」也是在黃州期間的事。所以，在神宗熙寧十年（一〇七七）到元豐二年（一〇七九）那三年，他在徐州為官時，還不可叫他作「蘇東坡」。在徐州，他還未推出「東坡肉」。他的第一位夫人王弗於英宗治平二年（一〇六五）病逝。在神宗熙寧元年（一〇六八），他續娶王弗的堂妹王閏之。在熙寧六年（一〇七三），朝雲入蘇家為侍女。所以，在徐州為官時，身邊是有妻有妾的，並非如《情話》那一劇中所說的妻子已去世。那一句「一妻一妻再一妻」是不成立的。還有，那首在劇中說是蘇軾寫給馬盼盼的《水調歌頭》，其實是蘇軾在神宗熙寧九年（一〇七六）寫給弟弟蘇轍（字子由）的。那一年是丙辰年，蘇軾在密州為官，還未到徐州呢。這一首詞有小序，說「丙辰中秋，歡飲達旦，大醉，作此篇兼懷子由」。

在《宋史》中，章惇是列入《奸臣傳》的。章惇能攀絕壁題字，面不改色，蘇軾說他：「子厚必能殺人」，因為他連自己的生命都不懂愛惜。但他和「烏臺詩案」倒沒有關係。在當時，章惇還未攀上權貴的高位。

在第七幕《秋風苦雨》中，蘇軾唱「乙反中板」，曲詞有「程氏雙雄」一句。這應是指程顥、程頤這對「理學」兄弟了。蘇軾一向和代表「洛」派的這對兄弟不合，他甚至認為程頤這個道學先生很「奸」。在朝中，有所謂「洛蜀之爭」，蘇軾是「蜀」派的龍頭，他是不會稱程氏兄弟為「程氏雙雄」的。

廣州粵劇團將這戲列入為紀念六十週年創會劇目，但很抱歉，這戲真的毛病太多了。李居明先生說「我的戲是寫給這一代及下一代、下兩代的粵劇迷品嚐的。深一點不要緊，要慢慢品嚐，……粵劇要傳承下去，李居明這『一棒』要接棒成功，十分重要！」他又說「這些劇本真正獲得收成和巨大迴響的日子，我不一定看得到。」他言下之意是說觀眾要在未來的日子才會認識到這些劇本的不凡。以這個劇來說，很抱歉地說，若不作大刀闊斧的修改，我是看不出在未來會有甚麼巨大迴響的日子。既然李先生還有一句話、說「一切的好文章都是在喝采中成長，在掌聲下垮台的」，那麼這一次我便不鼓掌了。

本文曾於網上發表

從度曲談到《浪捲飛花》

明代戲曲家張鳳翼（一五二七至一六一三），字伯起，號靈墟（或凌虛），長洲（今江蘇吳縣）人，是我的偶像之一。據明沈德符（一五七八至一六四二）的《萬曆野獲編》卷二十五《張伯起傳奇》一條，他著有傳奇七種，分別是《紅拂記》、《祝髮記》、《竊符記》、《灌園記》、《扊扅記》、《虎符記》及《平播記》。其中，《扊扅記》及《平播記》已散佚，其他五種今存。除了戲曲外，他還有頗多其他的文學創作。他的內侄徐復祚（一五六零至一六三零？），號三家村老，也是戲曲家。在徐復祚的《花當閣叢談》（又稱《三家村老委談》）中說「伯起善度曲，自晨至夕，口嗚嗚不已。吳中舊曲師太倉魏良輔，伯起出而一變之，至今宗焉。常與仲郎演《琵琶記》，父中郎，子趙氏，觀者填門。」是於作曲、度曲外，又兼演曲了。他真是一位戲曲音樂狂呢！他能夠活到八十七歲，在四百年前的那個年代，可說是很難得的。這和他愛好多，又樂在其中不無關係吧。去年是他逝世四百周年呢！

在近年，我很喜歡度曲，一於向我的偶像靈墟先生學習，「自晨至夕，口嗚嗚不已」。不但可以解憂消愁，也可以對我的戲曲「功力」有所提昇。曲海深廣，想唱盡甚或操熟所有新舊歌曲是不可能的，而且意義也不大。我退而思其次，盡量去讀我能夠找到的曲。我讀和度這些曲時，會研究一下曲中的內容、文字及各唱段的起承轉合技巧。如果我見到一些內容、文字及唱段組合都精采或有新意的，我會雀躍不已，也會向曲友推介。戲曲的取材，多從歷史、傳奇、神話及小說等。如果主角是歷史人物，我會很重視曲中鋪演的內容是否屬實。

我以前多次說過頗多作曲家只看重曲的文字是否優美、唱段的組合及唱情會否動聽，往往會篡改歷史、歪曲歷史！今時今日，有很多中學生甚或大學生的歷史知識都很貧乏。我在一篇舊作中曾說「在可能的情況下，創作時應大致忠於歷史。歷史沒有記載的，可以創作，但正史上記得清清楚楚的，我不同意肆意改動。畢竟戲劇除了娛樂觀眾之外，也有『教化』的作用。如果任意篡改歷史，誤導了觀眾，使觀眾『以假作真』，以訛傳訛就不好了。」（見本刊二零一一年四月號）所以，如果此風不改，學校切勿隨便來個「聽曲學歷史」之類的活動！

在度曲時，我很多時發覺作曲家會「化用」前輩們的一些佳句、曲式或技巧。這也不算過份的。前人寫詩詞歌賦時往往也會如此，還以「語語有本」來炫耀自己「博覽群書」。不過，太多的「化用」則近似抄襲了。如果化用了還沾沾自喜，自詡這是自己的佳句就更不該了。

和大家談談近來很多人唱、或想唱，由溫誌鵬先生撰寫的《浪捲飛花》吧。這曲由白慶賢和呂陳慧貞原唱，由湯凱旋設計音樂和配器，駱慶兒任頭架，馮繼忠任擊樂領導。曲的本事是說曹丕篡漢，建立魏朝，把漢獻帝貶為山陽公。曹節為曹丕的胞姊，是獻帝的皇后。獻帝被貶時，曹丕贈以木船，令其夫婦離京，遠赴封邑。船至海（或江）心，突然破損，曹后知這是曹丕所為。夫妻雙雙沉海（或江），獻帝為了曹后能得生存，將琴台讓了給她作浮櫓。

首先我想提問，在他們遠赴封邑時，船是於江上或海上航行的呢？如果是從海路，由京城（許昌）至封邑間，那有甚麼海？如果從江上航行，曲詞中卻有「望海天，魂漸斷」及「夫妻離散黑海裏」之句。當然，這個問題不甚打緊。且看看真實的歷史吧。

據歷史記載，漢獻帝（一八一至二三四）名劉協，是東漢最後一位皇帝，在位時期是從一八九至二二零年。曹操的正妻及側室，可考者有十五位。曹操有二十五位兒子，曹丕為嫡長子。曹操的女兒，可考者有六位。漢獻帝建安十八年（二一三），他將其中三位嫁了給獻帝為貴妃，曹節是其中之一。次年，獻帝的皇后伏壽被曹操廢殺。建安二十年，改立曹節為皇后。曹節是獻帝最後一位皇后了。建安二十五年（二二零）正月，曹操去世。同年十月，曹丕迫漢獻帝禪位，以魏代漢。漢獻帝遜位後，被封為山陽公，「邑一萬戶，位在諸侯王上，奏事不稱臣，受詔不拜，以天子車服郊祀天地，宗廟、祖、臘皆如漢制，都山陽之濁鹿城」（《後漢書》）。曹丕並對劉協說「天下之珍，吾與山陽共之」（《三國志》），對劉協是頗優待的，想他也畏「春秋之筆」吧。曹丕於公元二二六年逝世，而劉協則於魏青龍二年（二三四）逝世。魏明帝曹叡聞獻帝逝世，「素服發哀」，追謚山陽公為「孝獻皇帝」。劉協被安葬於山陽國，他的陵墓名為「禪陵」。曹節於魏元帝景元元年（二六零）逝世，與劉協合葬於禪陵。本來，多數末代皇帝都收場慘淡，獻帝所得的待遇算是很好的了。

由此可見，溫誌鵬先生所作的《浪捲飛花》的本事純是子虛烏有，篡改、歪曲歷史的！於一九二九年，京劇大師馬連良先生灌錄《甘露寺》一劇的唱片，將「漢壽亭侯」唱作「壽亭侯」，少了一個「漢」字，他也要作回收唱片之舉。他對自己的要求是多麼嚴格呀！他的要求是在歷史方面絕對不能出錯。

浪捲飛花中段用了《萬花燈》譜子。《萬花燈》是海南的傳統音樂，氣氛很熱鬧，旋律也十分動聽。上世紀六十年代中，麗的呼聲銀色廣播電台有一套劇集《海南雙俠傳》，用了此曲作為劇集的前奏曲，我覺得很悦耳，所以印象深刻。在粵曲上，這小曲不多見用。由麥炳榮、李芬芳合唱的《夜送京娘（下卷）》，採用了《萬花燈》。與流行多年，由葉紹德先生撰寫的《洛水夢會》同一唱碟的另一曲《嚙臂盟心》也有採用此曲。《嚙臂盟心》這曲其實也是德叔的佳作，但不知為何很少人唱。德叔先用一段反線的托白，最後以一句「合士乙工士上仜合士」的「士」音，引出反線《萬花燈》的引子「士上工尺，尺乙尺士，尺上士六」，曲詞是「月證癡心，生永比翼，死化連枝」。溫誌鵬先生也是用一段托白，最後以一句「工六尺工上乙士」的「士」音引出〈萬花燈〉的引子，曲詞則是「月證癡心，燈證比翼，水證連枝」。曲詞有些費解，我相信應該是化用了德叔的技巧及句子（如果只是巧合的相似而已，我願道歉），不同的是他用了正線的音樂而已。在與《浪捲飛花》唱碟同出的書冊內，溫先生說他「以『月證癡心，燈證比翼，水證連枝』三句新詞填入《萬花燈》的譜子，被白慶賢老師屢次讚賞是有角度方向的描寫」。（為了想用《萬花燈》這個曲牌，在《浪捲飛花》一曲中安排了曹節因兄長篡位，深感慚愧，故將船佈置得燈彩輝煌的情節。）

除了以上的一些「月旦」外，我對《浪捲飛花》這曲的音樂安排，曲詞及唱情是頗欣賞的。這曲能夠流行，自有原因。一般曲友是不會留意，亦不過問曲的本事與歷史是否相符。聞悉溫誌鵬先生將會開辦一個教授撰寫「南音」的課程，可見溫先生也是重視「教化」的。以溫先生的操守及才情，其實不必歪曲歷史，不必化用前輩的佳句，也可以寫出好曲呀！他的佳作多的是呢，例如《沈園會》、《家春秋之蘭閨話舊》、《雪夜祭梅妃》、《放楊枝》等等。

近日很多關於歷史人物，例如孔子、元稹與薛濤、杜牧、冒襄與董小宛、納蘭性德等的粵曲都是頗值得討論的。有些曲雖然歪曲了歷史，卻也寫得很好，使我度曲時心情矛盾。無論如何，歪曲歷史之風的確不可再長了！但，有些曲則我可以毫無保留，向大家推介，例如《客途秋恨之魂會盟》、《斷腸詞》、《天仙配之重逢》、《蘇東坡痛喪朝雲》、《新霸王別姬》、《南唐殘夢》、《苦鳳離鸞》、《花王之女之秋月照離人》、《徐德言·樂昌之裂鏡重圓》、《梁山伯·祝英台之蝶舞蓬瀛》等等。有空再和大家分析吧。

原載《戲曲品味》二〇一四年八月網上版

談《血濺未央宮》

方文正先生近年頗多佳作，《血濺未央宮》是很多粵曲演唱者喜愛的一曲。這一曲用折子戲在舞台上搬演也很適宜。原唱的張漼先生及張琴思女士的演繹也很出色。曲的本事是說漢朝開國功臣韓信被蕭何設計，教呂后「脂粉描箋」，誘入未央宮中，用「麻沸毒藥和酒」之計使韓信「無力再現雄風」，然後由呂后用竹劍將韓信刺斃。

且讓我們看一看真正的歷史是怎樣記載的。

漢朝有兩座宮殿：長樂宮及未央宮。長樂宮，或稱東宮，是中國西漢時期的宮殿，位於漢長安城南隅，周長約一萬公尺，城牆厚度約有二十公尺，總面積達六平方公里，相當於漢長安城的六分之一。長樂宮是漢高祖劉邦根據秦朝的興樂宮改建而成的。漢高祖七年（前二〇〇年），劉邦從原本居住的櫟陽城，入主已改建完工的興樂宮，並更名為長樂宮，配和同年修建的另一座宮殿未央宮，稱「長樂未央」，寓意「永遠快樂，無窮無盡」。自劉邦入主後，長樂宮便作為皇帝所居之宮室，同時有其他附屬建築：前殿、鴻台、臨華殿、溫室殿、長定殿、長秋殿、永壽殿、永寧殿等等。劉邦死後，其子惠帝繼位，改居未央宮，往後的西漢皇帝都住在未央宮中，長樂宮便改為皇太后的宮室。西漢末年，王莽篡位，建立新朝，仍居住在漢朝宮殿，並將長樂宮更名為常樂室。新朝覆亡時，長樂宮於戰火中被焚毀了。至於未央宮，則是由蕭何督建的。未央宮在漢長安城的西南隅，又稱西宮，為皇帝朝會之所。西漢、王莽、東漢獻帝、西晉、前趙、前秦、後秦、西魏、北周等各朝代的皇帝都曾在此處理朝政，是中國歷史上最有名的宮殿之一。隋唐時期，未央宮被劃入唐長安城的禁苑。唐武宗時重修了宮殿，因此現存遺迹有很多是那時遺留下來的。

韓信（前二三〇至前一九六年），淮陰（今江蘇淮安）人，軍事家，是西漢開國名將，漢初三傑之一，留下許多著名戰例和策略。他是公元前三世紀的軍事家、戰略家、戰術家、統帥和軍事理論家，是中國軍事思想「謀戰」派代表人物。「王侯將相」韓信一人全任。「國士無雙」、「功高無二，略不出世」是楚漢之時人們對其的評價。韓信在中國歷史上以其卓絕的用兵才能著稱，後世評價為「言兵莫過孫武，用兵莫過韓信」。韓信為西漢立下汗馬功勞，歷任齊王、楚王、淮陰侯等，卻也因其軍事才能引起猜忌。

韓信於前二〇六年投奔劉邦。起初，他感到不受重用，於是離開漢營，準備另投明主。蕭何聞訊，認為韓信如此將才不能輕易失去，於是不及通知劉邦便策馬於月下追韓信，終於勸得韓信留下。

前二〇六年八月，劉邦出兵進攻關中，由韓信領軍「暗渡陳倉」，突襲雍王章邯，大勝，旋即攻佔咸陽，關中大部份歸順漢王劉邦。（《史記》等正史沒有提及「明修棧道」一事。）劉邦於前二〇五年領聯軍五十六萬人攻佔項羽首都彭城。項羽領兵三萬回師彭城，劉邦這時還在沉迷享樂，結果在彭城之戰慘敗，退至滎陽。蕭何即動員關中老弱，讓韓信帶往滎陽前線救援劉邦。之後，韓信率兵在京城和索城（都在滎陽附近）之間擊退楚軍，使楚軍不能西越滎陽。魏王魏豹附楚反漢，劉邦派韓信領兵攻魏，韓信突襲魏國都城安邑，擒魏豹。隨後韓信率軍擊敗代國，這時漢營調走他旗下的精兵到滎陽抵抗楚軍。韓信繼續進軍，在井陘背水一戰，以少數兵力擊敗號稱二十萬人的趙軍，擒趙王趙歇。韓信聽從廣武君李左車建議，派人出使燕國，成功遊說燕王歸附漢王。前二〇四年，劉邦派酈食其遊說齊國結盟，齊王田廣答應，留下酈食其加以款待。此前韓信已奉劉邦命攻齊，在得知酈食其成功說服齊國以後，原本打算退軍，但蒯通以劉邦並未發詔退軍為由，說服韓信不要把功勞讓給酈食其，韓信聽從，攻擊未作防備的齊國。田廣得知消息後極為憤怒，烹殺酈食其。韓信擊敗齊軍，田廣引兵向東撤退，並向項羽求援。韓信在濰水以水計擊敗田廣和楚將龍且的聯軍，龍且戰死，韓信陸續攻佔齊地。

前二〇三年，韓信以齊地未穩為由，自請為「假齊王」（假，有代理的意思），以便治理。當時劉邦正受困於楚軍的包圍下，不得不聽從張良和陳平的勸諫，但直封韓信為「真齊王」，而非代理。項羽自知形勢不妙，派武涉遊說韓信叛漢，韓信以漢對他有恩為由拒絕。蒯通認為劉邦日後必對韓信不利，多次聳恿韓信把握時機，脫離漢王自立，形成鼎足之勢。韓信自認勞苦功高，「漢終不奪我齊」。蒯通以「勇略震主者身危，而功蓋天下者不賞」相勸。韓信始終抱着「漢終不負我」的幻想，不忍叛漢。前二〇三年，劉邦與項羽議和，以鴻溝為界。不久劉邦聽從陳平之計毀約，出兵追擊東歸的項羽，但韓信及彭越沒有派兵助戰，漢軍在固陵被項羽大敗。劉邦一方面固守，另一方面答應韓信及彭越事成後封地為王。韓信及彭越終於帶兵會合劉邦，韓信以「十面埋伏」之計大破楚軍，最後項羽撤退到垓下，突圍到烏江，自覺無顏見江東父老，不肯渡江，自刎而亡。項羽死後，劉邦迅速奪取韓信的兵權，並改封齊王為楚王，移都下邳。

劉邦打算捉拿項羽的部將鍾離昧，但鍾離昧素與韓信交好，韓信將他收留藏匿。劉邦得知鍾離昧逃到楚國後，要求韓信追捕，韓信則派兵保護鍾離昧的出入。前二〇一年，有人告發楚王謀反，劉邦採用陳平計策，打算以出遊為由偷襲韓信。韓信聽從門客建議，把鍾離昧賜死，取其首級，到了陳縣（今河南淮陽）向劉邦說明原委，劉邦見了鍾離昧首級並不領情，令人擒拿韓信，韓信說「果真像人們說的：狡兔已經被殺，就可以把獵狗煮來喫了；飛鳥都射殺完，就可以把良弓收藏起來了；敵國消滅了以後，謀臣也可以殺了。」後來劉邦赦免韓信，將他降為「淮陰侯」。韓信自覺功高震主，常稱病不出。

呂雉（前二四一年至前一〇年八月十八日），字娥姁，通稱呂后，或稱漢高后、呂太后等等，單父（今山東省單縣）人，漢高祖劉邦的皇后（前二〇二至前一九五在位）。高祖死後，被尊為皇太后（前一九五至前一八〇），是中國歷史上首位皇后、皇太后和太皇太后。在劉邦任泗水亭長時呂雉已嫁了劉邦。她比韓信年長十一年，歷史並無記載她和韓信有戀情。

前一九六年，陳豨起兵造反，呂后與蕭何密謀，偽報陳豨已死，在韓信前來祝賀時將他擒拿，聲稱有人密告他與陳豨共謀。韓信於長樂宮被處以「五刑」（「先黥、劓，斬左右趾，笞之，梟其首，菹其骨肉於市，其誹謗詈詛者，又先斷舌」），並誅連三族。

《史記．淮陰侯列傳第三十二》中，司馬遷對此的評說為：「……假令韓信學道謙讓，不伐己功，不矜其能，則庶幾哉，於漢家勳可以比周、召、太公之徒，後世血食矣。不務出此，而天下已集，乃謀畔逆，夷滅宗族，不亦宜乎！」明代茅坤論韓信：「予覽觀古兵家流，當以韓信為最，破魏以木罌，破趙以立漢赤幟，破齊以囊沙，彼皆從天而下，而未嘗與敵人血戰者。予故曰：古今來，太史公，文仙也；李白，詩仙也；屈原，辭賦仙也；劉阮，酒仙也；而韓信，兵仙也，然哉！」

「漂母進飯」一詞說的是韓信早年窮困潦倒，在淮陰曾受過一個替人洗衣為生的婦人（漂母）的餐飯接濟。韓信曾表示將來必定報答。漂母怒道：「大丈夫自己都不能維生，我是可憐你才幫你，不是為了報答！」韓信被封為楚王後，回到淮陰，找到了漂母給了一千兩黃金。

後世人稱：「生死一知己（蕭何），存亡二婦人（漂母、呂后）」。所以，我們在聽曲之餘，還應該要知道一些歷史。韓信是死於長樂宮而不是未央宮的。他並非死於竹劍之下。他和呂后應無發生過「姊弟戀」。《血濺未央宮》曲詞中，呂后稱韓信為「楚王」也是不合的，因為韓信在長樂宮中受刑而死之前幾年已被降為「淮陰侯」了。

原載《戲曲品味》二〇一四年十二月網上版

談《秦淮冷月葬花魁》一曲

某天，與友人談論曲事，說到《秦淮冷月葬花魁》一曲，我們一致認為這是蔡衍棻先生寫得很成功的一闋名曲。這曲由梁漢威、尹飛燕原唱。梁漢威為這曲所度的唱腔很出色。生角出場的爽二流、乙反中板、乙反南音及尾段的乙反二王的腔都很有味道。連接各唱段的音樂也很動聽。梁、尹兩位老倌演繹得也很深情。唯一的瑕疵只是在唱小曲《夜思郎》時，尹飛燕將「我妝樓」的「我」字拉了腔，唱作「反六」，而「妝」字則唱作「工尺」。這裏，「我」字應唱作「反」，「妝」應唱作「六工尺」才合律。結尾所用的小曲《送別》旋律憂怨淒美。這小曲原本是美國作曲家奧德威（John Pond Ordway，一八二四至一八八〇）於一八五一年所作的〈Dreaming of Home and Mother〉，後來流傳到日本。日本音樂家犬童球溪（一八七九至一九四三）填上了日文歌詞，作成了《旅愁》一曲。中國的弘一法師（李叔同，一八八〇至一九四二）留學日本時，曾接觸到這一曲，返國後，於一九一五年填上了中文歌詞，作成了在中國傳誦至今的《送別》一曲。

《秦淮冷月葬花魁》一曲的本事是說「秦淮八艷」之一的馬湘蘭在彌留時，她的知己錢謙益去看望她。馬湘蘭為錢謙益演了一齣《鳳還巢》後，撒手塵寰。這曲雖然寫得優美動聽，可惜本事卻是子虛烏有的。我們不要上了蔡衍棻先生的當，誤信曲中所說的是歷史真相呀！

「秦淮八艷」又稱「金陵八艷」，是明末至清初期間在南京秦淮河畔八位色藝才氣俱佳名妓的合稱。明朝末年，南京舊院（高級煙花巷）名妓輩出，盛極一時。當時許多文人在筆記小說和詩歌記錄了大量名妓的容貌和風采。(例如余懷的《板橋雜記》、冒襄的《影梅庵憶語》、錢謙益的《列朝詩集小傳》等)。清人張景祁在光緒十八年(一八九二)編纂出版的《秦淮八艷圖》中,沿索秦淮河的歷史,選出八名最出色的妓女,是為「秦淮八艷」名稱之始。此八人為馬湘蘭(一五四八至一六〇四)、柳如是(一六一八至一六六四)、顧橫波(一六一九至一六六四)、陳圓圓(一六二三至一六九五)、卞玉京(一六二三至一六六五)、董小宛(一六二四至一六五一)、李香君(一六二四至?)和寇白門(一六二四至?)。其實當中柳如是出身吳江,董小宛和陳圓圓主要在蘇州半塘發展,此三人與秦淮河關係不深,但仍因其美貌及傳奇性而入選。基本上,馬湘蘭逝世時,其他「七艷」尚未出生,所以曲中南音唱段所說「卿是秦淮八艷為魁首」是不合的。

錢謙益(一五八二至一六六四),字受之,號牧齋,晚號絳雲樓主人、蒙叟、東澗老人。又,因其住址而稱虞山、因其職位而稱宗伯。他是蘇州府常熟縣(今江蘇省蘇州市常熟市)人,萬曆三十八年探花。他是明末清初時期文學領域的集大成者。在明朝時,官至禮部尚書。錢謙益比馬湘蘭年輕三十四年,馬湘蘭以五十六歲之齡逝世時,錢謙益才廿二歲呢。兩人並未有過一段「母子戀」。錢謙益愛的是比他年輕三十六年的柳如是。崇禎十四年(一六四一)正月,錢謙益與柳如是共赴蘇州、嘉興遊覽,後二人相別,柳如是作《春日我聞室作呈牧翁》一詩。六月,錢謙益在松江作《催妝詞》八首,迎娶柳如是,二人正式結縭於芙蓉舫中。就這一段錢、柳之間的愛情故事,陳嘉慧老師曾撰寫過一曲《半生緣》。在甲申之變(一六四四)中,李自成攻陷北京,崇禎帝在煤山自縊。錢謙益謀劃推舉皇室疏宗潞王朱常淓繼位為帝。但福王朱由崧最終繼位，馬士英出任內閣首輔。錢謙益懼禍，遂阿附馬士英。馬士英任命錢謙益任禮部尚書、協理詹事府並擔任經筵講官。弘光元年（順治二年，一六四五）四月，清軍南下，揚州危急。清軍兵臨城下，弘光帝出狩，柳如是勸錢與其一起投水殉國，錢以手探水說：「水太冷了，怎麼辦？」柳如是奮身想跳入水中，卻給錢謙益拉住。順治三年（一六四六）正月，錢謙益被清廷任命為禮部侍郎，管秘書院事，任明史館副總裁。同年六月告病，清廷准予其還鄉並享受相關待遇。錢之仕清，被人嘲笑為「兩朝領袖」。辭官後，錢投入反清復明運動，更成為聯絡東南與西南抗清復明勢力的總樞紐。（錢謙益的詩文後來被乾隆帝下詔禁毀。）康熙三年，錢謙益病故，享年八十二歲。錢謙益卒後三十四天，柳如是自縊身亡。《清史稿》的《文苑傳》序言說：「明末文甚衰矣，清運既興，文氣亦隨之一振。謙益歸命，以詩文雄於時，足負起衰之責。」一般認為，錢謙益的「起衰」作用主要體現於批判明代詩歌、詩學，建立新體系。同時，以其文壇盟主的身份和地位，對後輩詩人提攜指導。錢謙益家有「絳雲樓」，以藏書豐富著稱。錢謙益自己說：「我晚而貧，書則可云富矣。」順治七年（永曆四年，一六五〇）十月，絳雲樓失火，大部分藏書化為灰燼。據說書樓起火時，錢謙益大叫：「天能燒我屋內書，不能燒我腹內書。」錢的著作頗多，詩文輯成《初學集》一百一十卷、《有學集》五十卷、《投筆集》二卷、《苦海集》一卷及外集多種，還撰有《錢注杜詩》二十卷，編訂《列朝詩集》七十七卷、《吾炙集》一卷、《太祖實錄辨證》五卷、《開國群雄事略》等。上海古籍出版社曾將《投筆集》、《苦海集》、《牧齋晚年家乘文》、《錢牧齋先生尺牘》、《牧齋有學集文鈔補遺》、《有學集文集補遺》、《牧齋外集》、《牧齋集補》、《牧齋集再補》這九種併合出版，定名為《牧齋雜著》。錢謙益和柳如是的一生及彼此之間的愛情故事，除了已寫了的《半生緣》及《情殤舊山河》（吳偉鋒撰）兩曲外，可著墨之處還多呢。

馬湘蘭是明代的女詩人、女畫家。據《秦淮廣記》載，她名守真，字湘蘭，小字玄兒，又字月嬌，因在家中排行第四，人稱「四娘」。她秉性靈秀，能詩善畫，尤擅畫蘭竹。馬氏在繪畫上造詣很高，曹雪芹的祖父曹寅，曾接連三次為《馬湘蘭畫蘭長卷》題詩，記載在曹寅的《楝亭集》裏。《歷代畫史匯傳》中評價她的畫技是「蘭倣子固，竹法仲姬，俱能襲其韻」。在北京故宮的書畫精品中藏有馬氏的蘭花冊頁。她的畫作在國外及拍賣市場一直被視為珍品。昔日，王國維（一八七七至一九二七）在辭職歸里，整理行裝時見所藏馬湘蘭的蘭石小幅，曾賦詩二首，現錄上第一首給大家欣賞：「舊苑風流獨擅場，土苴當日睨侯王。書生歸舸真奇絕，載得金陵馬四娘。」在文學創作方面她亦頗具才華，曾撰有《湘蘭子集詩》二卷和《三生傳》劇本。馬氏還通音律，擅歌舞，並能自編自導戲劇。在教坊中她所教的戲班，能演出《西廂記全本》。馬氏生長于南京，自幼不幸淪落風塵，但她為人曠達，常揮金周濟少年。她的居處為秦淮勝處，慕名求訪者甚多，與江南才子王稚登（一五三五至一六一二）交誼甚篤。但，王稚登顧慮到兩人身份不同，未能勇於接受馬湘蘭。她給王稚登的書信收藏在《歷代名媛書簡》中。在王稚登七十大壽時，馬氏集資買船載歌妓數十人，前往蘇州置酒祝壽，宴飲累月，歌舞達旦，歸後一病不起，最後強撐沐浴以禮佛端坐而逝。關於王稚登和馬湘蘭之間的愛戀故事，似乎還未有戲曲家垂顧呢。

我們的戲曲作家們，很喜歡以歷史人物，加上想像，創作戲曲。我們一不小心，很容易上當，將他們這方面的創作，視為歷史。我很希望他們在寫歷史人物時，同時也採用真實的歷史，使我們在看戲聽曲時，也可以上歷史的一課。

原載《戲曲品味》二〇一五年二月網上版

談《帝女花》一劇的長句滾花及一些小問題

第一場《樹盟》中，周鍾這個周世伯伴住世侄世顯去「鳳台新試酒」，其實是帶他去和長平宮主「相睇」。他見世顯滿懷自信，一手拖著他，唱道「帝女花不比宮牆柳，長平蕙質殊少有，君王有事必與帝女謀，你三生有幸得向裙前叩，切記鳳台應對莫輕浮。難得雲英今夕會裴航，你要一片虔誠求柱扣。」想來，他是很瞭解世顯這個自比曹子建和秦少游，恃才傲物的世侄，所以才一再叮囑他不要輕浮的。短短的一段長花，道盡了老人家的世故，世顯的才華、性格及長平的蕙質蘭心。唐滌生先生用這種手法交代了劇中人的性格，而不是用說書人的立場去告訴聽眾那個是忠，那個是奸的。

在《帝女花》中，由周鍾唱的長花總共有三段，現在就讓我們看看第三段吧。在《上表》一場中，世顯穿上駙馬裝，手捧長平宮主表章，「衝冠壯志凌霄漢」，昂然踏進「後有刀鎗和斧杖」的金鑾殿，與清帝來一個「文交鋒」。當他說要將宮主的表章「朗誦於朝房」時，清帝極怒，「手震震」指着世顯，叫他「一字一字謹慎唸來」。這時，一直在發「繁華夢」的周鍾及周寶倫父子恐懼了。周鍾唱出以下的長花下句「一字繫安危，禍福憑汝降，勸君莫惹泉台浪，莫向陰司叫無常，我一心欲把紅鸞傍，誰知傍錯你隻少年亡。」周寶倫也緊接唱出長花上句「一字重千斤，人命輕三兩，縱使你有心毀碎齊眉案，須防寶殿有刀藏，一命難銷故國讎，恐怕你累到三百遺臣同落網。」到此時，所有觀眾的注意力都集中於主角周世顯身上了！這兩段長花正像暴風雨頃刻便來之前夕！然後，周世顯冷笑詩白「六代繁華三日散，一杯心血字七行」，唸出表章！真是劇力萬鈞呀！

在《帝女花》中，周寶倫及周瑞蘭這一雙兄妹，品性不同。哥哥在明朝滅亡後，密意鑽營，希冀可以重過舊日繁華日子。他決意要出賣長平宮主。周鍾說「賣之誠恐負舊朝。」寶倫答說「不賣如何有新祿俸。」瑞蘭是一位有正義感的女子。他不恥父兄所為，站在長平那一邊，與維摩庵的老道姑一同協助長平，以李代桃僵之策，安排長平避世於維摩庵中。周寶倫前後唱了兩段長花。在《上表》那一場，世顯向長平陳述宮主要入清朝的原委及安排在清宮事成之日，花燭之時，夫妻雙雙仰藥於含樟樹下。長平修表後，與世顯相擁在一起，這時已近天明時分。周鍾父子和十二宮娥上場，寶倫唱道：「玄武聽更殘，玉漏催朝早，坤寧門外傳鐘鼓，玉盤金盞設醇醪，百官同賀鴛鴦譜，御香薰滿鳳凰爐。彩鳳還巢日，花燭拜朝時，你地夫婦未應長擁抱。」這一段的文字優美，對仗出色，他催促世顯及長平立即登程，但語調還是平和客氣的。基本上，寶倫本質也不壞，只不過想「復享繁榮」吧了。到世顯攜表上朝，要將表章朗誦於朝房時，周鍾及寶倫各唱了一段長花，之前已述及。至於瑞蘭唱的那一段長花，是她獨居紫玉山房，感歎長已「有心削髮，無意紅塵」，正想「關閉紙糊窗，永垂青紗帳」，以杜絕自己憑欄之念時唱出的。且看看這位一般視作閒角的的一段唱詞：「開盡紙糊窗，望斷花台路，花徑為誰勤打掃，盼求彩鳳返青廬，落紅又報三春老，未見人歸伴影孤。又怕宮主敲一世紅魚，也難乞取慈航普度。」這一段唱詞道出瑞蘭一直默默地在長平後面支持她，真是長平的好姊妹。

如果我沒有數錯，《帝女花》一劇中，共有九段長花。這些長花，文辭優美，對仗工整，在劇中和普通的滾花一樣，雖不是詩詞，其味道與詩詞何異？我們看看最後一段長花。

清帝想用懷柔政策，誘使長平及世顯入清，但聽罷世顯所誦的、長平所修的表章後，第一個反應是「震怒」。周鐘父子站在一旁，徨恐得只有震的分兒。但這位清帝是開國之君，也是聰明的人，他唱的長花表明了在這一刻的「腦交戰」：「我未作捕蛇人，卻被雙蛇蟠棍上，休說女兒筆墨無斤兩，內有千軍萬馬藏，鳳未來儀先作浪，帝女機謀比我強。」唱完了這句長花的下句後，他心中已迅速作出了決定，隨即唱滾花上句「強顏騙取鳳還巢，重新再露慈悲相。」好一個清帝！好一句「雙蛇蟠棍上」！好一個「露」字！唐滌生先生的功力真恐後無來者了。

有批評者見在《迎鳳》一場中，世顯唱中板「黃金嫩柳拂羅袍。似是仁慈清世祖，恩迎駙馬戀新槽。」認為出了毛病。按，明朝被滅後，滿清入主中國，年號為順治。順治在位十八年後去世，廟號為世祖。根據中國歷史的慣例，中國的歷代帝王都有年號、廟號。在《帝女花》的劇情發展上，《迎鳳》及《香夭》時的順治年僅六歲，又未死去，自然地還沒有廟號。因此，《迎鳳》中周世顯口中的「似是仁慈清世祖」是不對的。在一九五九年任白電影版中，此段改為「黃金嫩柳拂羅袍。清帝懷柔排圈套，」後又有改作「似是仁慈清帝祖」的。

又，在一六四四年，滿清入關時，破李自成及迎清帝定都於北京的是皇叔多爾袞。多爾袞為順治當上攝政皇時是三十三歲，負責出謀劃策。劇中的「清帝」應該是多爾袞。他和周世顯、長平公主是對戲的；相反，假若以順治出現作對戲的話，就沒有發揮角力的效果。劇中為了突顯清室政權霸主的氣焰、增加戲劇的張力，因而設計了由多爾袞為「清帝」出場，也是順治的「化身」。這個安排我覺得真是無可奈何！

本文曾於網上發表

甄氏與曹植

經過戲曲、小說的傳播，很多人都相信曹植和甄氏有過一段情。曹植所寫的《洛神賦》，《昭明文選》李善注中說是曹植因懷念甄氏而作的，本名為《感甄賦》。此事全出附會，學者已有論說。

甄氏（一八三至二二一，名字不傳）是東漢末年河北一個尤物，原是袁紹之子袁熙之妻。建安九年（二〇四），曹操平袁紹，曹丕（一八七至二二六）見甄氏美艷，納之而去。當時，甄氏年廿一歲，曹丕十七歲，曹植才十二歲。

世說新語記載曹操破袁，也想奪甄氏，不料被曹丕捷足先登。

甄氏歸曹後，起初深受寵幸。有一次在曹丕的宴會上出迎賓客，眾人伏地致敬，只有一位劉楨「平視」（即直視）甄氏。曹操得知後，罰劉勞改。

甄氏最後因妒忌而被曹丕賜死，收場真慘！

她的兒子曹叡於曹丕逝世後繼位，是為魏明帝。明帝追封母親為文昭皇后。曹植這時是皇帝的叔父了。曹植眼見司馬氏家族專權，曾向明帝提出，但明帝不聽叔父之言。明帝死時，竟託孤於司馬懿。

本文曾於網上發表

朱弁出使金國

我不認同很多戲曲家肆意歪曲歷史。我說過很多次「難道不歪曲歷史就寫不出好的作品嗎」這句話了。

葉紹德先生撰的《朱弁回朝之送別》曲詞有「六載困胡疆，一朝回宋土」之句。秦中英先生撰的《朱弁回朝之哭主》及《朱弁回朝之招魂》則有「去國孤臣囚絕塞，家鄉難返國難回，屈指流光時六載」及「哀哉心中一句話，相守六年我未告她」等句子。但其實，朱弁赴金議和，被羈留於金國共十六年。

建炎元年（一一二七），朱弁出使金國，被羈留在金國十六年，撰寫了《曲洧舊聞》一書，回憶故國。此書主要記錄北宋初年（自陳橋兵變始）及至南宋初年的朝野遺事、社會風情。例如《舊聞》提到北宋末年「王將明（王黼）當國時，公然受賄賂，賣官鬻爵，至有定價」。《四庫全書》收錄該書，並稱其「意在申明北宋一代興衰治亂之由，深於史事有補，實非小說家流也」。

朱弁（一〇八五至一一四四），字少章，號觀如居士，婺源（今屬江西）人，後移居新鄭（今屬河南）。「少穎悟，讀書日數千言。既冠，入太學，晁說之見其詩，奇之，妻以兄女」。靖康之變時避亂江南。高宗建炎元年（一一二七年），以諸生補修武郎，充當河東大金軍前通問副使，隨正使王倫赴金探問二帝，留金十六年，持節不屈，遭遣冷山牧馬。

紹興十三年（一一四三），宋金紹興和議成，與洪皓、張卲返，高宗詔為「忠義守節」，三人辭旨憤激，語多忤秦檜。還宣教郎、直秘閣，主管佑神觀。紹興十四年（一一四四）卒，年六十。著有《聘遊集》、《輶軒唱和集》，已佚；今存有《曲洧舊聞》、《風月堂詩話》等。事蹟見《晦庵先生朱文公集》卷九八《奉使直秘閣朱公行狀》，《宋史》卷三七三有傳。

本文曾於網上發表

卷五：格律集

怎樣分平仄

漢字的發音，有多種不同的聲調。

普通話分四聲，分別是「陰平、陽平、上聲及去聲」（普通話沒有「入」聲）。例如，成語「山明水秀」四個字就是「陰平、陽平、上及去」四個聲調組成的，讀起來，聲調起伏有致。再舉一個例子，同樣都是用m作為聲母的「媽、麻、馬、罵」的發音也分別是「陰平、陽平、上、去」四聲。前兩聲我們稱為「平聲」，後兩聲我們稱為「仄聲」。

至於粵音則更精采了，竟然有九個聲調，分別是「高平、高上、高去、低平、低上、低去、高入、中入、低入」。這九個聲調在字典上分別用「1、2、3、4、5、6、7、8、9」標記。其中「1、4」這兩聲是「平聲」，其餘七個聲是「仄聲」。我從字典中作「文抄公」，抄些例子吧。

一　高平：天風花生山東鄉村（平）

二　高上：總統左手好紙寫稿（仄）

三　高去：再次見證放哨試探（仄）

四　低平：時常雲遊河南田園（平）

五　低上：老母婦女有兩買米（仄）

六　低去：內地道路腐敗賣字（仄）

七　高入：竹屋即刻不必急速（仄）

八　中入：尺索劫殺托砵結髮（仄）

九　低入：雜木白綠亦日十月（仄）

作為中國人，學曉怎樣分平仄是很有意義的，而且並不很難。回想上世紀七十年代中，有一次我和一位教中文的同事曾華滿老師，乘巴士由大埔出九龍。在巴士上我向他請教怎樣分平仄的問題。出到九龍，我已能夠粗略掌握了。如果懂得怎樣分平仄，那麼我們將會很容易學會欣賞詩、詞、曲、對聯、古文等等，可以昂然進入中國文學的殿堂了。唱粵曲的亦可輕而易舉怎樣分上下句了。

不同的字有不同的聲調。這就是所謂的「字含宮商」。唱曲的朋友都聽過、或已很熟習「問字取腔」的道理。舉些例子：方文正先生有兩首粵曲提到地府上的「陸判官」（《恨鎖樊川》和《苦鳳離鸞》）。各位認為「陸判官」三字應該譜上甚麼音才最自然呢？方文正先生譜上$\underset{.}{6}12$，用工尺譜表示則是「士上尺」，這是最自然的了。方先生另有一首《救風塵之花迷蝶醉》，內有一句「談地說天」，大家又認為要譜上甚麼音呢？方先生用了$\underset{.}{5}\underset{.}{6}12$，即工尺譜的「合士上尺」。許冠傑的《財神到》一曲，「財神到」三個字的音，是$35\dot{1}$，即工尺譜的「工六生」，這也是「問字取腔」的例子。陳自強先生的名曲、陳小漢先生的「飲歌」《同是天涯淪落人》，是一首過場音樂寫得很動聽、唱腔設計很出色、唱情很緊湊的名曲，正如張匯先生所說，是由B哥唱紅、以往在演唱會上差不多「必有」的。但這曲其實有很多處都出現了「強姦工尺」的情況。只舉一處：「江州司馬濕青衫」一句，為了一定要用「江州司馬」（白居易的官階）這四個字，硬生生的將《悲秋》這段小曲的工尺由「反六尺反六六六」改為「六六六反六六六」！這就是「強姦工尺」一例了。不過，已經唱了多年的一首曲，也不可再改了。如果當初這一句改為「我今淚已濕青衫」不是好些嗎？

本文曾於網上發表

七言句和五言句

本文和大家討論構成一首詩的「句子」。詩以五言及七言最普遍。現在先和大家討論七言句。

七言句，就算不是用在詩上，也是我們經常接觸到的。例如，很多社團在辦演唱會時，都會用「ＸＹ粵曲會知音」、「齊頌親恩賀端陽」、「絃歌妙韻慶中秋」等等的七字句子。很多戲名，不論中西，經常會選用七個字的，例子俯拾即是，如《鳳閣恩仇未了情》、《百戰榮歸迎彩鳳》、《無情寶劍有情天》、《雷鳴金鼓戰笳聲》、《萬里琵琶關外月》、《紅了櫻桃碎了心》、《夢斷香銷四十年》、《三夕恩情廿載仇》、《美人如玉劍如虹》、《神龍猛虎闖金關》、《紅粉忠魂未了情》、《月黑風高殺人夜》，等等。歌曲的名字用上七個字的則更多了，如《明月千里寄相思》、《月兒彎彎照九州》、《秦淮冷月葬花魁》、《絕唱胡笳十八拍》、《高山流水會知音》、《魂化瑤台夜合花》、《絕情谷底俠侶情》、《有情活把鴛鴦葬》、《隋宮十載菱花夢》、《夢筆生花誌聊齋》、《乾隆玉秀賞花燈》、《翠華西閣鳳來儀》，等等。不論新戲舊戲，新歌舊歌，都喜歡用七個字作為名字。

怎樣的七字句才算是好句呢？我們先不談句子的文字是否典雅得體。一句句子應該要念來好聽，聲調抑揚頓錯，鏗鏘有致，才算好句。我作一個攪笑的例子：「華雲龍重陽尋娘」，好聽嗎？這七個字全是低平聲（亦稱陽平聲），讀來很單調。但，「鳳閣恩仇未了情」則不同了，是嗎？

我們的祖先一早為我們尋找出規律了。假如一句七字句是「ＡＢＣＤＥＦＧ」，這七個字要分成三組：ＡＢ／ＣＤ／ＥＦＧ。規律如下：

一　每一組都要有兩個平聲字或兩個仄聲字。
二　如某一組兩個字是平聲的，接著的下一組要有兩個字是仄聲的。
三　如某一組兩個字是仄聲的，接著的下一組要有兩個字是平聲的。

所以，符合這三點規則的七字句的平仄分配有四個可能性：

一　平平／仄仄／平平仄
二　平平／仄仄／仄平平
三　仄仄／平平／平仄仄
四　仄仄／平平／仄仄平

「鳳閣恩仇未了情」這一句的平仄是「仄仄平平仄仄平」，是上面的第四款。
「神龍猛虎闖金關」這一句的平仄是「平平仄仄仄平平」，是上面的第二款。
「隋宮十載菱花夢」這一句的平仄是「平平仄仄平平仄」，是上面的第一款。
「百戰榮歸迎彩鳳」這一句的平仄是「仄仄平平平仄仄」，是上面的第三款。
「無情寶劍有情天」這一句的平仄是「平平仄仄仄平平」，是上面的第二款。

有時，七字句的平仄假如不能完全符合上面四款的格式的話，還有一條規則：「一三五不論，二四六分明」。即七字句的第一、第三、第五字的平仄可以不拘，第二、第四、第六字的平仄必須分明。至於第七字呢，那是要分明的。例如：

「紅粉忠魂未了情」的平仄是「平仄平平仄仄平」，是第四款，只有第一字不符。

「翠華西閣鳳來儀」的平仄是「仄平平仄仄平平」，是第二款，第一及第三字不符。

總結來說，一句合格的七字句要符合上述的平仄格律，讀起來才好聽。

再討論一下五言句。用五個字作為戲名的也很多，例如《春燈羽扇恨》、《百花亭贈劍》、《雙仙拜月亭》、《牡丹亭驚夢》、《再世紅梅記》、《碧血寫春秋》、《南宋飛虎將》、《情話蘇東坡》等等。至於曲名用五個字的則更多了，例如《燕歸人未歸》、《銀河抱月歸》、《花在隔簾香》、《敲碎別離心》、《金風展玉衣》、《再折長亭柳》、《吟盡楚江秋》、《潯陽江上月》、《夜祭飛鸞后》、《碧血灑經堂》、《望江樓餞別》、《血染海棠紅》、《幻覺離恨天》、《孔雀東南飛》、《一曲鳳求凰》、《賦詠白頭吟》、《魂夢繞山河》、《幾度悔情慳》、《艷曲醉周郎》、《孤雁再還巢》、《情贈茜香羅》、……抄到我手軟，原來還未數到近期流行的《血濺未央宮》、《征衣換雲裳》、《半塘訪小宛》、《泣血水繪園》、《漢宮秋夜雨》、《情滿桃花渡》、《秋月照離人》、《揮淚別南唐》，等等。我未開始寫前還想不到有這麼多！

五言句「ＡＢＣＤＥ」這五個字分為兩組：ＡＢ／ＣＤＥ。其平仄格律的要求和七字句的要求是相同的，即

一　每一組都要有兩個平聲字或兩個仄聲字。

二　如某一組兩個字是平聲的，接著的下一組要有兩個字是仄聲的。

三　如某一組兩個字是仄聲的，接著的下一組要有兩個字是平聲的。

在這裏，「某一組」即第一組AB，「下一組」即第二組CDE。符合這三點規則的五字句的平仄分配，和七字句一樣，也有四個可能性：

一　仄仄／平平仄

二　仄仄／仄平平

三　平平／平仄仄

四　平平／仄仄平

除此之外，當然還有個「一三不論、二四分明」的附加規則了。第五個字是要「分明」的。《望江樓餞別》的五個字是ABC／DE格，不太好，如改為《餞別望江樓》即是「仄仄／仄平平」，是上述四款中的第二款，是不是較好呢？

本文曾於網上發表

七絕及五絕的格律

先談七言絕句。七絕有四種基本平仄格式：

一　平起平收，首句起韻：

平平仄仄仄平平
仄仄平平仄仄平
仄仄平平平仄仄
平平仄仄仄平平

二　平起仄收，首句不起韻：

平平仄仄平平仄
仄仄平平仄仄平
仄仄平平平仄仄
平平仄仄仄平平

三　仄起平收，首句起韻：

仄仄平平仄仄平
平平仄仄仄平平
平平仄仄平平仄
仄仄平平仄仄平

四　仄起仄收，首句不起韻：

仄仄平平平仄仄
平平仄仄仄平平
平平仄仄平平仄
仄仄平平仄仄平

不過，有些句子的某些字有時是可平可仄的，我不細表了。寫一首四句的絕詩其實也不容易，除了要照顧平仄格律外，還要押韻。還有「避孤平」、「一三五不論，二四六分明」、「拗救」等問題要學習。懂得字的平仄是必須的條件，但不是充分的條件。如果不懂平仄格律，連「打油詩」也作不了。

諺云：「熟讀唐詩三百首，不會吟詩也會吟」。這一句說話在《唐詩三百首》一書未面世前已有。《三百首》一書是清朝的蘅塘退士孫洙（一七一一至一七七八）及其續娶夫人徐蘭英合編的。書成於乾隆二十九年。全書共八卷，選詩的篇數三百多首。（此書歷來屢有刻印，各本篇數不同，有三百二十一首，三百十七首、三百一十首的等。第八卷載的是七絕五十多首及樂府七首。我現在就順手從第八卷中就每種平仄格式找一個例子吧。

一　平起平收

《下江陵》……李白

朝辭白帝彩雲間，千里江陵一日還。兩岸猿聲啼不住，輕舟已過萬重山。

平平仄仄仄平平，平仄平平仄仄平，仄仄平平平仄仄，平平仄仄仄平平。

二　平起仄收

《江南逢李龜年》……杜甫

岐王宅裏尋常見，崔九堂前幾度聞。正是江南好風景，落花時節又逢君。

平平仄仄平平仄，平仄平平仄仄平，仄仄平平仄平仄，仄平平仄仄平平。

三　仄起平收

《楓橋夜泊》……張繼

月落烏啼霜滿天，江楓漁火對愁眠。姑蘇城外寒山寺，夜半鐘聲到客船。

仄仄平平平仄仄，平平平仄仄平平，平平平仄平平仄，仄仄平平仄仄平。

四　仄起仄收

《九月九日憶山東兄弟》……王維

獨在異鄉為異客，每逢佳節倍思親。遙知兄弟登高處，遍插茱萸少一人。

仄仄仄平平仄仄，仄平平仄仄平平，平平平仄平平仄，仄仄平平仄仄平。

以上四首都是耳熟能詳的好詩。要注意每一首都有一個或幾個字的平仄和理想的格式不同，但因有「一三五不論，二四六分明」，所以沒有問題。（第二首的第三句「仄仄平平仄平仄」本來是一句拗句，但因為歷來很多詩人喜歡這樣寫，所以也被接納了。）

五言絕句的平仄格式，和七言絕句一樣，也是分四種的。

一　仄起平收，首句起韻：
仄仄仄平平，平平仄仄平，平平平仄仄，仄仄仄平平

二　仄起仄收，首句不起韻：
仄仄平平仄，平平仄仄平，平平平仄仄，仄仄仄平平

三　平起平收，首句起韻：
平平仄仄平，仄仄仄平平，仄仄平平仄，平平仄仄平

四　平起仄收，首句不起韻：
平平平仄仄，仄仄仄平平，仄仄平平仄，平平仄仄平

現在從《唐詩三百首》第七卷的二十九首五言絕句中就每種格式引錄一首。

一　仄起平收

《行宮》……元稹

寥落古行宮，宮花寂寞紅。白頭宮女在，閑坐說玄宗。
平仄仄平平，平平仄仄平，仄平平仄仄，平仄仄平平。

二　仄起仄收

《登鸛雀樓》……王之渙

白日依山盡，黃河入海流。欲窮千里目，更上一層樓。
仄仄平平仄，平平仄仄平，仄平平仄仄，仄仄仄平平。

三　平起平收

《夜思》……李白

床前明月光，疑是地上霜。舉頭望明月，低頭思故鄉。

平平平仄平，平仄仄仄平，仄平仄平仄，平平平仄平。

四　平起仄收

《送別》……王維

山中相送罷，日暮掩柴扉。春草年年綠，王孫歸不歸。

平平平仄仄，仄仄仄平平，平仄平平仄，平平平仄平。

第三首如果大家小心看，會發覺第二及第三句不符格律。在那個年代，格律詩還未完全定形呢！

本文曾於網上發表

談《帝女花》一劇的「詩」

我先順次將在劇中出現的詩作抄下。在第一場《樹盟》中，周世顯在世伯周鍾的相伴下，滿有自信地來到了為他而設的「求凰酒」，台口詩白曰：

孔雀燈開五鳳樓，輕袍暖帽錦貂裘，
敏捷當如曹子建，瀟灑當如秦少游。

長平宮主在周鐘問及世顯能否雀屏中選時，吟詩一首：

雙樹含樟傍玉樓，千年合抱未曾休，
但願連理青蔥在，不向人間露白頭。

在紋鸞七百中，世顯獨佔鰲頭。但，忽然間行雷閃電，彩燈盡熄。長平問世顯對這陣不測之狂風有何感受時，世顯酬詩如下：

合抱連枝倚鳳樓，人間風雨幾時休，
在生願作鴛鴦鳥，到死如花也並頭。

在《乞屍》一場中，周瑞蘭不值父兄出賣宮主的所為，和維摩庵的老道姑用移花接木之計，佯稱宮主已自殺於經堂之上，並留下沉痛血書：

驚聞樓下語，屍橫血泊中，
望屍沉江海，存貞自毀容。

在《上表》一場中，長平拈筆想修寫給清帝的表章，但因手震，幾次欲寫不能，痛哭詩白：

病喘心傷力已枯，更無手力可拈毫。
且向泉台求父母，自有神恩玉腕扶。

世顯悲咽續詩白：

在《香夭》一場中，長平聽見世顯代傳口諭，進入清宮，滿懷感觸，有詩白如下：

珠冠猶似殮時妝，萬春亭畔病海棠，
怕到乾清尋血跡，風雨經年尚帶黃。

最後一首，是在《香夭》一場中，在唱《粧台秋思》前，長平和世顯一人一句所唸的詩白：

倚殿陰森奇樹雙，明珠萬顆映花黃。
如此斷腸花燭夜，不須侍女伴身旁。

帝女花一劇中，共有七首詩，其中有六首是七言，一首是五言。

先談第一首：

孔雀燈開五鳳樓，輕袍暖帽錦貂裘。
敏捷當如曹子建，瀟灑當如秦少游。

這詩是仄起平收，首句起韻的。其平仄為

仄仄平平仄仄平，平平仄仄仄平平。
仄仄平平平仄仄，平仄平平平仄平。

這一首詩的第三句及第四句不合平仄格律，所以唸起來不大好聽。而且兩句都用了「當如」，沒有變化，不好。

看看第二首：

雙樹合樟傍玉樓，千年合抱未曾休，
但願連理青蔥在，不向人間露白頭。

這詩應算是仄起平收，首句起韻的。其平仄為

平仄平平仄仄平，平平仄仄仄平平，
仄仄平仄平平仄，仄仄平平仄仄平。

這詩的第一句的第一個字用了平聲，可以。但第三句的格律不合。

第三首：

合抱連枝倚鳳樓，人間風雨幾時休，
在生願作鴛鴦鳥，到死如花也並頭。

這詩是仄起平收，首句起韻的。其平仄為

仄仄平平仄仄平，平平平仄仄平平，
仄平仄仄平平仄，仄仄平平仄仄平。

這詩符合格律。

第四首：

驚聞樓下語，屍橫血泊中，
望屍沉江海，存貞自毀容。

這一首是全劇中唯一的五言詩，是平起仄收，首句不起韻的。其平仄為

平平平仄仄，平平仄仄平，

仄平平平仄，平平仄仄平。

這詩的第二句及第三句的格律不合。

第五首：

病喘心傷力已枯，更無手力可拈毫，
且向泉台求父母，自有神恩玉腕扶。

這是仄起平收，首句起韻的。其平仄為

仄仄平平仄仄平，仄平仄仄仄平平，
仄仄平平平仄仄，仄仄平平仄仄平。

這詩的第二句首字用仄聲，可以。但第三句的格律不合。

第六首：

珠冠猶似殮時妝，萬春亭畔病海棠，
怕到乾清尋血跡，風雨經年尚帶黃。

這詩是平起平收，首句起韻的。其平仄為

平平平仄仄平平，仄平平仄仄仄平，
仄仄平平平仄仄，平仄平平仄仄平。

這詩的第一句第三字用平聲，可以。但第二句及第四句的格律不合。

最後一首：

倚殿陰森奇樹雙，明珠萬顆映花黃，
如此斷腸花燭夜，不須侍女伴身旁。

這詩是仄起平收，首句起韻的。其平仄為

仄仄平平仄平，平平仄仄仄平平，

平仄仄平平仄仄，仄平仄仄仄平平。

這詩的第一句第五字用平聲，可以。但第三句及第四句的格律不合。如此看來，作詩真難呀！不過，唐滌生先生當年寫這劇本時，可能也不在乎這些格律問題，反正也不是在寫嚴格上的詩，所以只注意韻腳就算了。

本文曾於網上發表

談拗救

將五言句「平平仄仄平」第一個字改為仄聲，全句除了韻腳外，只有一個平聲字，謂之「孤平」，是詩病的一種。同樣，將七言句「仄仄平平仄仄平」寫為「仄仄仄平仄仄平」也犯了孤平。

六朝人寫詩，屢用「仄平仄仄平」的句式。至唐朝，著名詩人、皇帝，亦沿用不絕。說這句今日我們說是「孤平」的句式「不好聽」的理由不充分。如果不好聽，古人就不會樂此不疲了。

因為孤平問題而產生的「拗救」問題，最早源於清代王士禛。王力因襲了他的觀點，詳盡論述方法。他早期著作，將拗救說提升到和詩律並列的高度。

拗救說提出後，也雜有不同聲音。啟功說不反對拗救，但卻說了句「下句自己也拗了，怎能還救上句呢」的話。（見《詩文聲律論稿》）張海鷗在《詩詞寫作教程》中說「初學作詩，最好不急於拗救」。張中行在《詩詞讀寫叢話》中說，「一個字的音錯了，用再錯一個的辦法是不能救的」。

拗而不救，在《全唐詩》中不勝枚舉。

李乃珍在《說詩解律》中說，「拗救說，對各句式拗救的不同論述容易誤導讀者、難為作者，尤其是有的學者隨意引申、放大拗救說的妙用，給詩律的認識造成混亂、困惑和人為的複雜性。」他說，「對新學詩者無必要再灌輸拗救理論，而代之以王力先生的二四字恆定理論。」

本文曾於網上發表

談格律詩的「二四字恆定」理論

用律句寫近體詩要依詩律。但，若要句中每個字都按標準句式去寫，則太過刻板了。唐朝的詩人也沒有這樣做。

王力先生在承認標準句式的原則下，允許五言的第四字、七言的第六字變格（即平仄互易）。但，五言的第二字及七言的第二、四字的平仄要依標準句式。他在《詩詞格律》及《詩詞格律十講》中，將這個理論解說得很清楚。但，在理論提出不久，逢上文革，格律詩詞沉寂下來了。王力先生於一九八六年逝世，這個理論並未受到應有的重視。

在歷史上，明朝徐師曾說過句中的第二字不能拗。清朝的王士禛說過七言的第六字可以變格，但之後要救一下。他們未曾作過全面的論述。

在多數情況下，我們仍應依從五言的第四字、七言的第六字的格式。但，在有需要時，則允許這兩個字位的平仄更易。更易後的句子仍視為律句。

本文曾於網上發表

律詩的對仗

古人將律詩的第一、二句叫做首聯，第三、四句叫做頷聯，第五、六句叫做頸聯，第七、八句叫做尾聯。

對仗一般用在頷聯和頸聯。茲舉一例：

《春日憶李白》……杜甫

白也詩無敵，飄然思不羣。
清新庾開府，俊逸鮑將軍。
渭北春天樹，江東日暮雲。
何時一尊酒，重與細論文。

有些律詩連首聯也用對仗，例如

《春夜別友人》……陳子昂

銀燭吐青煙，金樽對綺筵。
離堂思琴瑟，別路繞山川。
明月隱高樹，長河沒曉天。
悠悠洛陽去，此會在何年。

尾聯一般不用對仗。到了尾聯，詩要結束了，對仗不大適宜作為結束語。但，也有少數例外，例如：

《聞官軍收河南河北》……杜甫
劍外忽傳收薊北，初聞涕淚滿衣裳。
卻看妻子愁何在，漫卷詩書喜欲狂。
白日放歌須縱酒，青春作伴好還鄉。
即從巴峽穿巫峽，便下襄陽向洛陽。
此詩最後一聯，是一種「流水對」。
在特殊情況下，對仗可以只用於頸聯，例如：
《與諸子登峴山》……孟浩然
人事有代謝，往來成古今。
江山留勝迹，我輩復登臨。
水落魚梁淺，天寒夢澤深。
羊公碑尚在，讀罷淚沾襟。

孤雁出羣／入羣

五言詩第一句，多數是不押韻的。

七言詩第一句，多數是押韻的。

由於第一句押韻與否是自由的，所以第一句的韻腳可以較寬鬆，可以用鄰韻。這種首句用鄰韻的風氣到晚唐很普遍。在宋代更為時尚。茲舉一例：

《山園小梅》……林逋

眾芳搖落獨暄妍，佔盡風情向小園。
疏影橫斜水清淺，暗香浮動月黃昏。
霜禽欲下先偷眼，粉蝶如知合斷魂。
幸有微吟可相狎，不須檀板共金樽。

此詩用「十三元」韻，但首句尾字「妍」是「一先」韻的。

再舉一例：

《清明》……杜牧

清明時節雨紛紛，
路上行人欲斷魂。
借問酒家何處有，
牧童遙指杏花村。

此詩也是用「十三元」韻的，但首句韻腳「紛」字是「十二文」韻的。

盛唐的詩人很少見這樣做。後人稱這種手法為「孤雁出羣格」。格律詩尾句韻腳若借用鄰韻的字，則稱為「孤雁入羣格」。

本文曾於網上發表

小談韻書

編纂韻書的目的是為了文學創作，方便詩人依韻寫詩。同時，韻書也具有字典的作用。

歷代有很多韻書。最早的可能是三國時李登編的《聲類》。此書今已佚。晉代呂靜編了《韻集》，已佚。隋朝陸法言有《切韻》。唐朝，孫愐修訂《切韻》為《唐韻》，有二〇六個韻部。因為其中有某些韻可以同用，實際上只有一百一十二個韻。宋真宗大中祥符元年（一〇〇八），陳彭年等修《大宋重修廣韻》，即《廣韻》。宋仁宗寶元二年（一〇三九），修訂《廣韻》，成為《集韻》。金代平水書籍官員作《新刊韻略》，併舊韻為一〇六個韻部。元初陰時夫著《韻府群玉》，定一〇六韻的版本為「平水韻」。明代及以後的文人沿用。明太祖時有《洪武正韻》。清朝康熙四十三年（一七〇四）至五十五年（一七一六），編成《佩文詩韻》，所載的一〇六個韻，其實就是「平水韻」。這是清代科舉用的官方韻書。

今天我們作舊體詩，仍會用「平水韻」。

一九六五年，中華書局編《詩韻新編》，將《佩文詩韻》的一〇六個韻簡化為十八個韻部，方便了現代作詩的需要。二〇〇五年，中華詩詞學會頒十四個韻的《中華新韻》。

至於作詞方面，清人戈載編的《詞林正韻》是當今詞人沿用的韻書。此書分三卷，將平、上、去三聲分為十四部，將入聲分為五部，共十九個韻部。

作散曲所依的韻書是元人周德清所編的《中原音韻》。此書有十九個韻部。

本文曾於網上發表

金庸先生自制的十四字聯

金庸先生將他寫的十四套小說，每套取其首字，砌成一聯：

飛雪連天射白鹿
笑書神俠倚碧鴛

可惜這兩句均是拗句，不甚理想。這十四字中，有六個字為平聲，八個字為仄聲。如要砌成兩句律句，方法之一可以寫成：

仄仄平平平仄仄
仄平仄仄仄平平

例如：

白雪連天神俠射
倚書碧鹿笑飛鴛

這純是文字遊戲，有興趣的朋友也可試試。

本文曾於網上發表

對聯入門

中國人寫對聯的起源，可以從寫對偶句說起，已有三千多年的歷史。從商、周、秦、兩漢以來，文人寫作，喜用對偶句。三國及魏晉南北朝期間，文人所寫的辭賦中所用的駢儷句子的特點就是用對偶句。盛唐以後形成的格律詩，對偶嚴格精密。對偶句已經是詩文的組成部分。它們的獨立性亦漸加強。古人把「吟詩作對」相提並論，並非無因。

漢語詞義和漢字字形的特點，決定了文人對「對偶」的修辭手法情有獨鍾。

駢文與律詩是對聯的兩大直接源頭。在自身的發展過程中，又吸收了散文、詞、曲等的特點。一副對聯，分上、下兩行，稱為上聯及下聯。內容上，要彼此相關，不能全無聯系。但兩聯傳達的意思，不可相同，否則便構成所謂「合掌」的毛病。兩聯要字數相同、結構相同、詞性相同、平仄相對。上聯收仄聲，下聯收平聲。

中國人在不同的場合，都喜歡用對聯，例如在過年時貼春聯在門的兩旁。雕刻或直接書寫在楹柱上的稱為楹聯。在喜慶場合會寫賀聯。在喪禮上寫輓聯。在很多亭臺樓閣上也刻、或雕、或寫上對聯。普通的上聯可以是短句，用四、五、六、七字最常見。但亦可天馬行空，長度不限、平仄不限，只須尾字收仄聲便可。例如在雲南昆明大觀樓上孫髯翁所寫的楹聯，兩聯共長達一百八十字。（上聯寫大觀樓的美景，下聯寫雲南的歷史。）

宋史記載楹聯之濫觴為五代十國後蜀後主孟昶（九一九至九六五）所寫的：

新年納餘慶

佳節號長春

此聯另有幾個版本，其中一個是

天垂餘慶

地接長春

古今詩話記載這個版本是孟昶的兒子孟喆所寫的。

明朝洪武年間，在江西廬陵地方，出土一十字鐵架，上面鑄有三國孫權赤烏（二三八至二五一）年號。上面寫有對聯：

四海慶安瀾，鐵柱寶光留十字

萬民懷大澤，金爐香篆藹千秋

宋朝以來，民間在新年懸掛春聯已經很普遍。北宋宰相詩人王安石（一〇二一至一〇八六）有詩句說：「千門萬戶曈曈日，總把新桃換舊符」。

在明代，人們開始用紙代替桃木板來寫春聯。

相傳明朝畫家、文學家唐伯虎（一四七〇至一五二四）曾為一位商人寫了一副頗有趣的對聯：

門前生意好似夏夜蚊蟲隊進隊出

夜裏銅錢要像冬天虱子越摸越多

明朝學者，東林黨創始人顧憲成（一五五〇至一六一二）題無錫東林書院聯是著名的對聯：

風聲雨聲讀書聲，聲聲入耳

家事國事天下事，事事關心

到了清朝，對聯創作，更加百花齊放、鼎盛一時。清人沈壽榕題杜甫草堂的聯很精巧：

詩有千秋，南來尋丞相祠堂，一樣大名垂宇宙

橋通萬里，東去問襄陽耆舊，幾人相憶在江樓

左宗棠（一八一二至一八八五）輓林則徐（一七八五至一八五〇）的聯氣勢及文辭俱妙：

附公者不皆君子，間公者必是小人，憂國如家，二百餘年遺直在

廟堂倚之為長城，草野望之若時雨，出師未捷，八千里路大星沉

民初，有劉師亮（一八七六至一九三九）諷刺袁世凱（一八五九至一九一六）的聯：

袁世凱千古

中華民國萬年

上聯的「袁世凱」是對不起下聯的「中華民國」的，大家明白嗎？

黃興（一八七四至一九一六）題徐錫麟（一八七三至一九〇七）烈士祠的聯也很出色：

登百尺樓，看大好河山，天若有情，應識四方思猛士

留一坏土，以爭光日月，人誰不死，獨將千古讓先生

魯迅（一八八一至一九三六）有一首律詩《自嘲》，詩的頸聯截出來看也是一幅很有意思的對聯：

橫眉冷對千夫指
俯首甘為孺子牛

文字的平行對稱，和哲學中所謂「太極生兩儀」，即「陰陽」之說，甚為吻合。這也是二元觀念呢。

要寫聲律和諧、對仗工整、構思巧妙、意境深遠的對聯，並不容易。這是一門藝術。初學者只要做到上、下聯字數相同，結構相同、上聯收仄、下聯收平便可以了。二〇〇五年，中國國務院把楹聯習俗列入第一批國家非物質文化遺產名錄。

談一些輓金庸先生的聯作

一代宗師金庸（查良鏞先生的筆名）先生於二〇一八年十月三十日駕鶴而去。為查先生獻上輓聯的團體及個別人士很多。阿里巴巴集團的輓聯是：

武功全不會，筆下風骨，書生懂了武聖

千金終難買，世間信義，商道亦是俠道

淘寶網的輓聯是：

滄海笑，英雄無忌，千秋承志鐵心鎮惡，星河任我行

逍遙行，少年不悔，凌波清揚退思念慈，春秋向問天

以上兩輓聯，水平低劣，馬雲先生可能少了些文膽呢。

劉再復先生是中國作家、文學評論家、香港科技大學人文學院客座教授、《明報月刊》顧問，與查先生為忘年之交。他寫了三副輓聯：

第一副是：

天搖地動，萬古雲霄變易，書劍齊落

江翻湖泣，一代天才辭別，人神同悲

第二副是：

雄視古今，開創經典韻味的武俠話題

蜚聲中西，突顯江湖想像之文統神功

第三副是：

哲人遠走，重如泰山，足音響遍地球
天筆回歸，美似落日，光明普照人間

他寫了初稿後，還請李澤厚先生幫助推敲，李先生把第二副改為：

雄視古今，開創經典韻味的武俠話題
蜚聲中外，突顯江湖想像之道義神功

以劉先生、李先生的地位，竟然交出以上不合規格的輓聯，真使人驚詫呀！

資深報人、香港文字研究者、由一九九〇年起於《明報月刊》寫稿的容若先生，有以下一聯：

勿笑弄墨舞文，輕言看劍逐鹿
終能跨海登陸，達致舉國升平

嚴家炎夫婦的輓聯如下：

為國為民，俠之大者
勞心勞力，史有名證

嚴先生為北京大學中文系終身教授。

陳佐洱先生的輓聯如下：

三千美景家國情懷暖香江
九十風采精彩文章傳中華

陳先生為國務院港澳事務辦公室原常務副主任。

鮮卑慕容歷史文化研究會所寫的輓聯頗長：

劍客來也，一家泰斗，挑開華夏五千門，半邊武俠，別無風雨心中事
先生去矣，八部天龍，嚼爛史書二十四，三燕慕容，為有君言天下知

嘉興黨委和政府獻上的輓聯是：

桃花影落香江，七十年寓居家國心事浩浩
碧海潮生嘉禾，五百萬鄉親孺慕情懷殷殷

以上的聯，多數平仄不合，詞性不合，使人啼笑皆非。

本文曾於網上發表

談鄭培凱教授一篇談春聯的文章

《明報月刊》是我每月都會捧讀的雜誌。二〇一九年三月號有一篇題為《賀年春聯》的文章，很詫異竟是由鄭培凱教授所寫的。

資料顯示：鄭培凱，臺灣大學外文系畢業，耶魯大學歷史學博士，哈佛大學費正清研究中心博士後。曾任教於紐約州立大學、耶魯大學、佩斯大學、台灣大學、新竹清華等校，一九九八年到香港城市大學創立中國文化中心，任中心主任，推展多元互動的中國文化教學。現任香港非物質文化遺產諮詢委員會主席，二〇一六年獲頒香港政府榮譽勛章。

鄭教授在這篇文章中說自己過年不能免俗，寫了副春聯：

己歲豐饒湖山常好
亥年富泰人事永盛

這聯他太太說平仄對仗不好，但他說：「平仄不平仄，討個吉利要緊。」其實，詩詞曲及對聯，怎可不論平仄？如果鄭教授有自知之明，應該不要寫對聯。稍為對文化有認識的朋友都知道對聯的下聯都要收平聲的。另外，此聯上、下二句嚴重合掌！己歲即是亥年，豐饒即是富泰，常好即是永盛。

之後他再寫另一副，引用陶淵明的詩：

邁邁時運
穆穆良朝

文中，他說這是來自陶淵明的《時運》一詩，並將「全詩」抄錄一次。

但，其實《時運》是四首詩的組合。

他說《時運》是寫春天來臨的景象。但陶淵明在序中已說：「時運，游暮春也。」《明月》的主編應是有識見的。如果發覺作者的文章有問題，應該告知作者，或者乾脆不刊登，不必賣人情。

本文曾於網上發表

絕句的來源

絕句的來源，在文學史上是一個有爭論的問題。明朝人一般說絕句即「截句」，認為一首四句的絕詩是從八句的律詩中截取出來的。到了清代，不少人已開始加以否定。王夫之認為五絕來自五言古詩，七絕來自歌行，而此二體是在律詩出現前已有的。沈德潛也認為絕句「不得認作律詩之半」。近人考證，說明了絕句的名稱來自聯句，體裁來自歌謠，格律來自調聲對偶，說明了絕句的出現是在律詩之前的。相反，律詩倒是絕句的擴展。

現今，我們當然可以從一首律詩中截取四句出來，成為一首絕詩，亦可以將一首絕詩擴展，成為一首律詩。舉例，我有一首五絕《夜靜》：

悠閑臨勝地，彷已入桃源。夜靜觀山月，嫦娥似欲言。

稍加改動，加多四句，成五律一首：

悠閑

悠閑臨勝地，彷已入桃源。綠樹環河植，青蛙傍石蹲。
迎風穿曲徑，邁步過平原。夜靜觀山月，嫦娥似欲言。

本文曾於網上發表

再談七字句和五字

七字句或五字句，不單在作詩的時候寫，平時也會經常寫，若能平仄協調不拗，唸起來才好聽。所以，不論是用作節目名稱、或對聯上下句、或戲名曲名書名，都應要講究一下。例如近期流行的粵曲《梵台續情絲》，歌名的五字句大拗。

乘地鐵時，見陳浩德演唱會的海報上的兩行口號：

浩然之聲伴三生

德心應手賀新春

這兩句貌似對聯，其實唸起來十分拗。提議改為

浩氣登台歌美調

德心應手賀新春

其實，「德心應手」是說甚麼我也不知道。

偶逛書店，見白先勇的新作《正本清源說紅樓》一書，書名大拗。提議改為《清源正本說紅樓》。一本關於唐詩的書《長安月下紅袖香》，書名也大拗，真是吾欲無言。

本文曾於網上發表